Ella Wünsche
Das Lied der Wellen

AF202246

TINTE
& 🪶
FEDER

Das Buch

Nach der Trennung von ihrem Mann freut sich Helene auf eine Auszeit mit den beiden Kindern an der Nordsee. In der gemütlichen Pension »Meerblick« fühlen die drei sich gleich wohl. Helene freundet sich schnell mit der warmherzigen Besitzerin Inga an. Gemeinsam wollen sie der Pension zu neuem Glanz verhelfen und Helene erwägt sogar, zu bleiben. Besonders, nachdem sie den gut aussehenden Lasse kennenlernt, dessen traurige Augen ihr nicht mehr aus dem Kopf gehen.

Doch ihre Gastgeberin Inga verbirgt ein Geheimnis. Als junge Frau musste sie sich zwischen ihrer großen Liebe und dem Mann entscheiden, der ihre Familie retten konnte. Was ist damals in der stürmischen Nacht am Strand passiert?

Die Autorin

Ella Wünsche liebt es schon seit ihrer Kindheit, zu schreiben. Bereits in der Schule schrieb sie die ersten Kurzgeschichten, später folgten Drehbücher für Filme. Ihr erster Roman »Das Leben ist (k)ein Brautstrauß«, den sie 2013 veröffentlichte, war ein Überraschungserfolg. Mit »Das Geheimnis der Zitronen« und »Der Geschmack von Mandeleis« erreichte sie Platz 1 der Kindle-Bestsellerliste. Mit ihrer Familie lebt die Autorin in der Nähe von Heidelberg. Ihre Liebe für die Küste hat sie vor einigen Jahren bei den Dreharbeiten für eine Kinderserie entdeckt.

ELLA WÜNSCHE

Das Lied der Wellen

NORDSEETRÄUME

Roman

TINTE & FEDER

Deutsche Erstveröffentlichung bei
Tinte & Feder, Amazon Media EU S.à r.l.
38, avenue John F. Kennedy, L-1855 Luxembourg
September 2022
Copyright © der deutschsprachigen Ausgabe 2022
By Ella Wünsche

Umschlaggestaltung: zero-media.net, München
Umschlagmotiv: © freya-photographer © Potapov Alexander
© TurkeyPictures / Shutterstock;
© Elisabeth Ansley / ArcAngel
1. Lektorat: Marketa Görgen
2. Lektorat und Korrektorat: VLG Verlag & Agentur, Haar bei München,
www.vlg.de
Gedruckt durch:
Amazon Distribution GmbH, Amazonstraße 1, 04347 Leipzig /
Canon Deutschland Business Services GmbH, Ferdinand-Jühlke-Straße 7,
99095 Erfurt /
CPI books GmbH, Birkstraße 10, 25917 Leck

ISBN 978-2-49671-207-0

www.tinte-feder.de

PROLOG

1973

Es blitzte und donnerte. Wie kleine Eiszapfen peitschten ihr unbarmherzig eiskalte Regentropfen ins Gesicht. Die Kapuze ihres gelben Regenmantels war ihr vom Kopf gerutscht, doch sie ließ sich nicht beirren. Hektisch leuchtete sie mit der Taschenlampe aus der wilden Dunkelheit am Strand aufs Meer hinaus.

Vergeblich. Denn die Nacht und das Unwetter ließen das Meer und den Himmel zu einer einzigen bedrohlichen, dunklen Masse verschmelzen. Die Wellen schlugen hart und laut krachend auf den Strand und übertönten mühelos alle anderen Geräusche. Das einzige Licht weit und breit brannte hinter ihr, oberhalb des Deichs. Dort, auf einem kleinen Hügel, stand ihr großes Reetdachhaus.

Panisch rief sie immer wieder: »Sven! Sven!«, kam jedoch gegen das Donnern der Wellen nicht an.

Plötzlich packte sie jemand an der Schulter. Sie schrie erschrocken auf und drehte sich um. Zunächst konnte sie ihn kaum erkennen, wusste aber sofort, wer der Mann war.

Ebenfalls vom starken Regen völlig durchnässt, sah er sie an, als sie die Taschenlampe auf ihn richtete.

»Ich hab dich überall gesucht. Was ist los?«, schrie er gegen das Unwetter an.

»Sven ist mit dem Boot rausgefahren. Dann kam das Unwetter.« Auch sie musste brüllen, damit er sie hören konnte.

Der junge Mann sah sie entgeistert an. »Und jetzt?«

Sie zeigte aufs Meer. »Schau dir das an, ich befürchte das Schlimmste!«

Er sah schweigend auf das tosende Meer hinaus. Es war schwer zu erkennen, was er dachte, sein Gesicht wirkte erstarrt.

Sie blickte ihn verzweifelt an. »Ich habe schon meinen Koffer gepackt. Ich wollte wirklich mitkommen.«

»Dann lass uns jetzt fahren.«

»Sobald ich das hier geklärt habe. Ich muss die Seenotrettung anrufen. Und die Polizei. Sonst werde ich noch verdächtigt.«

Er sah sie an und nickte. »Ruf an und erkläre ihnen alles, dann kommst du nach.«

Sie antwortete nicht. Tränen strömten ihr über die Wangen. Es fiel ihr schwer, einen klaren Gedanken zu fassen.

»Ich liebe dich, das weißt du«, sagte er und schloss sie in seine Arme.

Als sie seine Lippen auf ihren spürte, erinnerte sie sich wieder, wie schön es war, einen Mann zu küssen, den sie wirklich liebte. Sie wollte ihn nicht loslassen, an ihm war alles vertraut. Für einen Moment überlegte sie, schnell ihren Koffer zu holen und sofort mit ihm zu verschwinden. All das hier zu verlassen, ohne ein letztes Mal zurückzublicken. Doch ein Blitz am Horizont, der die Szene für einen kurzen Moment erhellte, holte sie wieder in die Realität zurück. Sie löste sich aus seiner Umarmung, sah in seine traurigen, aber dennoch hoffnungsvollen Augen und schüttelte stumm den Kopf.

Er wusste, was das bedeutete. Leise sagte er: »Sven hat wohl schon wieder gewonnen.«

Sie wollte etwas entgegnen, doch ihr fehlten die Worte.

Er griff in seine Jackentasche und zog einen Zettel mit einer Telefonnummer heraus. »Hier. Die Nummer kannst du anrufen. Dort wissen sie, wo du mich finden kannst«, murmelte er.

Sie nahm das Papier schweigend entgegen und steckte es in die Manteltasche.

Er schien noch etwas sagen zu wollen, biss sich jedoch auf die Lippe und seufzte nur schwer. Dann ging er.

Sie sah ihm verzweifelt nach, wie er im Schein ihrer Taschenlampe den Strand verließ. Nachdem er hinter der Düne verschwunden war, lief sie über den Deich zurück ins Haus. Im Flur stand das grüne Telefon. Sie drehte die Wählscheibe. Die Nummer der nächstgelegenen Seenotrettungsstation Nordstrand stand gut sichtbar auf einem Zettel, der über dem Telefon an der Wand hing. Der Mann am anderen Ende der Leitung notierte sich alle Daten und versicherte ihr, dass sie ein Boot aufs Meer hinausschicken würden.

Sie ging zur Besenkammer und öffnete die Tür. Darin befand sich ein brauner Lederkoffer, verstaut zwischen Lappen, Schrubbern, Putzmitteln und Eimern. Sie nahm ihn und eilte die Treppe hinauf ins Schlafzimmer. Dort legte sie den Koffer auf das Bett, öffnete ihn und begann langsam und ruhig, die bereits eingepackten Gegenstände wieder an ihre Ursprungsorte zurückzulegen. Einen Mantel. Zwei Paar Schuhe, die sorgfältig in Zeitungspapier eingewickelt waren. Einige Blusen, Röcke und Hosen, Unterwäsche für eine Woche und zuletzt den Kulturbeutel. Sie ging in das große Bad und legte alles wieder dorthin, wo sie es vor Kurzem erst hergeholt hatte. Die Zahnbürste samt Zahnpasta stellte sie in das Glas am

Waschbecken, das bisschen Schminke blieb im Beutel. Den Kulturbeutel verstaute sie in einem Schränkchen.

Als sie einen Blick in den Spiegel warf, starrten ihre großen Augen sie erschrocken an. Erst jetzt bemerkte sie, dass sie völlig durchnässt war. Unter ihren Füßen hatte sich bereits eine kleine Pfütze gebildet. Doch statt sich abzutrocknen und umzuziehen, setzte sie sich, nass wie sie war, aufs Bett, blickte auf die dunklen Dielen des Holzbodens und brach in Tränen aus.

1.

Helene

Helene saß auf dem rosafarbenen Drehstuhl im Kinderzimmer und klappte ihren Laptop auf, der auf dem zum Stuhl passenden rosafarbenen Schreibtisch stand. Rings um den Computer lagen in wildem Durcheinander Sticker-Sammelalben, Döschen mit bunten Glitzerperlen und Erstlesebücher. Sie wählte sich in das Programm für die Videokonferenz ein. Hastig zupfte sie noch einmal an ihrer Bluse. Die anderen vier Teilnehmer waren bereits auf dem Bildschirm zu sehen.

»Hallo«, sagte sie und winkte in die Runde. »Entschuldigt bitte, mein Sohn hat Schnupfen und ist zu Hause.«

Die anderen sahen sie mitfühlend an, auch wenn sie sich nicht sicher war, ob das Mitgefühl echt war.

Plötzlich hörte sie hinter sich Geklapper. Hastig schaltete sie ihr Mikrofon aus und sah sich um. »Simon?«, rief sie. »Spiel noch kurz Duplo. Mami muss jetzt arbeiten. Aber ich beeile mich. Schaffst du es, so lange ganz leise zu sein?«

Tatsächlich lief er ohne Murren aus dem Zimmer. Bis eben hatte er noch ganz vertieft mit seinen Kuscheltieren im

Wohnzimmer gespielt. Deshalb hatte sie sich ins Kinderzimmer zurückgezogen. Natürlich mit offener Tür, sodass sie ihn hören konnte. Jetzt blieb ihr nur zu hoffen, dass er noch einmal in sein Spiel fand. Doch gerade als sie sich wieder dazuschaltete und versuchte, freundlich zu lächeln, ertönte hinter ihr ein schrilles Geräusch. Ihr vierjähriger Sohn sprang mit zwei Spielzeug-Dinosauriern in den kleinen Händen ins Zimmer und fauchte und schrie. Er war gerade eindeutig selbst ein Dino, und Dinos mussten eben laut sein. Ihre Bitte, leise zu spielen, hatte er wohl nicht gehört oder schlicht und ergreifend ignoriert. Helene seufzte und versuchte, ihn mit einem »Psssssst!« zum Schweigen zu bringen. Doch Simon tat genau das Gegenteil und fauchte noch lauter. Dann blieb er vor dem Bildschirm stehen und sah interessiert die anderen Teilnehmer an.

»Hallo, Simon!«, sagte Helenes Chef freundlich.

Der Kleine antwortete: »Hallo, Kakafurz!«

Helenes Gesichtsfarbe wechselte von hellrot zu tomatenrot. »Entschuldigt bitte, er ist gerade mitten in der Fäkalphase.«

Der Chef sagte mit leiser Ungeduld: »Lasst uns endlich anfangen.«

»Entschuldigung«, murmelte Helene noch einmal. Sie biss sich auf die Lippe.

Die anderen Teilnehmer nickten und wirkten nicht mehr ganz so verständnisvoll.

Sie drehte sich noch einmal zu ihrem Sohn um. »Schatz, spiel noch kurz allein, Mami ist gleich für dich da.«

»Darf ich ›Paw Patrol‹ schauen?«, fragte er unvermittelt.

»Nein, morgens schauen wir kein Fernsehen, Schatz.«

»Doch, Paw Patrol, Paw Patrol!«

»Lass Mama noch kurz die Besprechung fertig machen, dann komme ich rüber zu dir ins Wohnzimmer, okay?«

Das gefiel Simon nicht. »Nein, jetzt! Paw Patrol! Paw Patrol!«

Immer lauter forderte er seine Lieblingsserie, bis schließlich einer der Konferenzteilnehmer verzweifelt dazwischenrief: »Machen Sie ihm doch einfach die verdammte Serie an.«

Erst jetzt bemerkte Helene, dass sie vergessen hatte, ihr Mikrofon zu deaktivieren. »Er ist vier Jahre alt. Er sollte nicht viel fernsehen, das ist nicht gesund für seine Entwicklung«, zischte sie.

Ihr Chef schien langsam die Geduld mit ihr und ihrem Kind zu verlieren. Er kratzte sich an seiner perfekt rasierten Glatze und rief mit etwas lauterer Stimme als sonst: »Helene, ich verstehe deine Situation, aber du musst dich besser fokussieren. Schließlich muss das Geschäft laufen, egal ob du ein krankes Kind zu Hause hast oder nicht.«

Sie nickte. »Klar, klar …«

Simon spielte jetzt in der Zimmerecke mit seinen Spielzeugautos und den Dinos und war etwas ruhiger. Der Gedanke an seine Lieblingsserie war offenbar so schnell verschwunden, wie er aufgetaucht war. Sie atmete durch.

Endlich begannen sie mit der Projektbesprechung. Aufgaben wurden verteilt.

»Helene, du musst für die nächste Kundenbesprechung dein Projekt auf einigen Seiten vorstellen.«

Sie nickte. »Klaro. Mache ich.«

»Na, beschäftigt sich der Kleine schön?«, fragte eine Kollegin nach einer Weile.

Helene sah sich alarmiert um und entdeckte, dass ihr Sohn mit ihrem Lippenstift auf die Wand malte. Wo hatte er den plötzlich her? War er etwa unbemerkt ins Bad gegangen? Er musste auf den Badewannenrand geklettert sein und den Spiegelschrank ausgeräumt haben.

»Simon, was machst du da?« Wieder drückte sie auf den Mikrofon-aus-Knopf. Sie rannte zu ihrem Sohn, entriss ihm den Lippenstift und sah, dass er nicht nur die Wand bemalt hatte, sondern auch sein ganzes Gesicht und seine Hände. Sie war schrecklich wütend, doch der Kleine meinte nur entwaffnend: »Spielst du mit Dino?«

Helene rannte zurück zum Laptop und erklärte knapp: »Tschüss, ich denke, wir haben alles geklärt.« Ohne eine Entgegnung ihres Chefs abzuwarten, klappte sie den Bildschirm herunter und beendete das Gespräch.

»Warum habe ich nicht etwas studiert, was mir Spaß macht?«, murmelte sie vor sich hin. Sie mochte ihren Job nicht. Überhaupt fragte sie sich, warum sie auf ihre Eltern gehört, BWL studiert und sich durch das Studium gequält hatte, um einen Beruf auszuüben, der sie mehr überforderte als erfüllte. Mit achtzehn Jahren hatte sie einfach noch nicht gewusst, was sie im Leben beruflich machen sollte. Und jetzt, wo sie auch noch alleinerziehend war, war nicht daran zu denken, neue Träume zu verwirklichen. Wenn sie ehrlich zu sich war, konnte sie nun, mit Ende dreißig, immer noch nicht genau sagen, was ihr eigentlich Spaß machen würde. Jedenfalls kein Bürojob. Vielleicht hätte sie Floristin werden sollen oder in einem Hotel arbeiten oder ein Restaurant eröffnen.

Ihr Sohn riss sie aus ihren Gedanken, als er rief: »Spielst du jetzt mit mir?«

Sie sah ihn an und lächelte. Doch statt mit ihm zu spielen, ging sie mit Simon ins Bad und machte ihn erst einmal sauber.

»Was wollen wir denn heute essen?«, fragte sie.

»Spaghetti mit Tomatensoße!«, rief er begeistert.

»Das hatten wir doch schon gestern. Vielleicht Vollkornreis mit Gemüse?«

»Bääääh!«, rief der Kleine.

»Also Reis mit Gemüse«, entschied sie dennoch.

Sie ging in die Küche, während sich Simon wieder seinen Dinos widmete.

Kaum stand das Essen auf dem Herd, brummte ihr Handy. Der Wecker erinnerte sie daran, dass sie ihre Tochter von der Grundschule abholen musste.

Helene schaltete den Herd wieder aus. »Komm, wir müssen schnell Johanna von der Schule abholen.«

Sie zog ihrem Sohn Schuhe an, hetzte mit ihm an der Hand aus der Wohnung, stellte Simon draußen auf der Straße seinen blauen Kinderroller hin und schwang sich selbst auf ihren Tretroller, der vor dem Haus parkte.

»Wettrennen! Auf die Plätze fertig los!«, rief sie, und beide rasten los.

Völlig verschwitzt kam sie an der Schule an. Ihre Tochter wartete mit ihrem Roller schon an der Einfahrt des Pausenhofs.

Die Siebenjährige sah ihrer Mutter nicht ähnlich. Im Gegensatz zu Helene war sie ganz hell, mit lockigen blonden Haaren, die ihr etwas zerzaust über die Schultern fielen. Wie auch ihr Bruder kam sie äußerlich mehr nach dem Vater. Helene selbst hatte dunkelbraunes, schulterlanges Haar, das sie meistens zu einem Pferdeschwanz zusammengebunden hatte.

Eine andere Mutter begrüßte sie. Helene merkte, dass diese sie von oben bis unten musterte. Erst jetzt wurde ihr bewusst, dass sie zu ihrer hellblauen Bluse, die sie angezogen hatte, um bei der Videokonferenz ordentlich gekleidet zu wirken, Flipflops und eine graue Jogginghose trug. Irgendwie passte kein Teil zum anderen.

Sie seufzte. »Simon ist heute krank, ich bin etwas gestresst …«

Die andere Mutter nickte und lächelte. Im Gegensatz zu Helene sah sie aus wie aus dem Ei gepellt. Sie trug ein modisches blau-weiß gestreiftes Kleid, dazu einen lässig geflochtenen Zopf und Sandalen. Aber selbstverständlich die neusten von Birkenstock mit Glitzersteinen, noch getoppt von perfekt lackierten Fußnägeln.

»Du Arme, das verstehe ich. Wie schaffst du das überhaupt – allein mit zwei Kindern und dazu auch noch berufstätig?«

Helene zuckte mit den Schultern. »Es ist chaotisch. Aber du hast doch vier und schaffst es besser als ich.«

Die andere Mutter wehrte lässig mit der Hand ab. »Organisation und Disziplin sind alles, und ich bin nicht allein. Wenn ich dir irgendwie helfen kann … Vielleicht hast du Lust, morgens mal mit mir zu walken? Dann erzähle ich dir ein bisschen, wie ich es mache.«

Helene sah sie entgeistert an. »Du willst mir doch nicht etwa erzählen, dass du auch noch walken gehst?«

»Jeden Morgen, das hilft mir und gibt so viel Kraft!« Wieder lächelte sie. Sie meinte das wohl tatsächlich ernst.

Helene seufzte und fragte sich, ob diese nette Mutter wirklich ein Mensch war oder ein Roboter, der nur aussah wie eine normale Frau.

In diesem Moment sagte ihre Tochter vorwurfsvoll: »Du bist schon wieder spät.«

»Entschuldige.«

»Musst du immer quatschen? Ich will nach Hause!«

Die beiden Frauen verabschiedeten sich.

»Melde dich einfach bei mir, wenn du Lust hast, mal mitzukommen«, sagte die andere Mutter noch.

»Das werde ich«, versprach Helene.

Dann rollten sie nach Hause.

Dort angekommen, leerte Helene den Briefkasten. Auch ein Brief ihres Arbeitgebers war dabei. Sie legte die Post ungeöffnet auf die Schuhkommode im Flur; zunächst mussten die Kinder etwas auf den Teller bekommen.

Während sie das Essen fertig machte, gab es Streit zwischen den Geschwistern. Diesmal ging es um die Serie, die sie später schauen wollten. Beim Essen hingegen waren beide einer Meinung: »Bäääh! Zu viel Gemüse!«

Helene holte eine Flasche Ketchup aus dem Kühlschrank und goss die süße Tomatensoße großzügig über die Teller der Kinder.

»Besser!«, meinte Johanna, und auch Simon aß nun begeistert seinen Teller leer.

Nachmittags versuchte sie, an ihrer Präsentation zu arbeiten, aber die Kinder waren einfach zu laut. Sie brauchten etwas Bewegung und Aufmerksamkeit, damit sie wieder ausgeglichener wurden. Also ging sie mit ihnen auf den Spielplatz. Die Arbeit musste warten, bis die beiden im Bett waren. Auf dem Spielplatz hörte sie, wie zwei Mütter sich über den bevorstehenden Urlaub unterhielten.

»Diesmal wollen wir nach Dänemark, im Süden ist es mir zu heiß.«

»Dänemark ist wunderbar, allein die Ferienhäuser sind ein Traum.«

»Ein teurer Traum …«, erwiderte die andere.

»Wir fahren in die Toskana. Italien ist für mich einfach das schönste Urlaubsland.« Dann schwärmte sie noch vom leckeren Essen dort.

Helene merkte, dass sie immer wütender wurde, weil sie dieses Jahr keinen Urlaub gebucht hatte. Sie hatte nur zehn Tage Urlaub zu Beginn der Sommerferien, und selbst für diese Tage hatte sie keine Reise geplant. Danach würde sie die Kinder für ein paar Tage zu den Großeltern schicken. Sie hatte einfach nie die Zeit gefunden, sich mit dem Thema Reiseplanung zu beschäftigen. Und wenn sie ehrlich war, hatte sie die Thematik auch vor sich hergeschoben, weil ein Urlaub im Ausland für sie allein finanziell schwer zu stemmen war.

Endlich wurde es Abend, und nachdem sie die Kinder in die Badewanne gescheucht hatte, setzte Helene sich auf den Toilettendeckel und las den Brief ihres Arbeitgebers.

»Eine Gewinnbeteiligung!«, rief sie glücklich. Das war der einzige Pluspunkt ihres Jobs. Die Arbeit machte zwar keinen Spaß, aber wenigstens war die Bezahlung nicht schlecht. Gerade jetzt, wo sie allein mit den Kindern war und nur eine Sechzig-Prozent-Stelle hatte, war das beruhigend. So kamen sie wenigstens über die Runden. Und nun erhielt sie sogar einen Bonus!

Ihre Kinder sahen sie verständnislos an. Dann begannen sie eine Wasserschlacht, die das ganze Badezimmer einbezog. Doch diesmal störte es Helene nicht. Sie las den Brief noch einmal. Wie es aussah, war es der Firma im letzten Jahr wirtschaftlich viel besser ergangen, als ihr Chef sie immer glauben machen wollte. Und nun erhielt Helene zwei Monatsgehälter als Bonuszahlung.

Es war bereits nach zwanzig Uhr, als Simon endlich eingeschlafen war. Johanna war noch wach und fragte: »Mama, fahren wir auch weg in den Ferien?«

»Ihr könnt ein paar Tage zu Oma und Opa.«

»Aber das ist doch kein richtiger Urlaub«, erwiderte die Kleine enttäuscht.

Helene streichelte Johannas Stirn. »Urlaub ist Urlaub, mein Schatz. Und außerdem freuen sich Oma und Opa, euch endlich wiederzusehen. Freust du dich nicht?«

»Doch, natürlich. Ich habe sie auch vermisst.« Johanna verdrehte die Augen. »Aber ich meine richtig wegfahren, ans Meer und so. Wie die anderen.«

Wie sie diese Diskussionen hasste! Vor allem dann, wenn das Kind eigentlich längst schlafen sollte.

»Nicht alle fahren weg, mein Schatz, ganz viele bleiben auch hier und machen Ausflüge. In deiner Ferienbetreuung sind doch auch viele deiner Schulfreunde.«

Johanna seufzte. »Mit Papa sind wir immer weggefahren.«

Helene wurde es schwer ums Herz. Sie konnte ihre Tochter so gut verstehen. Einfach mal weg, vielleicht würde ihr ein

Tapetenwechsel auch guttun. Keine sinnlosen Präsentationen und Meetings. »Vielleicht fahren wir ja doch noch irgendwohin. Mal schauen ...« Sie lächelte ihre Tochter an.

Johanna setzte sich hoffnungsvoll im Bett auf. »Echt?«

»Aber erst wird geschlafen.« Sie küsste ihre Tochter, dann ging sie aus dem Zimmer. Das Nachtlicht in Form einer rosafarbenen Wolke war die einzige verbleibende Lichtquelle.

Sie wusste, dass ihr Ex-Mann Micha in ein paar Tagen in den Urlaub fuhr. Er hatte eine neue Flamme, wohl einige Jahre jünger als er, und da nahm er sich gern drei Wochen Urlaub. Auch wenn er die Kinder dadurch gleich an zwei Wochenenden nicht zu sich nehmen konnte. Sie würden hier zu Hause rumsitzen.

Helene lief leise ins Wohnzimmer und arbeitete noch ein wenig an ihrer Präsentation. Doch es fiel ihr schwer, sich zu konzentrieren. Als sie später noch einmal einen Blick ins Kinderzimmer warf, schliefen beide tief und fest in ihrem Hochbett. Sie begann, im Internet nach Urlaubszielen zu suchen. Vielleicht war es ja ein Wink des Schicksals, dass der Brief ihres Arbeitgebers ausgerechnet heute im Briefkasten gelegen hatte, dachte sie bei sich.

Erst suchte sie in Frankreich und Italien, doch die Preise der letzten noch freien Ferienunterkünfte ließen sie schnell aufgeben. Also schaute sie sich in Deutschland um, suchte nach Bauernhöfen an der Nord- und Ostsee. Doch auch hier war alles, was sie fand, entweder zu teuer oder bereits ausgebucht.

Sie wollte schon aufgeben, als ihr eine Pension in einem kleinen Nordseeort auffiel. Es war eines dieser schönen, romantischen Häuser mit Reetdach, direkt an der Küste, nur wenige Meter vom Meer entfernt hinter einem Deich. Es waren noch Zimmer frei, der Preis stimmte, vor allem aber wurde betont,

Kinder seien willkommen. Auf Wunsch gab es sogar eine Kinderbetreuung, damit die Eltern ein paar Stunden für sich sein und sich entspannen konnten. Das war der Hauptgrund, der Helene dazu bewog, spontan zu buchen. Sie sah auf Google Maps nach, wo der kleine Ort lag, von dem sie noch nie gehört hatte. Süderwiek befand sich wenige Kilometer von Husum entfernt, direkt an der Küste. Husum kannte sie, auch wenn sie noch nie dort gewesen war. Sie erinnerte sich, dass mehrere ihrer Kollegen in der Nähe im Urlaub gewesen waren und berichtet hatten, dass die ganze Region dort oben wunderbar für Familienurlaube geeignet sei.

Wenn sie die gesamte Bonuszahlung verwendete, konnten sie vier Wochen bleiben. Vier Wochen! Sie rechnete es kurz durch. Zehn Urlaubstage hatte sie ohnehin bereits genommen. An den restlichen Tagen konnte sie den halben Tag vom Pensionszimmer aus arbeiten. Sie gab die gewünschten Tage in das Buchungsformular ein. Als sie sah, dass sie bis zwei Tage vor Anreise von der Buchung zurücktreten konnte, drückte Helene kurz entschlossen auf »Buchen«. Damit war die Bonuszahlung weg. Doch das war egal, sie musste endlich mal raus hier.

Sie rief ihre Mutter an.

»Na, mein Schatz, ist alles in Ordnung?«

»Alles gut, ich wollte mit dir mal unsere Ferienplanung besprechen«, antwortete Helene.

»Jaaa?«, sagte ihre Mutter lang gezogen.

»Also, die Ferien stehen ja kurz bevor und die Kita schließt bald.«

Wieder ein »Jaaa?« seitens ihrer Mutter.

»Die Kinder mussten ja so einiges mitmachen das letzte Jahr – und ich auch.«

»Absolut. Und?«

»Ich bekomme eine Bonuszahlung von der Firma und habe mich entschieden, mit den Kindern für ein paar Wochen an die Nordsee zu fahren.«

»Das ist ja eine tolle Idee, mein Schatz! Aber musst du nicht arbeiten? Und ist das Geld momentan nicht ein bisschen knapp?«

»Doch. Aber ich kann auch von dort aus arbeiten und werde nur ein paar Tage Urlaub nehmen müssen. Es gibt eine Kinderbetreuung, und die Pension, die ich gefunden habe, ist so günstig, dass meine Bonuszahlung dafür reicht. Das bedeutet aber auch, dass die Kinder nicht zu euch kommen in den Ferien. Beziehungsweise nur ein paar Tage, bevor wir losfahren.«

»Das ist ja wundervoll«, antwortete ihre Mutter.

»Bist du gar nicht enttäuscht?«, fragte Helene.

»Doch, schon. Natürlich hätte ich meine Enkel gern länger gesehen. Aber ich freue mich für euch. Ist doch toll, wenn du mal wieder gemeinsam mit den Kindern rauskommst. Und gerade heute haben meine alten Arbeitskolleginnen gefragt, ob ich mit ihnen einen Wanderurlaub machen will. Ich habe natürlich abgesagt. Aber so könnte ich doch beides unter einen Hut bekommen – ein paar Tage mit meinen Enkeln und eine Reise mit meinen Freundinnen.«

»Perfekt!«, antwortete Helene erfreut.

»Vielleicht können Papa und ich ja auch noch eine Kleinigkeit dazugeben, damit die Reisekasse nicht zu knapp wird«, meinte ihre Mutter. Und bevor Helene etwas erwidern konnte, fuhr sie fort: »Ich finde es wirklich gut, dass du mal wieder rauskommst. Das letzte Jahr mit der Scheidung war ja wirklich nicht leicht für dich und die Kinder. Es wird euch allen guttun, glaub mir.«

Gut gelaunt legte Helene auf. Jetzt musste sie nur noch ihren Chef von ihrem Vorhaben überzeugen. Das würde sie am nächsten Tag erledigen. Sie würde ihn daran erinnern, dass sie ihm in den letzten Wochen mehrfach mit ihren guten Excelkenntnissen ausgeholfen hatte. Außerdem war sie die Einzige mit kleinen Kindern in ihrer Abteilung, und ihr Chef wollte sich so gern mit dem innerbetrieblichen Titel »familienfreundlich« schmücken.

2.

Endlich war der große Tag gekommen und Helene war dabei, das Gepäck ins Auto zu laden. Die Kinder sprangen auf den Sitzen herum und spielten am CD-Player. Es lief ein Kinderhörbuch, die zwei schlugen sich mit Schaumstoffwasserpistolen gegenseitig auf die Köpfe und lachten dabei. Helene blickte auf den Kofferraum und anschließend auf das Meer von Koffern und Taschen, die es noch einzupacken galt. Ihre Freundin Connie stand neben ihr und fragte immer wieder: »Meinst du wirklich, dass das alles noch reinpasst?«

»Ja, ja, ist immer dasselbe, egal ob wir eine Woche oder vier wegfahren.« Sie lächelte, als sie das zweifelnde Gesicht ihrer ältesten Freundin sah. »Das klappt, wirklich! Erinnerst du dich nicht, wie das damals war, als deine Kinder klein waren?«

»Nö, ich hab immer wenig eingepackt. Du kennst mich doch, ich bin Minimalistin.«

Helene nickte. »Stimmt, im Gegensatz zu mir ...«

Tatsächlich stand nach ein paar Minuten keine einzige Tasche mehr neben dem Auto. Dafür waren der Kofferraum sowie auch der Beifahrersitz und jeder Freiraum im hinteren Bereich vollgepackt. Die Kinder saßen mittlerweile in ihren Sitzen, umgeben von Getränken, Essen und Spielsachen, die so praktisch platziert waren, dass die Kinder sie gut erreichen konnten.

»Kann man Autobeladen studieren?«, fragte Connie.

Helene lachte. »Jahrelange Erfahrung. Danke, dass du unsere Wohnung hütest.«

»Mache ich doch gern! Ich habe ja keinen Stress mehr, meine Kinder sind eh nur noch selten zu Hause. Wenn etwas ist, melde dich.«

Connie war mit einundvierzig nur zwei Jahre älter als Helene. Allerdings hatte sie früh Kinder bekommen und hatte jetzt zwei Teenager zu Hause.

Noch einmal umarmten sich die beiden Frauen, dann stieg Helene ein.

Die Kinder freuten sich lautstark auf den bevorstehenden Urlaub. »Mama, wann sind wir da?«, fragte Simon bereits kurz nachdem sie auf die Autobahn gefahren waren.

»Das dauert noch, mein Schatz, bestimmt sieben oder acht Stunden, aber ihr könnt schlafen. Und wenn ihr aufwacht, sind wir da.«

»Ich bin zu aufgeregt, ich kann nicht schlafen!«, rief ihre Tochter.

»Kinder, ihr könnt jetzt so viele Hörbücher hören, wie ihr wollt.«

»Yippieee!«, riefen die zwei begeistert.

* * *

Es war bereits dunkel geworden. Helene trank einen Schluck von ihrem Kaffee und merkte, dass die Kinder-CD immer noch lief, obwohl die beiden hinten in ihren Sitzen längst schliefen. Schnell legte sie ihre Lieblings-Krimi-CD ein, die im Seitenfach lag. Endlich, nach fast drei Monaten, konnte sie weiterhören und herausfinden, wer der Mörder war. Das Navi zeigte an, dass es nur noch eine Stunde bis zu ihrem Ziel war. Helene merkte, dass sie langsam müde wurde. Das Wetter verschlechterte sich zusehends. Als sie schließlich von der Autobahn auf die Landstraße abbog, war es schon nach dreiundzwanzig Uhr. Sie hatte die Pensionswirtin per Mail gefragt, ob es in Ordnung sei, wenn sie erst nach zwanzig Uhr ankämen. Doch nun hatten sie zuerst bei Hannover und dann noch einmal bei Hamburg im Stau gestanden, und sie fürchtete, dass die Wirtin bereits schlafen gegangen war. Sie hatte schon überlegt, bei der Pension anzurufen und Bescheid zu geben, doch kurz vor Hamburg war ihr aufgefallen, dass ihr Handyakku leer war.

Der Regen wurde immer stärker, und sie konnte kaum noch etwas sehen. Die Scheibenwischer quietschten, und ihr Hörbuch neigte sich dem Ende zu. Jetzt würde sie erfahren, ob ihre Vermutung stimmte, wer der Mörder war. Sie fuhr durch einen kleinen Ort, dessen Ortsschild sie aufgrund der schlechten Sicht nicht hatte lesen können. War das bereits Süderwiek? Laut Navi waren sie schon ganz in der Nähe der Pension. Sie fuhr langsamer. Auf beiden Seiten der Straße tauchten Häuser auf.

Plötzlich wurde ihre Tochter wach. »Mama, mir ist schlecht.«

»Oh, mein Schatz, wir sind gleich da!«

»Mama, mir ist …« Weiter kam sie nicht, denn in diesem Moment erbrach sich Johanna in ihren Schoß.

»Oh nein, oh nein!«, rief Helene. *Jetzt muss ich wahrscheinlich wieder warten, bis ich herausfinde, wer der Mörder ist*, dachte sie noch und schaltete dann das Radio aus.

Ihre Tochter weinte. Helene entdeckte eine Parklücke am Straßenrand und fuhr hinein. Als sie noch ein Stück zurücksetzen wollte, legte sie vor lauter Stress aus Versehen den fünften Gang ein. Das Auto machte einen Sprung nach vorn und knallte gegen einen Geländewagen, der ebenfalls am Straßenrand parkte. Jetzt wurde auch Simon wach.

»Scheiße, Scheiße!«, wiederholte Helene verzweifelt. »Geht es euch gut?«

»Mama!« Simon schaute sich erschrocken um. Seine blasse, weinende Schwester und seine fluchende Mutter brachten auch ihn zum Weinen.

Helene seufzte und versuchte, etwas ruhiger zu klingen. »Ich bin da, Schatz. Alles ist gut. Ich bin nur gegen ein Auto gefahren. Zum Glück ist es dunkel und keiner sitzt drin.«

In dem Moment öffnete sich die Fahrertür des Wagens vor ihr, was sie erneut fluchen ließ. Ein Mann stieg aus und kam mit wütendem Gesichtsausdruck auf ihr Auto zu.

Helene ließ das Fenster herunter. Es regnete immer noch.

»Sie sind gegen mein Auto gekracht.« Der Mann sah sie verärgert an.

»Es tut mir leid, aber meiner Tochter geht es nicht gut.«

Der Mann blickte kurz nach hinten auf die Rückbank, nahm aber wohl aufgrund des beißenden Geruchs von Erbrochenem seinen Kopf schnell wieder zurück.

»Wir können das alles gleich besprechen, ich fahre schnell ein Stück zurück und helfe meiner Tochter raus, bevor sie sich noch die Seele aus dem Leib kotzt«, sagte Helene.

Der Mann antwortete nicht. Sprachlos sah er zu, während sie parkte, ausstieg und ihrer kreideweißen Tochter aus dem Kindersitz half.

»Was hat sie?«, erkundigte er sich dann.

Helene stand nun mit Johanna vor dem Auto, einen Arm beruhigend um ihre Tochter gelegt. Bevor Helene etwas auf die Frage des Mannes entgegnen konnte, erbrach sich ihre Tochter noch einmal, und zwar direkt vor seine Füße. Seine Schuhe bekamen ein paar Spritzer ab. Es waren teure Schnürschuhe aus Leder, glänzend poliert.

»Scheiße!«, rief sie erneut.

Ihre Tochter weinte noch lauter.

Helene streichelte ihr Haar. »Du kannst nichts dafür, Schatz«, sagte Helene.

Der Mann blickte stumm auf seine Füße. Sie konnte keine Regung von seinen Gesichtszügen ablesen.

Helene holte Wasser vom Beifahrersitz und reichte es ihrer Tochter. »Komm, trink, das hilft.«

Dann öffnete sie den Kofferraum und zog aus Johannas Rollkoffer die ersten Kleidungsstücke heraus, die sie zu greifen bekam. Außerdem schnappte sie sich noch die Küchenrolle, die sie stets im Kofferraum liegen hatte. Denn als Mutter rechnete man immer damit, irgendeine Sauerei im Auto aufwischen zu müssen. Sie ging zurück zu Johanna, half ihr aus dem verdreckten Oberteil der Hose und zog ihr neue Kleidung an. So gut es ging, säuberte sie mit den Küchentüchern die Rückbank.

Der Mann beobachtete die Situation. Etwas hilflos sah er von seinen Schuhen abwechselnd zu Helene und zu ihrer Tochter. Im Hintergrund schrie Simon, der darauf wartete, ebenfalls aus dem Auto geholt zu werden. Als auch er auf der Straße stand und alle drei den Mann verzweifelt ansahen, seufzte dieser resigniert.

»So, jetzt können wir über den Schaden sprechen. Sind Sie verletzt?«, fragte Helene, die mittlerweile völlig erschöpft war.

Er schüttelte den Kopf. »Ich schaue mir mal an, was genau passiert ist«, meinte er.

Ihre Vorderlichter beleuchteten sein Auto, sodass er den Schaden betrachten konnte. Sein linkes Rücklicht war zertrümmert, und auch die Stoßstange hatte eine Delle abbekommen. Ängstlich warf sie einen Blick auf ihr eigenes Auto. Den Schaden an seinem Auto würde ihre Versicherung bezahlen, aber für ihren alten Seat, Baujahr 2009, hatte sie natürlich keine Vollkaskoversicherung. Zu ihrer Erleichterung sah es so aus, als sei ihre vordere Stoßstange nur leicht eingedrückt und zerkratzt. Sie war keine Fachfrau, vermutete aber, dass dies eine gute Werkstatt wieder ausbeulen konnte, ohne dass die Stoßstange ausgewechselt werden müsste. Das Auto musste schließlich keine Schönheitswettbewerbe mehr gewinnen.

»Ich sollte vielleicht die Polizei anrufen, damit alles geregelt ist«, überlegte er laut.

Helene nickte.

»Die Polizei?«, rief Johanna. »Müssen wir ins Gefängnis?«, schluchzte sie.

Simon, immer noch nicht richtig wach, tat es ihr gleich und begann ebenfalls wieder zu weinen.

Der Mann war offensichtlich überfordert von den Gefühlsausbrüchen der Kinder. Helene versuchte mit sanfter Stimme, die beiden zu beruhigen: »Nein, mein Schatz, die Polizei muss kommen, um sich den Schaden anzuschauen.«

»Aber du bist schuld, Mama, und dann musst du vielleicht ins Gefängnis«, jammerte Johanna.

Helene streichelte ihr über die Haare. Ihren Sohn nahm sie auf den Arm. Den kalten Regen spürte sie schon gar nicht mehr. Erst jetzt sah sie sich den Mann, der offenbar unsicher war, was er tun sollte, genauer an.

Er war der nordische Typ – blond, groß und schlank. Sie schätzte ihn auf Mitte vierzig. Eigentlich passte er genau in ihr Beuteschema. Es wunderte sie ein wenig, dass er Hemd und Hose trug und aussah, als sei er gerade aus dem Büro gekommen. Dabei war es doch mittlerweile schon nach Mitternacht!

Die angenehm tiefe Stimme des Mannes riss sie aus ihren Gedanken. »Warum lächeln Sie?«, fragte er.

Sie schüttelte den Kopf. »Entschuldigung, ich bin nur völlig erschöpft. Da geht bei mir immer alles drunter und drüber.« Dabei lächelte sie wieder und dachte, dass er sie jetzt wahrscheinlich für komplett irre hielt. Sie konnte ihm ja wohl schlecht vorschlagen, mit ihr einen Kaffee zu trinken, damit sie sich besser kennenlernen konnten, jetzt, nachdem sie sein Auto werkstattreif gefahren hatte …

Offenbar hatte sie schon viel zu lange keine romantische Beziehung mehr gehabt, das wurde ihr in diesem Moment bewusst. Benahm sie sich deshalb so albern, weil sie seit einem Jahr ohne Mann lebte? Nun gut, in Sachen Romantik währte ihre Durststrecke natürlich viel länger als ein Jahr.

Er sah auf seine Armbanduhr. Dann blickte er zu den Kindern und wieder zu ihr. Schließlich entschied er: »Gut, ich denke, wir können es auch ohne die Polizei regeln. Ich mache ein paar Fotos und notiere mir Ihre Daten, dann kontaktiere ich meine Versicherung und Sie Ihre.«

Helene nickte dankbar. »Hast du gehört, Schatz, es kommt keine Polizei«, beruhigte sie Johanna, die immer noch leise weinte. »Es wird alles gut.« Zu dem Mann sagte sie: »Es tut mir leid, normalerweise fahre ich sehr vorsichtig, aber da meine Tochter sich übergeben musste, war ich abgelenkt.«

Er nickte nur. Dann fotografierte er den Schaden, notierte sich ihre Daten und gab ihr seine Karte.

»Lasse Rasmussen. Immobilien«, las sie. So hieß er also. Lasse. Der Name passte zu ihm, wie sie fand.

»Ich bin müde, Mama«, jammerte Simon.

»Es ist bestimmt nicht mehr weit bis zur Pension. Wir fahren gleich.« Sie wandte sich an Lasse. »Entschuldigen Sie, wenn ich Sie noch mal behellige, aber können Sie uns vielleicht sagen, ob es noch weit ist bis zur Pension Meerblick? Wir sind schon seit Stunden unterwegs und wollen nur ankommen.«

Er sah sie mit erhobener Augenbraue an. »Die kenne ich, das sind vielleicht noch fünf Minuten mit dem Auto.«

»Danke.«

»Dann komme ich morgen dort vorbei, um den Rest mit Ihnen abzuklären«, erklärte Lasse. Als er an seinem Wagen angekommen war, sagte er unvermittelt: »Warten Sie einen Moment.« Er öffnete die Tür und kehrte kurz darauf mit einer Tortenschachtel zu ihnen zurück.

»Oh, hast du Geburtstag?«, fragte Simon.

Er blickte auf den Kuchen. »Nein. Ihr könnt ihn haben. Ich mag keinen Kuchen. Es ist ein Schokoladenkuchen.«

Johanna hatte jetzt wieder ein bisschen Farbe bekommen. »Sind deine Kinder dann nicht sauer?«, fragte sie betroffen.

Er schüttelte den Kopf. »Ich habe keine Kinder.«

Das passt ins Bild, dachte Helene. Er war wahrscheinlich einer dieser karrieregeilen Typen, denen Familie und Kinder beim Geldverdienen nur im Weg standen. Lebte in einer modernen Wohnung und hatte eine Freundin, die genauso erfolgreich war. Wahrscheinlich hatte ihm jemand diesen Kuchen gebacken und geschenkt, und er gab ihn einfach weg.

Er wirkte ein wenig angespannt, sodass Helene mit einem leichten Lächeln sagte: »Sie ist so neugierig, tut mir leid! Vielen Dank! Obwohl wir Ihr Auto kaputt gefahren haben, bekommen wir zur Belohnung jetzt auch noch Kuchen von Ihnen geschenkt.«

Johanna lächelte ihn an. Kurz entschlossen zog sie etwas aus dem Innenfach der offen stehenden Autotür und ging auf ihn zu.

»Hier. Das schenke ich dir«, sagte sie und hielt ihm ein selbst gemaltes Bild hin.

Der Mann erstarrte und machte keinerlei Anstalten, das Papier entgegenzunehmen, auf dem ein paar Löwen und Tiger zu sehen waren.

Helene fühlte sich in ihrer Theorie bestätigt. *Die meisten Menschen würden jetzt wenigstens lächeln*, dachte sie. Lasse jedoch stand weiterhin wie eingefroren an Ort und Stelle. Sie zog ihre Tochter zu sich. »Entschuldigung.«

Dabei sah sie ihm das erste Mal in die Augen und bemerkte darin eine unausgesprochene Sehnsucht, die sie rührte. Dabei wirkte er ansonsten so kühl. Doch sein Blick war so ganz anders, irgendwie traurig. Nachdenklich verabschiedete sie sich schließlich von ihm, stieg ins Auto und fuhr weiter, bis sie die Pension gefunden hatte. Dort brannte zum Glück noch Licht.

Endlich hatte es aufgehört zu regnen. Eine Frau mit langen grauen Haaren, die sie zu einem lässigen Dutt zusammengebunden hatte, während einige Strähnen ihr Gesicht umrahmten, öffnete ihnen die Tür. Sie trug eine lange bunte Tunika, die eher nach Nordafrika gepasst hätte als nach Norddeutschland. Freudestrahlend begrüßte sie die durchnässte Familie. »Moin! Ich habe mir schon Sorgen gemacht.«

Hier im Norden sagte man wohl den ganzen Tag über »Moin«, davon hatte Helene schon einmal gehört. Auch wenn das für süddeutsche Ohren eher ungewöhnlich klang.

»Moin«, grüßte sie zurück. »Bitte entschuldigen Sie. Wir hatten einen kleinen Unfall im Ort, deshalb sind wir so spät dran.«

Die Frau begleitete sie hinein. »Ihr seid ja völlig durchnässt. Zieht euch gern hier im Wohnzimmer um, das Feuer im Kamin brennt noch.«

Helene fiel auf, dass die Wirtin sie sofort duzte. Es störte sie nicht, im Gegenteil – ein herzlicher Empfang war genau das, was sie jetzt brauchte. Sie schätzte die Frau auf Ende sechzig. Sie machte einen sehr agilen Eindruck und hatte ein attraktives, freundliches Gesicht. Helene war sich sicher, dass sie einmal eine richtige Schönheit gewesen sein musste. Ihre Augen waren dunkel, aber ansonsten war sie ein heller Typ. Sie lief barfuß.

»Ich hole euch ein paar Bademäntel«, verkündete die Pensionswirtin. Dann verschwand sie und kam kurze Zeit später vor sich hin summend mit Bademänteln in unterschiedlichen Größen zurück.

»Sie sind aber gut ausgestattet«, bemerkte Helene.

Die Wirtin zuckte mit den Schultern. »Mit der Zeit sammelt sich dieses und jenes an.« Sie betrachtete die drei und sagte dann: »Ich habe vorhin Pfannkuchen gemacht. Dazu gibt es noch Kakao, sobald ihr euch umgezogen habt.« Dann verschwand sie wieder.

Helene half den Kindern aus der nassen Kleidung und suchte die passenden Bademäntel heraus, dann zog auch sie sich aus und schlüpfte in einen warmen, rosafarbenen Frotteemantel. Die Kinder lächelten wieder.

»Das Kaminfeuer knistert aber schön«, bemerkte Simon. Beide Kinder setzten sich auf den bunten Teppich vor dem Schwedenofen.

»Essen ist fertig!«, rief die Frau, die in diesem Moment wieder das Zimmer betrat. Dann stellte sie Pfannkuchen, verschiedene Marmeladen und Schokocreme auf einen großen Couchtisch, der bereits ziemlich beladen war mit Briefen, Zeitschriften und Büchern. »Ihr könnt auch hier im Wohnzimmer essen, wenn ihr wollt. Ihr seid ja sicher ganz schön müde.«

Johanna rief fröhlich: »Das riecht aber gut! Ich hab einen Riesenhunger. Weißt du, ich hab vorhin viel gekotzt!«

Die Frau lachte laut auf. »Du Arme! Oh, entschuldige, dass ich gelacht habe. Kannst du denn dann überhaupt Pfannkuchen essen?«

»Ja, klar, das war nur die Reiseübelkeit.« Sie sah ihre Mutter an.

Helene nickte. »Die Tablette hat irgendwann nicht mehr gewirkt«, erklärte sie.

»Na, dann haut mal rein«, ermunterte sie die Wirtin.

»Wir haben auch noch einen Schokoladenkuchen dabei«, sagte Helene.

»Den essen wir morgen«, antwortete die Wirtin lächelnd.

Helene half ihr, den Tisch etwas freizuräumen, damit sie die Teller hinstellen konnte.

»Ich habe mich noch gar nicht vorgestellt. Ich bin Inga.«

»Ich bin Helene. Und das sind Simon und Johanna.«

»Hallo, Simon, hallo, Johanna. Schön, euch kennenzulernen«, erwiderte Inga.

»Die Pfannkuchen sind super!«, rief Simon begeistert.

Helene trank einen Kräutertee und die Kinder genossen ihren zuckersüßen Kakao. Helene erzählte kurz von dem Zwischenfall mit Lasse, dann fragte sie nach Ingas Pension.

»Die Pension gibt es jetzt schon so lange, seit vierzig Jahren. Früher war sie ein sehr beliebter Ort, aber ich bin nun mal nicht mehr jung, und wenn man immer alles allein machen muss, ach ja …« Sie seufzte. »Wie auch immer. Ich freue mich, dass ihr da seid. Es wird euch gefallen, das verspreche ich euch.« Wieder lächelte sie, und Helene hätte sie am liebsten umarmt, so nett fand sie diese Frau.

»So alt sind Sie doch noch gar nicht«, meinte sie dann.

»Immerhin dreiundsiebzig«, antwortete die Wirtin. »Da genießen andere schon lang ihren Ruhestand. Aber das wäre nichts für mich.«

»Dreiundsiebzig?«, fragte Helene überrascht. »Ich hätte höchstens auf Ende sechzig getippt!«

»Ach, danke, das ist nett. Ich versuche, mich fit zu halten.« Sie lächelte.

Als sie fertig waren, holte Helene das Gepäck aus dem Auto; Inga half ihr dabei. Den Schokoladenkuchen stellte die Wirtin in den Kühlschrank.

»Mit kleinen Kindern braucht man viel Zeugs«, bemerkte Inga.

Sie lachten. Dann brachte die Wirtin sie zu ihrem Zimmer. Dafür mussten sie eine quietschende Holztreppe emporsteigen.

Ihr Zimmer war gleich das erste auf dem von einer einzigen Lampe schummrig erleuchteten langen Flur.

Helene stellte das Gepäck ab. Das Zimmer war groß, mindestens zwanzig Quadratmeter. Die Wände aus Kalkstein waren weiß verputzt, ebenso wie die Decke, an der einige dunkle Holzbalken entlangführten. Sie scheuchte die Kinder kurz auf die Toilette im Badezimmer. Wenig später schliefen alle drei müde und erschöpft im großen Ehebett ein.

3.

Spitze Schreie von Möwen weckten Helene. Die Kinder schliefen noch tief und fest, als sie die Augen öffnete. Leise stand sie auf und lief zur Fensterfront – einer Reihe kleiner Fenster, die zusammen ein langes Rechteck bildeten. Was für ein Ausblick! Die Pension stand tatsächlich direkt hinter dem Deich auf einer Anhöhe. Der Hügel schien den Deich etwas zu überragen, wodurch die Aussicht unverstellt war. In der Nacht hatte sie gar nicht realisiert, wie nah sie dem Meer waren. Nun sah sie vom Fenster aus den menschenleeren Strand, ein paar Möwen, die nach Essbarem suchten, das ruhige Meer und den wolkenlosen Himmel. Das Wasser hatte sich weit zurückgezogen, vermutlich war gerade Ebbe. Am liebsten wäre sie sofort zum Strand gerannt, hätte den Sand unter ihren Füßen gespürt und die Wellen ihre nackten Waden kitzeln lassen.

Doch zunächst ging sie ins Bad, um sich ein wenig frisch zu machen. Jetzt, bei Tageslicht und ausgeschlafen, war sie unangenehm überrascht, wie schmutzig es war. Sie hätte sich nicht unbedingt als Sauberkeitsfreak bezeichnet, aber zumindest ein sauberes Bad war für sie doch eine Voraussetzung in einer solchen Unterkunft. Zum Glück hatte sie Desinfektionsmittel dabei. Also sprühte sie alles ein, bis sie von dem ätzenden Geruch husten musste. Fliesen, WC, Badewanne und Waschbecken waren allesamt froschgrün, eine Farbe, die in den Siebzigerjahren mal modern gewesen war. So ähnlich hatte das Bad ihrer Großmutter ausgesehen, bevor sie es hatte sanieren lassen.

Sie nahm sich vor, Inga zu sagen, dass sie sich vielleicht um eine bessere Putzfrau bemühen sollte. Doch sie wollte auch nicht kleinlich sein. Schließlich war es ihr erster Urlaubstag. Als sie ins Zimmer zurückkam, waren die Kinder gerade am Aufwachen und noch fürchterlich verschlafen.

»Guten Morgen! Wer hat Hunger?«, rief Helene.

Johanna grummelte etwas Unverständliches.

»Ich will noch schlafen, Mama«, murmelte Simon.

»Wie ihr wollt«, meinte Helene. »Dann bleibt mehr Kuchen für mich übrig. Ich gehe jetzt frühstücken.«

Als sie sahen, dass ihre Mutter zur Tür lief, sprangen beide zeitgleich aus dem Bett und zogen sich schnell an.

Fünf Minuten später gingen sie gemeinsam nach unten. Es war schon zehn Uhr, und irgendwie wirkte die Pension im rauen Tageslicht nicht mehr ganz so romantisch wie am Vorabend. Der Putz bröckelte hier und da von den Wänden, einige Ecken waren mit Krimskrams vollgestellt, und auch im Frühstücksraum schien schon lange nicht mehr richtig geputzt worden zu sein.

»Guten Morgen, liebe Gäste!«, begrüßte sie Inga.

Irgendwo im Hintergrund lief ein Radio und spielte Popmusik.

»Da das Wetter gerade so schön ist, habe ich euch den Tisch draußen gedeckt«, verkündete die Wirtin. Heute trug sie eine lange Leinenhose und ein passendes Leinenoberteil, beides in zartem Rosa. Sie liefen durch den Frühstücksraum, in dem fünf Tische standen, und betraten dann eine große Terrasse mit Blick aufs Meer. Helenes Laune besserte sich schlagartig.

»Mama, da ist das Meer! Das Meer!« Ihre Tochter war begeistert. »Können wir baden gehen?«

»Ja, baden!«, wiederholte Simon.

»Lasst uns erst frühstücken, dann schauen wir uns den Strand an.«

Inga hatte den Tisch für vier Personen gedeckt. »Ihr seid zurzeit die einzigen Gäste, deshalb dachte ich, ich frühstücke gemeinsam mit euch. Wäre das in Ordnung?«

»Natürlich«, erwiderte Helene.

Alle vier setzten sich an den reich gedeckten Tisch. Inga hatte frisches Obst, Marmeladen, verschiedene Käsesorten und Brötchen aufgetragen, außerdem eine Kanne Kaffee, Milch, frisch gepressten Orangensaft und eine Karaffe Wasser mit Zitronenscheiben. Auch den Schokoladenkuchen entdeckte Helene.

Der Ausblick aufs Meer war traumhaft. Die Sonne schien, und eine frische, salzige Brise wehte ihnen um die Nase.

Ihr fiel auf, dass die Brötchen noch heiß waren und nach frischem Teig dufteten. Die Kruste war herrlich kross gebacken, aber nicht hart. Genau richtig. Sie nahm sich ein Stück und bestrich es mit selbst gemachter Erdbeermarmelade. Es schmeckte wirklich köstlich.

Noch bevor Helene ihr Brötchen aufgegessen und den ersten Kaffee ausgetrunken hatte, waren ihre Kinder bereits fertig und standen ungeduldig neben ihr.

»Wir wollen jetzt an den Strand!«, forderte Simon.

»Wartet doch noch ein bisschen, ich bin noch nicht fertig«, entgegnete sie.

»Mama, beeil dich, wir wollen los ...«, nörgelte Johanna.

»Wisst ihr was, lasst doch eure Mama in Ruhe fertig frühstücken, und ich zeige euch meine zwei Kätzchen und die Hühner«, schlug Inga vor.

Die Augen der Kinder strahlten vor Begeisterung. Das schien sogar noch besser anzukommen als die Aussicht auf einen Strandbesuch.

Inga zwinkerte ihr zu. »Jetzt werden sie erst mal eine Weile beschäftigt sein.«

»Ist das wirklich okay?«, fragte Helene unsicher.

»Mach dir keine Sorgen, das schaukeln wir schon«, antwortete Inga.

Helene lächelte dankbar. »Die Brötchen und die Marmelade sind wirklich köstlich!«, schwärmte sie.

»Die Marmelade habe ich selbst gemacht. In der Nähe gibt es ein Feld, auf dem verschiedene Beeren angepflanzt werden. Dort habe ich die Erdbeeren selbst gepflückt. Die Brötchen sind allerdings gekauft«, sagte Inga. »Wir haben eine ganz ausgezeichnete Bäckerei im Ort, sehr zu empfehlen. Die Inhaberin ist etwa in deinem Alter, sie backt ganz wunderbar.«

»Muss ich mir merken«, erwiderte Helene.

Inga lief mit den Kindern am Haus entlang durch den Garten, der an die Terrasse angrenzte, bis sie aus Helenes Blickfeld verschwunden war. Helene seufzte erleichtert, schloss die Augen und hörte dem Meeresrauschen zu. Es war wundervoll. Sie goss sich eine zweite Tasse Kaffee ein und gab einen kräftigen Schluck Milch dazu, da der Kaffee sehr stark war. Wann hatte sie das letzte Mal in Ruhe allein gefrühstückt? Sie wusste es nicht.

Helene sah sich um. Das Haus war groß und imposant. Am Rande der Terrasse gab es sogar eine kleine, überdachte Sommerküche, die aber so aussah, als wäre sie lange nicht benutzt worden. Sie ließ den Blick durch den Garten schweifen. Die Rosensträucher blühten in voller Pracht. Dazwischen wuchsen Feldblumen in allen erdenklichen Farben. Und überall bahnte sich Unkraut seinen Weg. Es gab unzählige kleine Tonkugeln, die ohne erkennbares System auf dem Rasen und zwischen den

Blumen platziert waren. Einige waren bunt bemalt, andere nicht. In einer Ecke des Gartens standen dicht aneinandergereiht Töpfe mit Kräutern, dazwischen zwei Holzstühle zum Ausruhen. Es wirkte alles etwas chaotisch, aber durchaus charmant. Etwas weiter hinten stand eine große Scheune, die wohl auch zum Anwesen gehörte.

Sofort stellte Helene sich vor, wie sie das Chaos strukturieren und einem englischen Garten ähnlich machen würde. Gärten waren ihre heimliche Leidenschaft. Schon in ihrer Kindheit hatte sie den Großeltern in deren Schrebergarten geholfen; die Anordnung von Pflanzen und Gemüse sowie die bezaubernden Farbzusammenspiele und Düfte entspannten sie zutiefst. Ihre Abendlektüre waren Gartenmagazine, obwohl sie in ihrer Etagenwohnung gar keinen eigenen Garten hatte. Dafür hegte und pflegte sie ihre Pflanzen auf dem kleinen Balkon umso mehr. Jetzt sah sich Helene schon im Gartencenter unterschiedliche Sträucher und Blumen kaufen.

Wie schön wäre es, genügend Geld zu haben, um im eigenen Garten werkeln zu können, dachte sie. Hätte sie vielleicht Gärtnerin werden sollen?

Als im Radio auch noch Shakiras World-Cup-Lied »Waka Waka« lief, begann sie gut gelaunt und laut mitzusingen. Wieder geriet sie ins Träumen und schloss die Augen, während die Sonnenstrahlen ihr Gesicht kitzelten.

Als sie die Augen wieder öffnete, fuhr sie zusammen. Vor ihr stand ein großer Mann. Er befand sich direkt im Gegenlicht der Sonne, sodass sie ihn nicht richtig erkennen konnte. Helene hatte das unbestimmte Gefühl, ihn zu kennen. Sie fragte sich jedoch auch einen Moment lang, ob sie gerade tagträumte oder ob er wirklich da war.

Erst als er »Guten Morgen« sagte, erkannte sie die Stimme. Es war Lasse. Er trat einen Schritt auf ihren Tisch zu, und sie konnte ihn endlich richtig sehen. Seine traurigen blauen Augen blickten sie an. Heute wirkte er ganz anders auf sie. In Jeans und T-Shirt erschien er nicht so elitär wie in seinem Anzug.

Unbewusst überprüfte sie kurz ihr Äußeres. Sie zupfte ihr mintfarbenes Trägerkleidchen zurecht, kontrollierte den Sitz des farblich dazu passenden Tuches, das sie sich in die schulterlangen, welligen Haare gebunden hatte. Kurz bedauerte sie, dass sie nicht die Zeit gefunden hatte, sich zu schminken oder wenigstens die Augenringe zu kaschieren. Egal. Bestimmt war dieser ernste Typ ohnehin nicht an einer geschiedenen Mutter interessiert, die noch dazu sein Auto angefahren hatte. Dennoch spürte sie ein unwillkürliches Kribbeln in ihrem Bauch, als sie wieder in seine blauen Augen sah. Schließlich begegneten ihr selten gut aussehende, interessante Männer. Dieser trug zumindest keinen Ehering, auch wenn das natürlich nicht eindeutig bewies, dass er nicht liiert war.

All diese Gedanken gingen ihr innerhalb weniger Sekunden durch den Kopf. Sie versuchte, sie abzuschütteln und sich auf das bevorstehende Gespräch zu konzentrieren.

Freundlich sagte sie: »Guten Morgen, bitte setzen Sie sich doch.«

Er schien etwas überrascht von ihrer Herzlichkeit.

»Geht es Ihnen gut?«, wollte sie wissen. »Ich hoffe, Sie sind nicht verletzt …«

Er schüttelte den Kopf. »Nein, mir geht es gut. Und Ihnen?«, fragte er und setzte sich tatsächlich zu ihr an den Tisch.

»Uns geht es auch gut. Das hier ist ein wunderbares Fleckchen Erde.« Dann zeigte sie auf den Kuchen. »Möchten Sie vielleicht doch ein Stück? Und dazu eine Tasse Kaffee?«

Statt zu antworten, schaute er sie nur mit traurigem Blick an. Hatte sie etwas Unpassendes gesagt? Daher fragte sie: »Stimmt etwas nicht?«

Er schüttelte den Kopf. »Ich mag keinen Kuchen.«

»Möchten Sie einen Kaffee oder Tee?«, wiederholte sie.

Wieder schüttelte er den Kopf. »Ich habe festgestellt, dass die Versicherungsnummer, die Sie mir gegeben haben, nicht stimmt.« Er reichte ihr den Zettel, den sie ihm gestern Nacht in der Hektik in die Hand gedrückt hatte.

Sie holte ihren Geldbeutel aus der Tasche und verglich die Nummern. »Oh, tatsächlich. Ich hab in dem Wirrwarr einen Zahlendreher eingebaut. Tut mir leid.«

Er zog sein Handy aus der Hosentasche. »Ich kann es kurz abfotografieren«, schlug er vor.

Sie nickte. Er nahm die Karte und fotografierte sie.

»Ihre Versicherung wird sich mit Ihnen in Verbindung setzen«, sagte er. Doch statt aufzustehen, blieb er sitzen und sah sie an, als wartete er auf etwas.

Ihre Blicke trafen sich. Helene war irritiert darüber, wie sehr sie sich zu ihm hingezogen fühlte. Diese traurige Sehnsucht, die er verströmte, zog sie in ihren Bann. Sie glaubte nicht an Liebe auf den ersten Blick oder solche Märchen, fühlte sich jedoch diesem Gefühl der Zuneigung fast ausgeliefert.

Wie in Zeitlupe nahm sie die Karte zurück und berührte dabei seine Hand. Sofort wünschte sie sich mehr von dieser Berührung und legte vorsichtig ihre Hand auf seine. Alles geschah wie automatisch.

Lasse zog seine Hand nicht zurück. Im Gegenteil, er ergriff ihre. Für einen Moment sahen sie sich an, ohne etwas zu sagen oder sich zu bewegen. Für Helene fühlte es sich an, als sei die Zeit eingefroren.

Dann zog er mit einem Mal seine Hand weg und richtete sich in seinem Stuhl auf.

»Entschuldigung, ich weiß gar nicht, was in mich gefahren ist«, stammelte Helene. »Das muss an der frischen Luft liegen …«, murmelte sie peinlich berührt.

Lasse wirkte leicht benommen. Er stand auf, sah sie an und rang nach Worten. »Ich … ich muss gehen. Auf Wiedersehen.

Jetzt habe ich ja die richtige Nummer«, stotterte er. Wie zur Bestätigung hielt er sein Handy in die Luft und drehte sich um.

Auf dem Weg zu seinem Wagen kam ihm Inga entgegen.

»Moin«, begrüßten sie sich kurz.

»Wolltest du zu mir?«, hörte sie Inga fragen.

»Nein, nein, ich musste nur etwas besprechen«, erwiderte er. »Tschüss«, hörte Helene ihn noch sagen, dann war er endgültig verschwunden.

Inga kam zu ihr auf die Terrasse. »Wollte Lasse zu dir?«

»Ja, wegen des Unfalls.«

Inga nickte nur und fragte nicht weiter nach.

»Was machen meine beiden Racker?«, fragte Helene.

»Füttern die Hühner und Katzen. Mach dir keine Sorgen. Bist du schon ein bisschen entspannter?«, erkundigte sich Inga mit einem breiten Lächeln.

»Oh ja. Danke. Es ist wirklich sehr schön hier. Übrigens: Wenn meine Kinder zu anstrengend werden, gib mir bitte Bescheid.«

Inga machte eine abwehrende Handbewegung. »Ach was, da ich selbst keine Enkel habe, freue ich mich sehr über Johannas und Simons Gesellschaft.«

Die Wirtin wirkte sehr zufrieden. Das Spielen mit den Kindern schien sie eher aufzubauen als anzustrengen. Das war schön zu sehen.

4.

Inga hatte Helene zur besseren Orientierung einen Stadtplan gebracht.

»Ich denke, heute gehen wir nur an den Strand«, meinte Helene. »Ehrlich gesagt war ich noch nie in einem Hotel oder einer Pension direkt am Meer«, gab sie zu.

Inga lachte. »Es gibt hier auch nicht viele Häuser, die so nah am Deich stehen. Das Haus war ursprünglich ein altes Gutshaus, das vor etwa hundert Jahren, noch vor der Deicherweiterung, hier auf dem Hügel erbaut wurde. Die Lage ist natürlich ein Glücksfall.«

»Vor allem gibt es nicht viele so schöne Häuser«, sagte Helene. »Die Bilder der modernen Strandhotels haben mich alle nicht angesprochen, als ich nach einer Unterkunft gesucht habe.«

Inga seufzte. »Es ist wirklich ein schönes Haus, aber es macht viel Arbeit. Als ich jünger war, ging das gut. Ich hatte immer ein paar Mitarbeiter. Jetzt bin ich alt und muss alles allein erledigen.« Dann bot sie Helene an, sich noch ein Stündchen um die Kinder zu kümmern.

»Geht das wirklich? Das wäre großartig, dann könnte ich in Ruhe auspacken.« Helene lächelte dankbar.

»Dann machen wir das so.«

Nachdem sie ausgepackt hatte, sah sie auf die Uhr. Die Stunde war noch nicht abgelaufen. Ihr Blick fiel auf das Bett. Vielleicht sollte sie die Chance nutzen und sich noch einmal fünfzehn Minuten hinlegen und etwas ausruhen. Die Nacht war schließlich kurz gewesen und die Möglichkeit zu verlockend. Sie merkte, wie sie innerlich mit sich rang, ob sie das wirklich durfte. Sich als Mutter einfach so hinlegen. Hätte sie nicht eher zu Inga gehen müssen und schauen, ob wirklich alles klappte mit den Kindern?

Es sind doch nur fünfzehn Minuten. Wer weiß, wann du wieder eine solche Gelegenheit hast, Mädchen?, dachte sie dann. Und ließ sich auf die Matratze fallen.

Als Helene eine Stunde später hastig die quietschende Holztreppe ins Erdgeschoss hinuntereilte, war es schon fast ein Uhr mittags. Sie war eingeschlafen! Wie hatte ihr das nur passieren können?

»Simon? Johanna? Inga?«, rief sie.

Keine Antwort. Doch dann hörte sie Kinderlachen aus der Küche. Als sie den Raum betrat, staunte sie nicht schlecht. Johanna und Simon standen mit viel zu großen Kochschürzen am Herd – Simon auf einem Tritthocker – und rührten jeder in einem Topf, beaufsichtigt von Inga.

»Die beiden helfen mir beim Kochen. Deine Kinder sind wahre Naturtalente!«, sagte sie.

»Hm, das riecht aber lecker! Was gibt es denn?«, fragte Helene neugierig und ging nun ebenfalls zum Herd, um einen Blick in die Töpfe zu werfen.

Die Küche war sehr geräumig und maß bestimmt dreißig Quadratmeter. Solch große Wohnküchen wurden gar nicht mehr gebaut. An zwei Wänden erstreckte sich eine Holzküche – offenbar aus Eiche, mit weißen Porzellanknöpfen. Es gab einen Gasherd, über dem eine große Dunstabzugshaube eingebaut war. Darauf klebten Magnete aller Art, meist Urlaubsandenken.

Sie verliehen der sonst dunklen und eher tristen Küche etwas Lebendiges. Der Anblick des Raumes erinnerte Helene an alte amerikanische Küchen, die sie aus Spielfilmen kannte.

»Nudeln!«, rief Simon begeistert.

»Mit Tomatensoße«, ergänzte Johanna.

Helene sog den Duft ein. Obwohl sie heute so ausgiebig gefrühstückt hatte wie seit Langem nicht, hatte sie schon wieder großen Hunger.

»Das Geheimnis sind die frischen Tomaten und Kräuter in der Soße«, sagte Inga.

»Haben wir alles selbst im Garten gepflückt«, erklärte Simon.

»Ich verrate dir nachher das Rezept, Mama«, bemerkte Johanna selbstbewusst.

»Aber erst einmal essen wir«, verkündete Inga.

»Und dann schauen wir uns endlich den Strand an«, ergänzte Helene.

»Der wird euch gefallen. Wahrscheinlich habt ihr den ganzen Strand ganz für euch allein«, meinte Inga. »Die meisten Touristen fahren an die großen, bekannten Strände. Einige denken, es könnte ein Privatstrand sein, weil das Haus hier steht. Mir soll es recht sein, so haben wir unsere Ruhe.«

Wieder aßen sie gemeinsam mit Inga, diesmal am Tisch in der Küche. Es schmeckte wirklich köstlich, obwohl es ein ganz einfaches Gericht war.

Danach ging Helene mit den Kindern an den Strand, um den Rest ihres ersten Urlaubstages dort zu verbringen. Wie Inga vorhergesagt hatte, hatten sie den gesamten Sandstrand für sich. Die Wasserkante war nun viel näher an den Deich herangewandert. Es gab auch einen kleinen Holzsteg, der ins Wasser ragte.

Sie stellten ihre Badetasche ab. Helene zog erst einmal nur die Schuhe aus, um die Wassertemperatur vorab mit den

Zehenspitzen zu testen. Doch die Kinder zogen sofort ihre Badesachen an und rannten zum Wasser. Helene folgte ihnen.

Die Sonne schien, die Luft war mindestens fünfundzwanzig Grad warm und es wehte ein leichter Wind. Wunderschönes Strandwetter. Das Wasser war allerdings eisig kalt, wie Helene fand, nachdem alle die Füße ins Wasser getaucht hatten.

Johanna und Simon hingegen störte das nicht. »Mama, das sieht genauso aus wie in Holland«, meinte Johanna.

Helene lächelte und nickte. Das war der letzte gemeinsame Urlaub mit ihrem Ex-Mann vor zwei Jahren gewesen.

»War ich da auch dabei?«, fragte Simon.

»Na klar«, antwortete Johanna. »Kannst du dich nicht erinnern?«

Simon schüttelte den Kopf.

»Ach, Dummerchen«, sagte Johanna.

Helene strich ihrer Tochter einige Haarsträhnen aus dem Gesicht. »Er war doch erst zwei.«

»Simon, das Meerwasser ist salzig«, erklärte ihm seine Schwester.

Simon steckte seinen Finger in die nächste Welle, die vor seinen Füßen endete. »Mama, das Wasser ist salzig!«, bestätigte er begeistert.

Es war, als ob er einen neuen Planeten entdeckt hätte.

Johanna sah lächelnd zu ihrer Mutter auf und verdrehte die Augen. »Das Meerwasser ist immer salzig.«

»Igitt«, rief er und jauchzte bei der nächsten Welle erneut.

»Ich hab eine Idee!«, verkündete Johanna. »Wenn die nächste Welle kommt, springen wir gemeinsam rein.«

Helene sah ihre Kinder an und blickte in überglückliche Gesichter. Es erinnerte sie an ihre eigene Kindheit und die Freude, die nur das Meer bei Kindern auslösen konnte. Das letzte Jahr war nicht einfach für die beiden gewesen. Umso glücklicher machte es sie, sie jetzt so ausgelassen zu sehen.

Helene krempelte ihre Hosenbeine hoch, damit sie nicht nass wurden. Johanna reichte ihr eine Hand, Simon nahm sie an die andere.

»Eins, zwei, drei!«, rief Johanna.

Sie sprangen ins Wasser und jauchzten vor Begeisterung, als kleine Wellen auf sie zurollten. Alle drei schrien, so laut sie konnten. Helene machte sich eine gedankliche Notiz, den beiden bei nächster Gelegenheit Neoprenanzüge und Badeschuhe zu kaufen.

Die Kinder bespritzten sie erbarmungslos mit Wasser, und sie schrie, was die beiden nur noch mehr anfeuerte.

Als sie wenig später beide in dicke Handtücher eingepackt und an ihre Mutter gekuschelt auf der Picknickdecke saßen, seufzte Helene. »Gefällt es euch hier?«, fragte sie.

»Ja!«, rief Johanna begeistert.

»Können wir für immer hierbleiben?«, fragte Simon.

»Wir sind doch erst einen Tag hier.« Helene lachte. »Erst mal machen wir hier schön Urlaub.«

Die Kinder nickten und buddelten dann eine Weile friedlich im weißen Sand. Helene blickte aufs Meer. Die Wellen waren klein, der Himmel stahlblau. Wie absichtlich angeordnet zogen die Wolken über sie hinweg.

Sie dachte an die morgendliche Begegnung mit Lasse. Ihre Spontaneität in diesem Moment war ihr etwas peinlich. Was dachte er wohl von ihr? Hielt er sie für eine verzweifelte Mutter, die fremde Männer betatschte? Oder hatte er es ihr vielleicht gar nicht übel genommen? Der Gedanke an die Berührung jagte ihr immer noch eine Gänsehaut über den ganzen Körper.

Warum sah er bloß so traurig aus? Er war doch nicht am Ende schwer krank? Oder hatte ihn vielleicht auch jemand verlassen? Nun ja, letztendlich war es egal. Die Sache mit der Versicherung sollte nun endgültig geklärt sein, und daher würde sie ihn wahrscheinlich sowieso nicht wiedersehen, dachte sie.

Doch schon am nächsten Morgen, als sie mit den Kindern losging, um den Ortskern zu erkunden und die benötigten Badeutensilien zu kaufen, wurde sie eines Besseren belehrt. Süderwiek war eine dörfliche Gemeinde am Rande einer kleinen Bucht. Hier lebten nur etwas mehr als fünfhundert Menschen. Wohl jeder hatte hier sein eigenes Häuschen. Bei vielen der roten Klinkersteinhäuser, an denen sie auf ihrem Spaziergang vorbeikamen, standen allerdings Schilder, die anzeigten, dass es sich um Ferienwohnungen handelte.

Ein Haus fiel ihr besonders ins Auge. Es stand etwas abseits an einer Weggabelung. Es war – anders als die anderen Häuser – mit Holz verkleidet, was sie eher an die Häuser in Skandinavien erinnerte. Die Fassade war in einem frischen Gelbton gestrichen, einige Seitenbalken waren weiß und das Dach rot. Wie sie durch die großen Fenster sehen konnte, waren auch die Zimmer im Haus in bunten Farben gestrichen, jeder Raum in einer anderen. Es gefiel ihr, einen Blick in fremde Häuser zu werfen, und sie freute sich, dass die Gardinen hier weit aufgezogen waren.

Das hier war eine richtige Villa Kunterbunt, dachte sie bei sich. Der große Garten war mit Wildblumen, Sträuchern und Holzbänken im Shabby-Look eher im Naturgarten-Stil angelegt. Helene fielen vor allem die gerade üppig blühenden Rosen auf.

Sie schaute wohl etwas zu auffällig über den Gartenzaun. Denn plötzlich tauchte eine Frau zwischen den Rosen auf. »Hallo«, begrüßte die Frau sie ohne das eigentlich typische »Moin«.

Helene war es etwas unangenehm, beim Betrachten des Grundstücks erwischt worden zu sein. Doch die Frau, die etwa in ihrem Alter war und wohl gerade die Rosen beschnitten hatte, lächelte ihr freundlich zu.

Helene erwiderte das Lächeln und grüßte zurück. »Ihr Garten ist wunderschön«, sagte sie bewundernd.

Die freundlichen braunen Augen der Frau leuchteten auf. Sie hatte die Haare zu einem langen Pferdeschwanz gebunden und trug einen Fleecepulli und Jeans. »Es ist mein liebstes Hobby, das muss ich zugeben.«

»Ich schaue mir gern Gartenmagazine an, und Ihrer könnte locker darin auftauchen«, lobte Helene.

Jetzt lachte die Frau. »Ich schaue mir diese Magazine auch gern an.« Mit ihrer natürlichen und freundlichen Art war sie Helene sofort sympathisch.

»Machen Sie hier Urlaub?«, fragte die Frau.

Helene nickte. »Ja, und ich denke mir gerade, wie schön es sein muss, hier dauerhaft zu leben.«

»Es ist tatsächlich schön. Vor ein paar Jahren waren wir auch hier, um Urlaub zu machen, und jetzt leben wir hier.«

»Mama, kommst du endlich?«, rief Simon und zerrte an Helenes Bein.

»Musst du immer plappern?«, fragte Johanna gelangweilt. Bis zu diesem Moment hatte sie mit einer kleinen Katze gespielt, doch diese war mittlerweile verschwunden.

Die Frau lächelte. Sie verabschiedeten sich und gingen weiter. Kurz darauf kamen sie an einer kleinen Bäckerei vorbei. War das diejenige, in der Inga diese wunderbaren Brötchen kaufte? Helene warf einen Blick durchs Schaufenster und sah, dass auch sehr lecker aussehende Kuchen und Torten in der Auslage standen. Hier musste sie auf jeden Fall noch einmal herkommen, dachte sie sich.

Kurz darauf kamen sie zum Ortskern, einer Straßenkreuzung, an der sich zwei schmale Sträßchen trafen. Hier gab es im Umkreis von wenigen Hundert Metern einen Supermarkt, ein Geschäft für Bade- und Tauchsachen, ein Antiquitätengeschäft, ein Café, ein Restaurant, eine Eisdiele und einen Souvenirladen.

Es war offensichtlich, dass hier vieles auf Feriengäste ausgerichtet war. Der gesamte Bereich war verkehrsberuhigt, und selbst die Straße war mit roten Klinkersteinen gepflastert. Die kleinen Häuser mit ihren Reetdächern hatte man eng aneinander gebaut, jede Lücke dazwischen war begrünt und mit bunten Blumen bepflanzt. Es war eine wahrhaft idyllische Kulisse.

»Können wir hier rein?«, fragte Johanna und zeigte auf den Souvenirladen.

»Ich will aber dahin«, widersprach Simon und zeigte auf einen Laden, in dem es allerlei Badesachen gab. Darunter auch aufblasbare Bälle mit bunten Motiven und Schwimmringe in Form von Dinos. Und das gefiel ihm sehr.

»Ich hab zuerst gefragt!«, nörgelte Johanna.

»Ach, lasst uns einfach mal diese schöne Straße entlangspazieren und uns vielleicht in ein Café setzen«, schlug Helene vor.

Jetzt riefen beide Kinder einhellig: »Ihhh, wie laaaangweilig!«

»Und wenn wir Eis essen gehen?«, erkundigte sich Helene versöhnlich.

»Au ja!« Schon rannten die beiden auf die Eisdiele am Ende der Flaniermeile zu.

In diesem Moment sah sie ihn wieder. Er hatte sie wohl schon zuvor bemerkt, denn er stand auf der anderen Straßenseite in der Tür eines Cafés und beobachtete sie. Es war ihr fast ein wenig unheimlich.

Was geht wohl in diesem Mann vor?, fragte sich Helene. Wäre sie allein gewesen, wäre sie zu ihm hinübergegangen. Doch so riss sie sich zusammen und nickte ihm nur zu. Sie eilte zu ihren Kindern, die bereits an der Außentheke des Eiscafés standen. Dabei spürte sie immer noch seinen Blick im Rücken, worüber sie sich insgeheim freute.

Sie vollendeten ihren Rundgang und liefen noch bis zum Ortsausgang. Dort gab es ein kleines Hafenbecken, in dem eine

Handvoll Fischerboote und Segeljachten lagen. In der Ferne, etwas weiter am Wasser entlang, war ein rot-weiß gestreifter Leuchtturm zu erkennen. Doch so weit würde sie mit den Kindern heute nicht gehen.

Sie liefen zurück, diesmal durch eine andere Straße. Dabei kamen sie an einem Kindergarten vorbei, der Simon sofort auffiel. Das Gebäude war kunterbunt gestrichen. In dem großen Freigelände standen zahlreiche Spielgeräte und Holzhäuschen.

»Die Kinder hier haben es aber gut«, kommentierte er.

Den Rest des Tages verbrachten sie wieder am Strand. Nach dem Abendessen, als die Kinder im Frühstücksraum noch ein wenig mit den Katzen spielten, entschied sich Helene, Inga in der Küche zu helfen. Die große Wohnküche sah wirklich fast wie eine dieser Küchen in *Schöner Wohnen* aus. Wären da nicht die vielen herumstehenden Gegenstände, angebrochenen Packungen von Lebensmitteln und das gestapelte Geschirr gewesen. Es herrschte eine solche Unordnung, dass Helene sich fragte, wie Inga überhaupt etwas wiederfand.

»Hier ist es etwas chaotisch, aber ich finde immer alles, was ich suche«, erklärte Inga, die wohl Helenes prüfende Blicke bemerkt hatte. In der Spüle türmten sich Pfannen und Töpfe. Die Spülmaschine stand offen, das Geschirr darin schien bereits gespült zu sein.

»Ich räume mal die Spülmaschine aus«, bot Helene an.

»Das musst du doch nicht machen, schließlich weißt du gar nicht, wo was hingehört.«

»Ach, ich schaue einfach mal.«

Inga wollte eigentlich Kakao zubereiten, doch sie fand keine sauberen Tassen mehr. Helene händigte ihr zwei aus und begann, nach und nach die Schränke zu öffnen, um das Geschirr einzuräumen. Das Chaos auf der Arbeitsfläche setzte sich in den Schränken fort. Sie konnte nicht wirklich ein System erkennen, nach dem das Geschirr eingeordnet war. Zwischen zwei Stapeln mit Tellern standen auf einmal Gewürze. Zwischen verschiedenen Sorten von Gläsern tauchten angebrochene Packungen Milchreis oder Kekse auf.

Helene war überfordert. »Inga, wie findest du dich hier bloß zurecht?«

Inga lachte und zuckte mit den Schultern. »Ich müsste mal richtig aufräumen, aber es kommt immer etwas dazwischen«, gab sie zu.

»Ich helfe dir. Du verlierst hier doch sonst den Überblick.«

»Ach was, ich kenne mich in meinem Chaos gut aus«, wehrte sie ab. »So, der Kakao ist fertig!«, rief sie.

Als sie schon in der Tür stand, um den Kindern das versprochene Getränk zu bringen, erklärte sie noch: »Die Kinder lieben ihn, weil ich ihn aus geschmolzener Schokolade zubereite.«

Während Inga bei den Kindern im Frühstücksraum war, überlegte Helene, wie sie Ingas Küche wieder als solche erkennbar machen konnte. Zuerst sah sie sich den Tisch an. Dort standen nicht nur die letzten Einkäufe, sondern es lagen auch Rechnungen, Werbung, Magazine, ein Set Schrauben samt Akkuschrauber und andere Dinge, die dort eigentlich nichts zu suchen hatten, herum.

Natürlich musste sie zuerst Ingas Einverständnis erhalten, dass sie richtig aufräumen durfte. Dann würde sie alle angebrochenen Packungen in ein Regal stellen und alles, was nicht in die Küche gehörte, am nächsten Tag mit Ingas Hilfe anderweitig verstauen. Sie beschloss, sich erst einmal um das schmutzige Geschirr zu kümmern.

Als Inga ein wenig später hereinkam und eine leere Spüle vorfand, war sie offensichtlich irritiert. »Hast du alles in dieser kurzen Zeit gespült?«, fragte sie.

Helene nickte. »Oder in die Spülmaschine eingeräumt. Ich wollte dir ein bisschen helfen.«

»Das war doch nicht nötig.«

»Es ist ganz schön viel Arbeit, uns alle zu bewirten. Außerdem macht es mir Spaß.«

»Ihr seid meine Gäste und ihr bezahlt dafür. Ich schaffe das auch allein.«

Helene merkte, dass es Inga schwerfiel, ihre Hilfe anzunehmen. Sie wirkte fast ein wenig beleidigt. Helene würde sie schon noch überzeugen; für den Moment hatte sie aber genug getan.

Nachdem sie die Kinder ins Bett gebracht hatte und beide friedlich in dem großen Ehebett eingeschlafen waren, ging sie wieder nach unten. Inga hatte sie noch auf ein Glas Wein im Kaminzimmer eingeladen. Hier standen zwei gemütliche Sofas und ein paar kuschelige Sessel. Der Kamin war heute nicht an, dafür war es zu warm. Aber die Atmosphäre in dem Zimmer war sehr heimelig. Inga öffnete eine Flasche spanischen Rotwein und stellte noch einen Teller mit in Stücke zerteiltem Parmesankäse auf den Tisch. Sie saßen gemeinsam auf einem Sofa, und Helene erzählte von ihrem Leben in Süddeutschland und der gescheiterten Ehe. Inga wiederum berichtete von ihren Schwierigkeiten mit der Pension.

Je mehr Wein sie getrunken hatten, desto ehrlicher wurden sie.

»Es wird für mich zunehmend schwieriger, die Pension am Leben zu erhalten. Ich bin ja eigentlich schon längst im Rentenalter«, gab Inga zu.

»Das verstehe ich. Die Pension ist so toll. Ich kann dir ein bisschen helfen, während ich hier bin. Natürlich nur, wenn du das möchtest.«

»Nein, du bist mein Gast. Auf keinen Fall.«

»Es würde mir aber Spaß machen. Für die Zukunft brauchst du eine gute Putzfrau und vielleicht eine Küchenhilfe.«

»Aber die müsste ich bezahlen.«

»Das ist richtig, aber wenn wieder mehr Gäste kämen, hättest du auch das Geld dafür und müsstest dich nicht um alles selbst kümmern.«

Sie nickte. »Du sprichst ein wahres Wörtchen.«

Dann fragte Helene ganz beiläufig: »Du kennst ja Lasse, den Typ, dessen Auto ich angefahren habe, nicht wahr?«

Inga nickte.

»Irgendetwas an ihm fasziniert mich. Ich glaube, ich würde ihn gern wiedersehen.«

Inga wurde plötzlich still. Sie nahm einen großen Schluck von ihrem Wein. Dann stand sie auf und blickte aus dem Fenster in die Nacht.

»Habe ich etwas Falsches gesagt?«, erkundigte sich Helene alarmiert.

»Ach, nein. Das nicht. Ich werde nur immer etwas melancholisch, wenn ich junge Leute sehe, die gerade frisch verliebt sind. Mit der Liebe hatte ich nie Glück.«

»Ich auch nicht«, meinte Helene. »Und ich habe auch nicht gesagt, dass ich verliebt bin.«

»Aber du hattest so ein Lächeln auf den Lippen, als du seinen Namen erwähnt hast«, meinte Inga schmunzelnd.

»Echt?« Helene spürte, dass sie rot wurde, auch wenn sie nicht wusste, ob wegen des Alkohols oder weil ihr das Ganze schrecklich peinlich war.

Inga blickte weiter hinaus in die Dunkelheit und schwieg.

Helene dachte nach. Inga konnte unmöglich recht haben. Verliebt war einfach ein zu großes Wort. Er gefiel ihr, mehr nicht. Sie betrachtete die Wirtin, wie sie dort am Fenster stand. So nachdenklich und traurig hatte Helene sie bisher noch nicht gesehen. Eigentlich schien sie immer voller Energie und Lebensfreude zu sein.

Inga griff das Thema nicht mehr auf. Sie drehte sich zu Helene um, lächelte wieder und setzte sich zurück auf das Sofa.

Dabei gähnte sie. »Ich muss jetzt dringend ins Bett. Morgen ist ein langer Tag, aber bleib du ruhig noch ein wenig sitzen«, schlug sie vor.

Als Inga gegangen war, kuschelte Helene sich ein, trank ihren Wein aus und merkte, wie sie dabei immer müder wurde.

5.

Inga

1967

Sie spürte die Blicke der Männer auf sich, während sie durch die Kneipe lief. Doch das störte sie nicht. Im Gegenteil, sie fühlte sich ein bisschen wie eine berühmte Sängerin. Am anderen Ende der Dorfgaststätte war eine kleine Bühne aus Holzbrettern aufgebaut. Darauf standen ein Schlagzeug und ein paar Verstärker. In der Mitte der Bühne saß er auf einem alten Holzstuhl. Jasper. Ihr Freund. Er hielt die schwarze Rickenbacker-E-Gitarre in der Hand – so eine, wie John Lennon sie oft spielte. Er stimmte gerade die Saiten.

Als er sie sah, lächelte er.

Sie wusste, dass ihr der neue braune Minirock mit den großen Knöpfen gut stand, vor allem in Kombination mit den braunen Stiefeln, die sie dazu trug. Sie hatte den Rock selbst genäht, nach einem Schnittmuster, das sie sich von ihrer Freundin Hilde ausgeliehen hatte. Ihr blondes Haar hatte sie morgens gewaschen und dann mit großen Wicklern eingedreht, sodass es ihr in lockeren Wellen auf die Schultern fiel.

Nur für heute Abend hatte sie sich wie die Mannequins in den Magazinen geschminkt. Schwarzer Eyeliner und dunkel getuschte Wimpern, dazu rosa Lippenstift. Sie setzte sich an den Tisch direkt vor dem Podium und schickte Jasper einen Luftkuss.

Die Band begann zu spielen. Begleitet wurde Jasper von zwei seiner ehemaligen Schulfreunde an E-Bass und Schlagzeug. Sie spielten Songs von den Beatles, den Stones und von anderen Bands, die gerade angesagt waren. Das war es, was die jungen Leute, die sich hier trafen, um dem Mief des Dorfes für einen Abend zu entfliehen, hören wollten.

Jasper hatte eine schöne, sanfte Stimme. Blonde Haare umrahmten sein hübsches Gesicht. Inga liebte einfach alles an ihm. Er würde bestimmt ein großer Gitarrist und Musiker werden. Sie hatte schon immer an ihn geglaubt. Sie wusste, dass die meisten Mädchen im Ort ihn anhimmelten. Doch sie war sich gleichzeitig sicher, dass er nur sie liebte. Zufrieden seufzte sie, denn eine wunderbare Zukunft lag vor ihnen.

»Moin!«, rief ihre Freundin Hilde, als sie sich schwer atmend neben sie an den Tisch setzte. Auch sie trug einen Minirock, dazu einen Rollkragenpulli und Stiefel. Sie hatte ihre hellbraunen Haare zu einem Pferdeschwanz gebunden, ihre Schminke war etwas verlaufen. Hinter vorgehaltener Hand flüsterte sie ihrer Freundin zu: »Ich musste noch meiner Mutter helfen, bin etwas spät dran …«

»Das kenne ich«, entgegnete Inga und starrte weiter wie gebannt Jasper an. »Meiner Mutter fällt auch immer in letzter Minute noch etwas ein.«

Sie tranken Limonade und wippten im Takt. Inga sah sich kurz um. Die anderen Frauen und Männer in der Kneipe saßen gut gelaunt an ihren Tischen, tranken ebenfalls Limonade oder Bier. Auch sie bewegten sich größtenteils rhythmisch zu den Klängen der Musik. Die meisten waren um die zwanzig, Inga selbst war gerade erst neunzehn geworden. Fast alle rauchten. Obwohl die jungen Leute modisch gekleidet waren und alle etwas längere Haare hatten, eben genauso, wie es die angesagten Bands ihnen vorlebten, war dies eine Dorfkneipe, kein bekannter Club in Hamburg. Doch diese Tatsache schien keinen zu stören. Um das Ambiente etwas aufzupeppen, waren Girlanden und Luftschlangen aufgehängt worden. Am Wochenende überließ der Wirt die Abende der Führung seines Sohnes. Und dieser versuchte, ein etwas jüngeres Publikum anzusprechen.

Die Einrichtung der holzvertäfelten Kneipe strahlte etwas Biederes aus. Die ursprünglich weißen Wände, dekoriert mit ein paar eingerahmten Bildern von erfolgreichen Fischern oder Krabbenkuttern, waren längst vom vielen Rauch vergilbt. Der Boden war braun gefliest und es roch nach Frittierfett, abgestandenem Rauch und Bier. Doch all das war dem jungen Publikum egal. Alle waren froh über diesen Zufluchtsort. Sie genossen die Zeit unter sich, ohne ihre Eltern und deren finanzielle Sorgen und die ganzen Geschichten darüber, wie schwer sie es im Krieg gehabt hatten. Diese neue Generation wollte ihr eigenes Leben leben. Und die Dorfjugend konnte an diesem Ort mal wie die anderen jungen Leute in der Stadt sein.

Zwei Männer und zwei Frauen standen auf, liefen zur Bühne und begannen, sich im Takt der Musik zu bewegen.

Als die Band eine Pause machte, schaltete der junge Wirt Knut das Radio an.

Jasper kam zu Ingas Tisch und gab ihr einen Kuss. »Du siehst bezaubernd aus«, sagte er.

Sie lächelte, und er setzte sich zu ihnen. Der Kellner brachte ihm eine Cola.

Auch Hilde strahlte ihn an. »Du bist besser als die Originale«, lobte sie.

Jasper lächelte stolz. »Schön wärs.«

Inga umarmte ihn. »Hilde hat recht, du bist wirklich gut.«
Wieder küssten sie sich.

Hilde verdrehte die Augen. »Ihr seid mir zu verliebt. Ich geh mal tanzen.« Sie stand auf und ging vors Podium, wo sich jetzt schon mehrere Leute zur Musik bewegten.

»Hast du dir schon überlegt, ob du mit mir nach Amerika gehen möchtest?«, fragte Jasper.

Inga trank einen Schluck von ihrer Limonade, dann sah sie ihn an. »Ich gehe mit dir überallhin.«

Er gab ihr noch einen Kuss. »Kannst du dir das vorstellen? Wir zwei in New York, bei einem Spaziergang durch den Central Park? Du würdest so gut in eine Großstadt passen.«

»Ich hab aber nicht so viel Geld wie du«, warf sie kleinlaut ein.

Jasper legte seine Hand auf ihre, um sie zu beruhigen. »Ich hab genug gespart für uns beide. Außerdem würde ich vorher noch in Hamburg in ein paar Clubs auftreten, dann hätten wir mehr als genug.«

Inga lächelte aufgeregt. »Meine Eltern werden bestimmt versuchen, unsere Pläne zu verderben ... Aber ich werde für uns kämpfen.«

»Na ja, wenn dein Vater nicht so viel Zeit beim Kartenspiel verbringen würde, müsstest du deiner Mutter nicht so viel helfen.«

Sie zuckte mit den Schultern. »Er arbeitet hart und spielt doch immer nur ein Stündchen mit seinen Kumpels.«

Jasper lachte auf. »Ein Stündchen?«

»Hör bitte auf.« Es gefiel Inga nicht, wie er von ihrem Vater sprach. Zwischen ihren Augenbrauen bildete sich eine tiefe Falte.

»Entschuldige«, sagte Jasper. »Ich finde es nur nicht gut, dass du nicht dein Leben leben darfst, wie du es möchtest.«

Inga war nachdenklich geworden. Ihre Familie hatte es in der Vergangenheit nicht leicht gehabt. Sie hatten wenig Geld, obwohl ihre Eltern viel arbeiteten. Beide waren nach dem Krieg in Nordfriesland gestrandet. Viele der Flüchtlinge aus dem Osten waren nach ihrer Flucht über die Ostsee ins heutige Schleswig-Holstein gekommen. 1946 waren zwei Drittel der Bevölkerung im Norden Vertriebene. Auch ihre Mutter gehörte dazu. Mit ihrer Familie war sie als Fünfzehnjährige von Danzig aus geflohen und nach einigen Wirren und Aufenthalten in Flüchtlingslagern in Dänemark Anfang 1947 in Süderwiek gelandet. Dort lebten sie mit anderen Flüchtlingen in einer Barackensiedlung am Ortsrand. Die alteingesessenen Ortsbewohner waren den Neuankömmlingen gegenüber skeptisch bis feindselig eingestellt gewesen. Viel zu sehr waren sie in diesem Hungerwinter, als eine nie da gewesene Kältewelle Europa erfasste, auf das eigene Überleben fokussiert gewesen. Und so war es Ingas Mutter auch in den folgenden Monaten nicht möglich, eine Ausbildungsstelle zu finden. Stattdessen lernte sie einen Mann kennen – Helmut. Auch er stammte ursprünglich aus Westpreußen, aus einem Ort in der Nähe der Heimat ihrer Mutter. In den letzten Wochen des Krieges war er mit seinen Kameraden von den Briten in Dänemark gefangen genommen und in einem Kriegsgefangenenlager in der Lüneburger Heide interniert, mittlerweile aber freigelassen worden. Ingas Mutter erzählte ihr immer wieder, wie schön Helmut als junger Mann gewesen sei. Inga war sich jedoch nicht sicher, ob das wirklich der Grund war, warum die beiden sofort ein Paar wurden. Sicherlich gaben sie sich auch gegenseitig Halt, schließlich waren sie beide Unerwünschte. Ingas Mutter war zu diesem Zeitpunkt siebzehn und wurde bald darauf schwanger. Natürlich ließ die Hochzeit nicht lange auf sich warten, es sollte auf keinen Fall unnötiges Gerede entstehen.

Auch Helmut hatte Schwierigkeiten, einen Arbeitsplatz zu finden. Er war vierundzwanzig, hatte aber seit seinem achtzehnten Lebensjahr im Krieg gedient und nie einen Beruf erlernt. Irgendwann fand er eine Stelle als Hilfsarbeiter in einer kleinen Werft im nächstgrößeren Ort, wo er bis heute beschäftigt war. Ihre Mutter hatte nach Ingas Geburt eine Stelle als Putzfrau angenommen. Später bekam die Familie noch zwei Söhne. Ihr Vater verdiente mittlerweile etwas besser, dennoch kamen sie kaum über die Runden. Der Verdienst ihrer Mutter war nicht hoch genug.

Inga musste sich um die jüngeren Geschwister und den Haushalt kümmern. Sie hatte eine Schneiderlehre gemacht und arbeitete ein paar Stunden bei der Schneiderin im Ortskern. Sie würde Jasper bei seiner Musikerkarriere unterstützen und dann, wenn er erfolgreich wäre, konnten sie eine Familie gründen.

Der Wirt riss beide aus ihren Gedanken. Er klopfte Jasper auf den Rücken. »Du wirst nicht fürs Turteln bezahlt«, meinte er trocken.

Jasper zuckte mit den Schultern, gab Inga noch einen Kuss und ging zurück auf die Bühne.

Als er bei seinen Mitmusikern auf der Bühne saß, trat ein großer junger Mann an ihren Tisch. »Hallo, Inga.«

Sie blickte auf und in Svens lächelndes Gesicht. Sie hatte ihn lange nicht gesehen. Er sah gut aus, hatte braune Augen und trug die blonden Haare halblang, aber ordentlich geschnitten. Seine weißen Zähne kamen durch seine braun gebrannte Haut noch mehr zur Geltung. Das helle Hemd und die engen Jeans standen ihm wirklich gut und sahen teuer aus.

»Kennst du mich noch?«, fragte er.

Natürlich wusste sie, wer er war. Sie kannten sich aus Kindertagen. Svens Mutter war früh gestorben, und Ingas Mutter hatte danach eine Weile bei Svens Vater als Haushaltshilfe gearbeitet. Damals hatten sie oft miteinander gespielt. In der

Schule waren sie nicht zusammen gewesen, da er zwei Jahre älter war als sie. Und ab der weiterführenden Schule war er auf ein Internat gegangen. Sie hatte ihn in dieser Zeit nur selten im Dorf gesehen.

»Natürlich kenne ich dich. Du hast mich immer geärgert, wenn wir als Kinder im Sandkasten gespielt haben«, scherzte sie.

»Was?«, lachte er, gespielt überrascht. »Nein, du hast mich immer geärgert. Ich hab dich immer bloß angehimmelt.«

»Quatschkopf«, erwiderte sie, errötete leicht und trank zur Ablenkung einen Schluck von ihrer Limonade.

»Darf ich mich setzen?«, fragte er.

Sie nickte, und er ließ sich auf Hildes Platz nieder.

»Das waren Zeiten«, meinte er lächelnd.

»Stimmt …« Dann fuhr sie nachdenklich fort: »Ich hab dich immer um dein rotes Fahrrad beneidet.«

»Das hab ich dir aber auch immer geliehen, wenn du es haben wolltest. Hast du nicht darauf sogar Fahrradfahren gelernt?«

Sie lachte und nickte wieder. Noch ein paar Momente schwelgten sie in alten Erinnerungen.

»Und was machst du jetzt so?«, fragte Sven.

»Ach, ich helfe meiner Mutter mit dem Kuchenbacken für die Pension Wacker. Und arbeite als Schneiderin bei Frau Johanson.« Doch dann fügte sie hinzu: »Das möchte ich natürlich nicht immer machen, ich will hier auf jeden Fall weg.«

Er sah sie erstaunt an. »Aber das hier ist doch der schönste Ort auf Erden, ich möchte hier niemals weg. Ich war so lange im Internat, das reicht mir. So etwas Wunderbares wie die See gibt es doch nirgendwo anders.«

»Du kannst das sagen, weil deine Familie Geld hat. Mit Geld kann man es bestimmt auch hier gut aushalten.«

Svens Vater bewohnte das alte Gutshaus der Familie, aber mit Landwirtschaft hatte er nichts mehr am Hut. Nach dem Krieg war er irgendwie zu Geld gekommen. Er hatte wohl erst mit den britischen Soldaten Handel betrieben – man munkelte, dass es um Schnaps gegangen war – und dann, als nach der Währungsreform 1948 wieder die ersten Urlaubsgäste an die Nordsee kamen, angefangen, Ferienwohnungen zu vermieten. So erzählte man es sich zumindest im Ort. Ingas Vater redete schlecht über Svens Vater. Er meinte, dass dessen Geschäfte nach dem Krieg ganz sicher nicht immer mit rechten Dingen zugegangen seien. Ingas Mutter setzte dann immer entgegen, dass der alte Hansen wenigstens den Hintern hochbekam.

Sven entgegnete nichts auf ihre Äußerung über das Geld seiner Familie.

»Möchtest du mit mir tanzen?«, fragte er stattdessen.

Sie zuckte mit den Schultern. Dann blickte sie zu Jasper, der gerade »Yesterday« von den Beatles spielte. Sie lächelte ihm zu.

Das blieb Sven nicht verborgen. »Seid ihr beide ein Paar? Ich habe so ein Gerücht gehört, war mir aber nicht sicher, ob es stimmt.«

Sie nickte stolz. »Ja, wir sind schon ein halbes Jahr zusammen.«

»Hey, du hast damals am Strand doch versprochen, mich zu heiraten.«

Sie lachte. Meinte er das ernst? »Da war ich … wie alt? Vier?«

»Oder fünf?« Er lachte nun auch und tat es als Spaß ab, aber irgendwie wurde Inga aus ihm nicht schlau.

In diesem Moment kam Hilde zurück an den Tisch. Sie grüßte ihn kühl. »Hallo.«

»Hallo, Hilde, wie geht es dir?«

Sie zuckte mit den Schultern. »Gut. Du sitzt auf meinem Stuhl.«

»Ich gehe gleich.« Doch er bewegte sich nicht, stattdessen blieb er am Stuhl kleben und sah Inga unverwandt an – so durchdringend, dass es ihr unangenehm wurde. Seine Hände waren nur wenige Millimeter von ihrem Glas entfernt, an das sie sich klammerte, weil ihr die Situation peinlich war.

Hilde räusperte sich mit verschränkten Armen. Doch Sven reagierte nicht. Erst als Jasper von der Bühne kam und die beiden Männer sich stumm mit einem Kopfnicken begrüßt hatten, verabschiedete sich Sven.

Jasper sah ihm hinterher. »Hast du etwa einen neuen Verehrer?«

»Der ist doch schon immer in Inga verliebt«, erklärte Hilde. »Ich weiß nicht, aber irgendwie kann ich ihn nicht ausstehen.«

»Das war doch im Kindergarten und höchstens noch in der Grundschule«, tat Inga die Aussage ab. »Ich habe ihn in den letzten Jahren kaum gesehen.«

Jasper lächelte. »Den wirst du nicht so leicht los.«

Inga seufzte. »Ach was, der ist eher wie ein Bruder für mich.«

Hilde lachte auf. »Er denkt, dass er wegen seiner vielen Kohle alles und jede bekommen kann.«

»Nein, ich hab ihn nie als arrogant empfunden, eher als hilfsbereit«, meinte Inga. Dann machte sie eine kurze, nachdenkliche Pause. »Ist ja auch egal, warum reden wir eigentlich über ihn? Schatz, du warst mal wieder wunderbar.«

Sie stand auf, zog Jasper an sich und küsste ihn.

»Kommt, lasst uns tanzen!«, forderte sie die anderen beiden auf. Gemeinsam liefen sie zur Tanzfläche, wo viele schon wild zum Takt von »My Generation« herumwirbelten, das aus den Lautsprechern schallte.

Später fuhr Jasper sie auf seinem Motorrad nach Hause. Bereits einige Häuser vor ihrem Elternhaus hielt er an, damit ihre Eltern nichts von ihrer Ankunft mitbekamen.

»Ich möchte dich gern noch einmal küssen«, sagte er.

Und das tat er auch. Sie wünschte sich mehr von ihm; diese Knutscherei war ihr nach sechs Monaten Freundschaft einfach zu wenig. Ihm auch, das wusste sie. Wieder einmal glitt Jaspers Hand unter ihren Rock, und es fiel ihr schwer, ihn abzuwehren. Es war zu schön, zu aufregend, und beide verlangten nach mehr. Doch sie lebten beide noch bei ihren Eltern. Ihre Mutter hätte der Schlag getroffen, wenn sie sie mit einem jungen Mann in ihrem Zimmer erwischt hätte. Außerdem hatte Inga Angst vor dem Gerede der Leute im Dorf.

»Ich muss los«, sagte sie bedauernd.

Er seufzte enttäuscht.

Schweren Herzens verabschiedeten sie sich mit einem letzten langen Kuss voneinander.

»Sehen wir uns morgen?«, fragte er noch.

»Morgens gehen wir in die Kirche. Aber am Nachmittag geht es. So gegen fünf am Strand?«

Dann lief sie ein Stück die Straße hinunter und betrat das kleine, rot geklinkerte Elternhaus. Drinnen angekommen, sah sie noch einmal durch das Fenster hinaus. Jasper stand noch dort, wo sie ihn verlassen hatte, und blickte sehnsuchtsvoll zu ihrem Haus. Dann setzte er sich auf sein Motorrad und fuhr davon.

Inga wollte sich in ihr Zimmer schleichen, sah aber in der Küche Licht brennen. Ihre Mutter saß am Küchentisch und weinte still.

»Mutti, was ist los?«

Ihre Mutter, eine Frau, die erst Ende dreißig war, für Inga aber eher wie fünfzig wirkte, blickte sie mit roten Augen an.

»Ist etwas passiert?«, fragte Inga. Sie bekam Angst, dass ihren jüngeren Brüdern etwas geschehen war.

Ihre Mutter zeigte ihr einen Brief von der Bank. Darin stand eine so hohe Summe, dass ihr schwindlig wurde. Sie las die Zeilen erneut. »Ein Kredit in Höhe von zweitausend Mark«, sagte sie laut.

Mit verweinter Stimme sagte ihre Mutter: »Vati hat, ohne etwas zu sagen, einen Kredit aufgenommen und zahlt ihn nicht zurück; jetzt müssen wir Verzugszinsen zahlen.«

»Wofür hat er den Kredit aufgenommen?«

»Bestimmt nicht für das Haus!« Dabei zeigte ihre Mutter resigniert auf die Küche, die zwar sauber war, aber in einem schäbigen Zustand.

»Aber wofür dann?«

»Für seine Spielsucht!«, rief ihre Mutter wütend.

Inga dachte an Jaspers Worte zum Kartenspiel ihres Vaters. »Haben wir deshalb immer so wenig Geld?«

Ihre Mutter nickte. »Er verspielt alles, seinen ganzen Lohn! Schon seit Jahren … gut, ich arbeite ja auch, aber jetzt noch einen Kredit aufzunehmen … Was kommt wohl als Nächstes? Das Haus?«

Inga setzte sich zu ihrer Mutter an den Tisch und legte ihr den Arm um die Schultern. »Vielleicht hört er auf. Ich kann mit ihm sprechen. Er kann doch kein Haus verspielen!« Sie hielt die Hand ihrer Mutter. Die sah müde und erschöpft aus, und es schmerzte Inga, dass sie so litt.

»Du bist erwachsen. Aber was mache ich mit deinen Brüdern?«

»Mutti, es wird bestimmt alles gut. Ich werde mit Vati reden.«

Ihre Mutter seufzte. »Das Reden habe ich schon längst aufgegeben, aber vielleicht hört er ja wirklich auf dich.« Sie saßen

64

noch eine kurze Weile schweigend beisammen, dann ging Inga ins Bett.

Am nächsten Morgen besuchte die Familie gemeinsam den Gottesdienst. Ihre Brüder – der neunjährige Peter und sein vier Jahre älterer Bruder Claus –, Inga und ihre Eltern trugen allesamt ihre Sonntagskleidung. Die Kirchenlieder liebte Inga und sie sang voller Inbrunst mit, doch während der Predigt schweiften ihre Gedanken ab. Sie sah sich in der Kirche um. Die Bänke waren voll besetzt; es schien, als sei die gesamte Dorfgemeinschaft anwesend. In der gegenüberliegenden Reihe saß Jasper mit seiner Familie, in der zweiten Reihe auf der linken Seite Sven mit seinem Vater. Den alten Hansen sah sie öfter in der Kirche; er zeigte seinen Wohlstand gern durch wohltätige Handlungen. Auch diesmal würdigte der Pastor am Ende der Predigt seinen Beitrag zur Renovierung des Gemeindesaales. Doch Sven hatte sie schon lange nicht mehr hier gesehen. Er war doch wohl nicht in der Hoffnung gekommen, sie anzutreffen? Nein, das konnte sie sich kaum vorstellen.

Inga beobachtete ihren Vater. Er war ein stiller, dünner Mann. Sie vermochte nicht zu glauben, dass er das ganze Geld der Familie auf irgendwelche Spiele verschwendete.

Nach dem Gottesdienst begaben sich alle in den Gemeindesaal; dort gab es sonntags nach der Messe traditionell Kaffee und Kekse. Die jungen Leute gingen in den Garten und unterhielten sich unter den großen Kastanienbäumen, während die kleineren Kinder um sie herumrannten. Nachdem Inga auf Hilde getroffen war, liefen sie gemeinsam zu Jasper, der lässig an einem Baum lehnte.

»Sollen wir später etwas unternehmen?«, fragte Hilde.

»Ich bin mit Jasper am Strand verabredet«, entgegnete Inga. »Du kannst gern mitkommen.«

»Wenn wir nicht deine Brüder mitnehmen müssen ...«, meinte Hilde.

Inga lachte. »Ach was. Die sind schon groß genug und können sich auch mal selbst beschäftigen. Jasper, nimmst du deine Gitarre mit?«

Er nickte. »Klar, ohne meine Gitarre gehe ich nirgendwohin.«

Er sah süß aus in seinem Anzug, fand Inga. Die schwarze Hose und das Hemd samt schwarzer Krawatte standen ihm sogar besser als Jeans und Pulli. Am liebsten hätte sie sich fest an ihn geklammert, doch das ziemte sich hier nicht, wo alle Eltern ganz genau auf das Benehmen ihrer Kinder – auch der erwachsenen – achteten.

Plötzlich stand ihre Mutter neben ihr. »Inga, kommst du mal mit?«

Verwundert folgte sie ihrer Mutter.

»Sven, der Sohn von Otto, möchte uns mal besuchen.«

»Und?«, fragte Inga wenig interessiert.

»Wie, und?« Ihre Mutter gab ihr einen Stoß mit dem Ellenbogen. »Er ist ein gut aussehender, wohlhabender und dazu netter Junge.«

»Aha ...«, sagte Inga betont skeptisch.

Ihre Mutter sah sie verwundert an. »Weißt du eigentlich, was für eine gute Partie das für dich wäre?«

»Mutti, ich bin mit Jasper zusammen.«

Ihre Mutter verdrehte die Augen. »Jasper, Jasper ...«

»Was hast du gegen ihn?«

»Überhaupt nichts hab ich gegen ihn, aber Kind, das mit Jasper ist bloß ein Traum.«

Inga lachte ironisch auf. »Mutti, dir hat auch niemand reingeredet bei deiner Wahl damals.«

»Und ich wünschte mir, dass es jemand getan hätte, denn dann wäre mein Leben vielleicht nicht so erbärmlich. Was hab ich davon, dass ich deinen Vater geheiratet habe? Bloß Sorgen und schlaflose Nächte.« Tränen sammelten sich in ihren Augen, aber es waren eher Tränen des Zorns als der Trauer. »Mit Sven hättest du alles, einen gut aussehenden Mann mit viel Geld. Ich sehe doch, wie er dich immer ansieht. Er himmelt dich an.«

»Eine entscheidende Sache hast du vergessen, Mutti: Ich liebe ihn nicht.«

Mit diesen Worten ließ Inga sie stehen und ging zurück zu Jasper. Dann tat sie etwas, was sie sonst in der Öffentlichkeit nicht machte. Sie gab Jasper einen langen Zungenkuss. Ihre Mutter starrte sie aus der Ferne sprachlos an und drehte sich dann weg. Hinter ihr stand Sven, der ebenfalls Zeuge des langen, leidenschaftlichen Kusses geworden war.

6.

Helene

Der Geruch von gebratenem Speck und Spiegelei weckte Helene. Sie lag auf der Couch im Wohnzimmer der Pension, in eine leichte Decke gehüllt. Sie schrak auf. Wo waren die Kinder? Sie hatte sie doch noch ins Bett gebracht. War sie danach hier unten auf der Couch eingeschlafen? Seit der Geburt ihrer Kinder war sie Alkohol nicht mehr gewohnt. Zunächst war sie mit Johanna schwanger gewesen, dann hatte sie gestillt, und kaum war diese Phase abgeschlossen gewesen, kündigte sich Simon an. Und schließlich hatte sie es sich ganz abgewöhnt, Alkohol zu trinken. Bis gestern Abend. Sie hatte ganz vergessen, wie entspannend es sein konnte, den Abend mit einem guten Glas Rotwein auf der Couch zu verbringen. Doch nun plagten sie Kopfschmerzen.

Inga lugte durch die Tür herein. »Guten Morgen.«

Die Pensionswirtin war gut gelaunt und zeigte keinerlei Anzeichen eines Katers. Sie trug ein langes hellblaues Kleid, das exotisch aussah. Helene vermutete, dass es aus Nordafrika stammte. Ingas Haar war mit einem Tuch in einem etwas dunkleren Blauton zusammengebunden. Sie sah blendend aus. Inga war wirklich eine schöne Frau.

»Ich habe die Kinder oben vergessen! Ich bin eine Rabenmutter!«, rief Helene.

»Ich habe schon nach ihnen gesehen«, erwiderte Inga. »Mach dir keine Sorgen. Sie schlafen noch. Ganz süß und niedlich.«

Helene atmete auf.

»Ich habe uns Mangold-Omelette gemacht, ein Trouchia, das ist ein Gericht aus Südfrankreich, und dazu einen leckeren Tee«, verkündete Inga.

Helene sah auf die Wanduhr. Es war schon kurz vor acht. Dass die Kinder noch schliefen! Dafür waren wohl die Seeluft und die Aufregung des letzten Tages verantwortlich.

Helene merkte, dass ihr schwindlig war. Sie hielt ihren Kopf.

»Hattest du zu viel Wein?«, fragte Inga mitfühlend.

Helene nickte.

»Dann ist es wohl besser, du läufst runter in den Ort und kaufst dir an Holgers Fischbude ein Heringsbrötchen«, schlug Inga vor.

»Oh ja, ich glaube, ein Spaziergang täte mir gut.«

»Es ist nicht weit. Holger müsste schon offen haben, er verkauft auch Frühstück und seine Fischbrötchen sind die besten weit und breit.«

Inga erklärte ihr kurz den Weg.

»Lass dir Zeit«, sagte die Pensionswirtin noch. »Wenn die Kinder aufwachen, bekommen sie von mir erst mal ein Spezialfrühstück.«

Helene ging auf ihr Zimmer und warf selbst einen Blick auf die friedlich schlafenden Kinder. Im Bad machte sie sich kurz frisch. Dann lief sie wieder nach unten, zog ihre Schuhe und eine leichte Jacke an und machte sich auf den Weg.

Die Sonne schien, der Himmel war blau, und es versprach ein wunderschöner Tag zu werden. Tatsächlich befand sich die Fischbude nur ein paar Hundert Meter die Straße runter, direkt am Deich. Äußerlich sah sie nicht besonders einladend aus. Die Bude war natürlich keine Bude, sondern ein kleines Haus mit einem Vorbau, wie ihn sonst die Kioske im Schwimmbad hatten. Am Rande des Tresens stand ein bisschen Süßkram, daneben an der Wand hingen zwei große Tafeln, beschriftet mit dem Essensangebot:

Krabbenbrötchen
Fischfrikadelle
Stremellachs
Hering
Pommes
Kartoffelsalat
Backfisch
Getränke
Tee und Kaffee
Kuchen des Tages – heute: Apfelkuchen

Vor dem Häuschen gab es ein paar Holztische mit Plastikstühlen, umrandet von ein paar großen Pflanzenkübeln. War das die Fischbude, von der Inga so geschwärmt hatte? Das Ganze wirkte wie ein typischer Touristenimbiss.

Sie sah auf die Uhr. Es war gerade mal halb neun. Sie fragte sich, ob die Bude wirklich schon geöffnet hatte. Doch tatsächlich entdeckte sie einen Mann hinter dem Tresen, vielleicht Ende vierzig, der gerade etwas in der sich dahinter befindlichen offenen Küche sortierte. Er hatte einen Dreitagebart und trug eine blaue Mütze, die wohl typisch für die Region war.

Als er sie entdeckte, sah er sie etwas mürrisch an. »Moin!«, rief er ihr zu. Der Mann betrachtete sie eine Weile und fragte dann knapp: »Kaffee oder Holgers Spezialhering?«

Helene musste lächeln. »Das Letztere.«

Er nickte. »Kommt sofort.«

Sie setzte sich auf einen der Plastikstühle und wartete.

Es dauerte keine fünf Minuten, bis er mit dem Fischbrötchen rauskam und zusätzlich noch einen Espresso vor sie auf den Tisch stellte. »Espresso mit Zitrone hilft gegen die Kopfschmerzen. Am besten trinken Sie ihn nach dem Hering.«

Er lächelte nicht, aber irgendwie fand sie ihn witzig und musste schmunzeln. »Danke.«

Er blieb stehen und sah sie erwartungsvoll an – als wollte er wissen, ob ihr sein Hering schmeckte.

Sie erwiderte seinen Blick, dann biss sie hungrig in das Fischbrötchen. Tatsächlich tat das Saure ihr gut. Sie lächelte und hob den Daumen.

Er nickte und verschob etwas seine Mütze. Immer noch kein Lächeln. Trotzdem fand sie Holger sehr sympathisch.

»Ich mach dann mal weiter«, sagte er und ging hinter die Theke. »Mal schauen, ob noch jemand gefeiert hat.«

So hatte sie sich immer einen typischen Norddeutschen vorgestellt: groß, blond, mit Dreitagebart und einer Mütze, wie sie Fischer trugen. Und sein Hering war genau das Richtige für sie in ihrem Zustand.

Nach ein paar Minuten gesellten sich noch fünf Jugendliche zu ihr, die genau dasselbe bestellten. Dabei sahen sie zu ihr herüber und kicherten. Sie setzen sich jedoch nicht hin, sondern nahmen ihre Fischbrötchen mit und zogen weiter.

Holgers Fischhütte stand recht einsam da. Das nächste Haus lag mindestens hundert Meter entfernt. Dazwischen grasten eine Handvoll Schafe auf einer eingezäunten Wiese. In einiger Entfernung gab es ein Wäldchen, eigentlich eher eine

71

Ansammlung von Bäumen. Ihr war schon aufgefallen, dass es hier in Küstennähe keine großen Waldgebiete gab, wie sie das aus Süddeutschland kannte. Dafür entdeckte sie immer wieder Waldstückchen, wie kleine Inseln zwischen den weiten Feldern.

Diese Weite war schön, es gab einfach viel Luft zum Atmen. Helene dachte an ihr Stadtleben und die Enge in den Straßen, die sie gerade überhaupt nicht vermisste.

Sie atmete die frische Luft bewusst und tief ein und schloss für einen Moment die Augen. Dann griff sie nach ihrem Espresso, der schon auf eine angenehme Trinktemperatur abge-kühlt war.

»Und wo machen Sie Urlaub?«, fragte Holger, während er die anderen Tische abwischte.

»In der Pension Meerblick.«

Er wirkte etwas überrascht und nickte nur.

»Kennen Sie das Haus?«

»Ich kenne alle hier im Ort.«

»Sind Sie hier die Tourist-Info?«

Sie meinte, fast schon ein Schmunzeln auf seinen Lippen erkennen zu können. »Ja, ich biete nur zusätzlich Fisch und Kaffee und Tee an«, antwortete er.

Helene lachte, und er rückte seine dunkelblaue Mütze wieder zurecht. An einem Ohr steckte ein einfacher silberner Ohrring.

Holger ging zurück in die Küche hinter seinen Tresen.

»Wir fühlen uns sehr wohl dort, Inga ist ausgesprochen freundlich«, sagte Helene.

Er nickte wieder und begann, auf dem Tresen Zwiebeln zu schneiden. »Ich dachte, Sie würden in diesem Hotel übernach-ten, wo die jüngere Generation zum Feiern absteigt. Im Wave.«

»Ganz so jung bin ich nicht, und mit zwei Kindern wäre das wohl nicht ganz das Richtige.«

»Stimmt, dann wäre auch einer der Bauernhöfe hier was für Sie gewesen.«

»Bei Inga ist es wie auf einem Bauernhof.«

»Das stimmt«, bestätigte er.

Eigentlich hasste sie puren Espresso und dann noch die saure Zitrone darin, aber es schien tatsächlich gegen ihre Kopfschmerzen zu helfen. Als sie sich gerade bei Holger für den guten Tipp bedanken wollte, vernahm sie eine Stimme, deren Klang bei ihr eine leichte Gänsehaut auslöste.

»Moin.«

»Moin. Wie immer?«, hörte sie Holger fragen.

Als sie sich umdrehte, sah sie Lasse am Tresen stehen. Hatte er sie noch nicht bemerkt? Sie saß etwas verdeckt hinter einem Pflanzenkübel. Jetzt rückte sie etwas zur Seite, noch mehr in den Sichtschutz der Pflanze, und beobachtete ihn durch die Blätter. Lasse trug wieder einen Anzug. Doch er wirkte heute ganz anders als gestern. Trotz seines förmlichen Aufzugs war er im Umgang mit Holger fast freundschaftlich und entspannt.

»Ist viel los bei dir im Moment?«, fragte Lasse den Wirt.

»Hm«, hörte sie Holger antworten. »Mehr als die Jahre zuvor. Das neue Hotel bringt viel Kundschaft.«

Lasse nickte.

»Und bei dir?«, fragte Holger.

»Auch mehr als in den letzten Jahren.«

Lasse blickte kurz auf sein Telefon und dann in die Ferne.

Helene beobachtete ihn und überlegte kurz, ob sie sich bemerkbar machen sollte.

Doch das erledigte Holger für sie, indem er ihr zurief: »Und, geht's wieder?«

Sie lächelte verlegen und nickte. Erst als sie aufstand und an den Tresen trat, entdeckte Lasse sie. Er war sichtlich überrascht, wirkte geradezu erschrocken.

»Hallo«, begrüßte sie ihn. Sie lächelte Lasse an und wandte sich dann an Holger. »Das Gebräu hat Wunder gewirkt.«

Holger nickte zufrieden und sagte nichts weiter.

Es war ihr etwas unangenehm, dass Lasse sie so sah. Sie war sich nicht einmal sicher, ob sie sich zuvor noch die Haare gekämmt hatte. Warum begegnete dieser Mann ihr bloß immer in Ausnahmesituationen?

Lasse fasste sich wieder und wirkte plötzlich kühl, fast abweisend.

Holger beobachtete beide. Er trocknete sich die Hände mit einem Küchentuch ab und stellte fest: »Ihr kennt euch, wie ich sehe.«

»Durch einen Autounfall«, erklärte Lasse.

Holger lehnte sich interessiert über den Tresen. »Unfall? Jetzt müsst ihr mir mehr erzählen.«

»Nichts Schlimmes«, antwortete Helene. »Ich bin aus Versehen in seinen Wagen gefahren.«

»Das Auto ist ziemlich beschädigt, deshalb fahre ich jetzt dieses lächerliche Fahrzeug.« Lasse zeigte auf einen Opel Corsa, der am Straßenrand parkte. »Das war das einzig verfügbare Auto.«

Holger lachte. »So einen fährt meine Mutter auch. Sie ist begeistert davon.«

Lasse sah ihn an. »Sie ist auch einen Kopf kleiner als ich.«

»Mindestens!«, rief Holger.

»Ich habe mich schon entschuldigt, und die Versicherung wird das Geld überweisen«, sagte Helene kleinlaut.

Holger konnte sich ein Lächeln nicht verkneifen. »Und was ist mit Ihrem Wagen?«, fragte er.

Helene fiel auf, dass sie sich darum noch gar nicht gekümmert hatte. »Der Schaden ist nicht so schlimm«, erwiderte sie. Dabei dachte sie: *So ein Mist, wie konnte ich vergessen, mich darum zu kümmern?!* Sie wollte sich ihre Verlegenheit nicht anmerken lassen, zahlte schnell ihr Brötchen und den Kaffee und sagte dann kurz angebunden: »Danke und auf Wiedersehen.« Anschließend lief sie schnellen Schrittes zurück zur Pension.

Dort angekommen, sah sie sich als Erstes ihr Auto an. Es hatte mehrere Dellen an der Stoßstange.

»Mama, Mama, was ist los?« Ihre Kinder kamen mit jeweils einem Katzenbaby auf dem Arm aus dem Garten.

»Ich sehe mir den Schaden an unserem Auto an.«

Beide Kinder hatten verschmierte Schokomünder.

»Was habt ihr denn gegessen?«

»Nichts«, sagten beide gleichzeitig und mussten kichern.

Sie trugen die Kleidung vom Vorabend und sahen sehr süß aus in ihren Gummistiefeln, mit den ungekämmten Haaren und den Kätzchen im Arm.

Helene umarmte beide nacheinander. »Ich hab euch sehr lieb.«

»Mama!«, motzte Johanna und wand sich aus der Umarmung.

Sie benahm sich in letzter Zeit immer mehr wie ein Teenager, fand Helene, obwohl sie erst sieben Jahre alt war.

Inga kam auch aus dem Garten und gesellte sich zu ihnen. »Na, wie geht es dir jetzt?«, erkundigte sie sich.

»Das war ein guter Tipp.« Helene lächelte und zwinkerte Inga zu.

»Holger kenne ich bereits seit seiner Geburt. Seine Fischbrötchen sind wirklich die besten weit und breit.«

»Das stimmt. Allerdings ist mir gerade klar geworden, dass ich mein Auto wohl oder übel in eine Werkstatt fahren muss.«

»Hier im Ort gibt es keine. Aber ungefähr zehn Kilometer weiter, neben der großen Tankstelle, die an der Landstraße liegt. Wenn du das Auto dort lässt, müsstest du mit dem Bus zurückfahren. Aber in der Umgebung lässt es sich gut spazieren gehen. Direkt auf der anderen Seite der Landstraße befindet sich ein

Naturpark. Dort gibt es auch Wasserbüffel und andere Tiere der Wattlandschaft. Und einen großen Spielplatz. Vielleicht wäre das ein netter Ausflug mit den Kindern.«

»Au ja, das ist eine gute Idee«, sagte Helene. Einerseits spürte sie, wie gut es ihr tat, durchatmen zu können, wenn Inga die Kinder für eine Zeit nahm. Endlich musste sie nicht mehr rund um die Uhr ohne Verschnaufpause die gesamte Verantwortung tragen. Dennoch vermisste sie ihre Kinder immer recht schnell. Daher freute sie sich richtig darauf, einen kleinen Ausflug mit den beiden unternehmen zu können. »So machen wirs. Ach, weißt du, wen ich bei Holger wieder mal getroffen habe?«, fragte sie. Ohne Ingas Antwort abzuwarten, fuhr sie fort: »Lasse war auch da – der Typ, den ich angefahren habe.«

Inga sagte nur knapp: »Ja, die beiden sind befreundet.«

Helene hatte immer mehr den Eindruck, dass Inga nicht so gut auf Lasse zu sprechen war.

»Na ja, wie auch immer«, meinte Helene. »Dann rufe ich mal die Werkstatt an und frage, wann ich vorbeikommen kann.«

Inga nickte. Helene fand, dass sie ungewöhnlich nachdenklich wirkte. »Ist alles in Ordnung?«, erkundigte sie sich.

»Ja, natürlich. Ich suche dir die Telefonnummer der Werkstatt raus.«

7.

Nachdem Helene ihr Auto in der Werkstatt abgegeben hatte, machte sie sich mit den Kindern zu ihrem Spaziergang auf. Es war ein sonniger Tag, und der Himmel strahlte in wundervollem Blau. Am Eingang vor dem umzäunten Naturschutzgebiet befand sich der große Spielplatz, den Inga erwähnt hatte.

»Dürfen wir gleich spielen, Mama?«, fragte Simon.

»Wir gehen uns erst mal die Tiere ansehen«, erwiderte Helene.

»Na gut«, meinte Simon.

Johanna war sofort begeistert. »Guck mal, Mama, da drüben ist ein Storch!«

Als sie das Gelände betraten, las Helene auf einer Infotafel, dass es sich um ein Vogelschutzgebiet handelte. Früher hatte das Gelände aus sogenannten Watt- und Salzwiesen bestanden; aufgrund der Hochwassergefahr war jedoch in den Sechzigerjahren ein schützender Deich errichtet worden. Nun grasten Rinder, Büffel und Schafe auf den üppig grünen Wiesen. Jede Menge Vögel waren hier zu finden. Direkt hinter dem Zaun gab es eine riesige Wiese mit wild wachsenden Orchideen. Daneben entdeckten sie ein paar Hochbeete mit Kräutern und Insektenkästen.

Sie spazierten eine halbe Stunde über die Wiesen, danach hielten sie sich noch eine Stunde auf dem Spielplatz auf. Die Kinder waren bestens gelaunt. *Es ist schön, sie so zu sehen*, dachte Helene.

Schließlich fuhren sie mit dem Bus zurück nach Süderwiek. Der Kfz-Meister hatte ihr erklärt, dass er die Stoßstange auswechseln müsse, und ihr einen Kostenvoranschlag für ihre Kaskoversicherung mitgegeben. Es würde ein paar Tage dauern, bis er die benötigten Teile geliefert bekam, aber sie brauchte das Auto ja nicht, also war das kein Problem.

Während der Busfahrt dachte sie noch einmal an das Gespräch mit dem Mechaniker. Als er erfahren hatte, dass sie in Ingas Pension wohnte, hatte er die Augenbrauen hochgezogen. »Das ist doch diese Hippiekommune. Ich dachte, die gibt es schon lange nicht mehr«, hatte er gesagt.

»Keine Kommune. Es ist eine ganz normale Pension«, hatte Helene geantwortet.

»Aber die Wirtin ist schon so eine Hippiebraut. Man erzählt sich ja Geschichten über die ...« Dann hatte er verschwörerisch die Augen gerollt.

Helene hatte herausfordernd gefragt: »So, was denn für Geschichten?«

»Nun, so genau weiß ich das auch nicht. Ich war ja nicht dabei. Aber sie hat in der Vergangenheit einige Reisen an sonderbare Orte unternommen. Marokko und so. Sie wissen ja ...«

So, so, hatte Helene gedacht. Inga war einigen hier also suspekt, weil sie um die Welt gereist war. Wenn sie so darüber nachdachte, musste Helene lachen. Es war schon traurig, wie kleingeistig manche Menschen sein konnten. Obwohl der Mechaniker ja offensichtlich nichts Genaues über Inga wusste. Doch so war das wohl mit Gerüchten, die sich auf dem Land schnell herumsprachen.

Es tat Helene leid, dass er so über Inga redete. Ob noch weitere Menschen über sie tratschten? Und das, wo ihre »Hippiekommunen«-Pension zurzeit ohnehin so schlecht lief. Helene beschloss, gleich nach ihrer Rückkehr ein paar schöne Fotos vom Haus und vom Garten zu machen und zusammen mit einer Fünf-Sterne-Rezension ins Internet zu stellen. Irgendwie musste es doch möglich sein, Ingas Betrieb wieder etwas anzukurbeln. Ein paar aktuelle Bewertungen und schöne Fotos konnten der erste Schritt sein.

Zurück in der Pension fragte Helene Inga, ob sie sich ein paar Minuten um die Kinder kümmern könne.

»Aber gern doch«, antwortete die Wirtin.

Die Sonne schien immer noch, und so nutzte Helene die Gelegenheit, um ein paar Fotos vom Haus, von der Terrasse und von den wunderschönen Rosen im Garten zu machen. Im Haus fotografierte sie das Kaminzimmer und – nachdem sie kurz entschlossen etwas aufgeräumt hatte – die Wohnküche. Dann ging sie zum Strand, wo sie Inga und ihre Kinder entdeckte. Mittlerweile zogen einige Wolken am Himmel auf, doch die machten sich sicher gut auf dem Foto. Johanna und Simon saßen im Sand und bauten eine Burg. Helene nahm sie von hinten auf, sodass ihre Gesichter nicht zu sehen waren.

»Hallo, Mama!«, rief Simon, als er sie sah.

»Na, habt ihr Spaß?«

»Ja!«, jubelten beide gemeinsam.

Dann ging Helene zu Inga, die ein paar Meter weiter vorn am Wasser stand und aufs Meer blickte. Helene bemerkte, dass das Wasser bereits ihre Füße umspülte und sie nicht darauf reagierte – obwohl sie Turnschuhe trug, die sicherlich längst durchnässt waren.

»Ich bin wieder da«, begrüßte Helene sie, und Inga fuhr zusammen. »Oh, entschuldige, ich wollte dich nicht erschrecken.«

»Ah, du bist es …«, sagte Inga. »Entschuldige, ich habe gerade nachgedacht.«

»Kein Problem«, antwortete Helene.

Inga wirkte immer noch etwas melancholisch, fing sich dann jedoch wieder. »Alles gut«, sagte sie. »Nichts passiert. Die See macht mich bloß immer etwas nachdenklich. Vor allem, wenn sie so unruhig ist wie heute.«

»Deine Schuhe sind schon ganz nass.«

»Wie bitte?« Erst jetzt sah Inga auf ihre Füße. »Ach ja, das ist nicht schlimm. Die trocknen wieder.« Sie schien immer noch etwas neben sich zu stehen.

»Du läufst doch sowieso am liebsten barfuß, oder?«, versuchte Helene, die Situation etwas aufzulockern.

»Genau!« Nun lachte Inga.

Zusammen mit den Kindern gingen sie zurück zur Pension. Gut gelaunt zog Inga ihre Schuhe aus. Sie schien nun wieder ganz die Alte zu sein.

Als sie gemeinsam die Küche betraten, pfiff Inga laut. »Was ist denn hier passiert?«

»Ich habe etwas aufgeräumt. Stört es dich?«

»Ganz im Gegenteil! Du hast es geschafft, dass ich meine Arbeitsplatte wieder sehe. Aber du bist doch mein Gast, das hättest du nicht tun müssen.«

»Ich sorge gern für Ordnung. Vielleicht kann ich dir als Gegenleistung für deine Kinderbetreuung auch helfen, hier ein bisschen auszumisten«, schlug Helene vor.

»Das musst du wirklich nicht machen.«

»Ich mache das gern.«

»Na gut.«

* * *

Die nächsten Tage ihres Urlaubs vergingen wie im Flug. Helene verfasste eine ausführliche Bewertung für die Pension und lud sie zusammen mit den Fotos auf drei verschiedenen Urlaubsportalen hoch.

Ihr Radius war klein, sie bewegte sich die meiste Zeit zwischen Strand, Haus und Garten. Die Kinder waren damit rundum glücklich. Im Meer baden, Sandburgen bauen, die Haustiere streicheln und füttern – dies alles erfüllte Johanna und Simon so sehr, dass sie nicht einmal abends nach Fernsehen verlangten wie sonst.

Die Beziehung zu Inga war längst freundschaftlich geworden. Inga kümmerte sich täglich um die Kinder, damit Helene etwas Zeit für sich hatte. Sie schien in ihrer Rolle als Ersatzoma richtig aufzublühen. Und auch Helene spürte, wie sie die Zeit mit ihren Kindern wieder viel mehr genießen konnte, nun, da ihr jemand unter die Arme griff. Um sich für Ingas Hilfe zu revanchieren, versuchte Helene jeden Tag, etwas mehr Ordnung in die Pension zu bringen. Im Supermarkt kaufte sie ein paar Kunststoffboxen und Kistchen, um damit das Chaos in den Küchenschränken zu strukturieren. Mit Ingas Erlaubnis mistete sie auch einiges aus, und allein das ließ die Räume bereits viel moderner und offener wirken.

Weil Inga oft den ganzen Vormittag mit den Kindern draußen unterwegs war, gab sie Helene die Zugangsdaten zu ihrem E-Mail-Postfach für die Pension. Nur für den Fall, dass eine Buchung eintraf, die man bestätigen musste. Wobei das ja leider eher selten passierte.

Am dritten Tag schlug Helene Inga vor, den morgendlichen Gang zur Bäckerei zu übernehmen, um die leckeren Brötchen abzuholen. So würde Helene regelmäßig zu einem belebenden

Spaziergang in der Morgensonne kommen, und Inga hätte mehr Zeit für die restliche Küchenarbeit.

Am nächsten Morgen machte sie sich gleich auf. Hinter der Theke stand eine Frau Anfang dreißig, die gerade dabei war, Brötchen in die Brotkörbe einzuräumen.

»Sind Sie verantwortlich für diese köstlichen Brötchen?«, fragte Helene.

»Ach, bitte, duz mich doch. Ich bin Emma.«

»Helene, freut mich.«

»Du bist diejenige, die gerade bei Inga zu Gast ist? Sie hat angerufen, dass ich die Bestellung für dich vorbereiten soll.«

Helene nickte. »Wie bekommt man die Brötchen so hin, dass sie so viel Geschmack haben?«, fragte sie.

»Da ist doch nichts dabei. Man muss sich nur ein bisschen Mühe geben, dem Teig Zeit lassen, auf die Zutaten achten, auf künstliche Backzusätze verzichten und das Wichtigste: die Arbeit mit Freude machen.«

Helene mochte ihre norddeutsche Bescheidenheit. Auch wenn sie die Brötchen ganz und gar außergewöhnlich fand.

»Heutzutage ist es kaum noch möglich, gute Backwaren zu bekommen. Auch in der Großstadt nicht, wo es an jeder Ecke eine Bäckerei gibt«, meinte Helene. »Also, ich denke, dass du hier schon etwas Besonderes hinbekommen hast.«

Die Bäckerin zuckte mit den Schultern und lächelte. »Danke. Aber es sind doch nur Brötchen. Ich freue mich natürlich, wenn ich dem Ort etwas geben kann. Ich bin hier groß geworden, meine Familie betreibt die Bäckerei schon seit mehreren Generationen, und diese Tradition führe ich fort.«

»Das ist toll.«

Emma nickte. »Meine Eltern waren froh, dass wenigstens eine in der Familie sich für die Backkunst interessiert hat und ich bereit war, nach der Lehre wieder nach Süderwiek zu kommen.

Ich habe eine Weile in Frankreich und Italien gearbeitet, dann hat es mich nach Hause gezogen. Meinen Bruder dagegen hat es immer schon in die weite Welt getrieben. Für ihn ist es hier viel zu provinziell. Aber mir gefällt es.«

»Mir gefällt es hier auch sehr gut«, erwiderte Helene und lachte. Dann zeigte sie auf die vielen unterschiedlichen Törtchen, die sich in der Auslage befanden. Viele waren mit frischem Obst verziert, außerdem hatte Emma sie mit verschiedenen Cremes gefüllt. »Und die sehen auch alle fantastisch aus«, schwärmte Helene.

Obwohl sie wusste, dass Inga gerade einen Kuchen backte, ließ sie sich ein Haselnusstörtchen mit Schokocremefüllung für den Rückweg einpacken. »Nur zum Probieren«, sagte sie lächelnd.

Es schmeckte genauso wunderbar, wie es aussah.

Am nächsten Morgen strömte Helene der Duft von warmen Äpfeln und Zimt entgegen, als sie die Küche betrat. Inga war gerade dabei, einen Apfelstrudel zu backen. Sofort hatte Helene gute Laune und Appetit. Sie konnte sich erinnern, dass es bei ihrer Großmutter oft so gerochen hatte. Umso mehr fühlte sie sich wie ein Kind, für das gut gesorgt wurde. Es störte sie auch nicht, dass von der Ordnung, die sie erst kürzlich geschaffen hatte, im Augenblick nicht mehr viel zu sehen war, denn sie fühlte sich zu Hause.

Inga, die gerade in einem alten Rezeptbuch blätterte, lächelte Helene an. »Hallo, Lene, ich habe Äpfel übrig und überlege, was ich damit noch backen könnte. Vielleicht Apple Crumble?«

Helene nickte begeistert. »Lene? So nannte mich meine Oma.«

»Entschuldige, irgendwie ist es mir so von den Lippen gerutscht.«

»Es ist in Ordnung, Lene gefällt mir.« Sie lächelte.

»Gibt es etwas Schöneres als den Geruch von frischem, hausgemachtem Apfelstrudel?«, fragte Inga. Dabei seufzte sie zufrieden.

Helene musste lachen. »Nein, gibt es wirklich nicht«, bestätigte sie. »Ich mache uns mal einen Kaffee.«

»Die Espressokanne steht schon auf dem Herd, du musst ihn nur anmachen.« Sie wischte sich die Hände an ihrer Schürze ab. »Sind die zwei Engelchen schon wach?«

»Die *Bengelchen* sind wach und spielen Lego. Sobald der Geruch von deinem leckeren Gebäck auch in ihre Nasen dringt, werden sie hier stehen.«

Inga lachte. »Ach, wie schön. Die beiden sind eine wahre Freude.«

Normalerweise entgegnete Helene auf solche Kommentare immer etwas Ironisches, doch sie besann sich. Denn ihr fiel auf, dass sie ihre Kinder in den letzten Monaten oft nicht mehr als Geschenk und die gemeinsame Zeit häufiger als kräftezehrend betrachtet hatte, statt wirklich Spaß mit ihnen zu haben. Deshalb stimmte sie Inga zu: »Du hast recht, sie sind eine Freude.«

Sie beobachtete Inga dabei, wie sie die restlichen Äpfel schälte. Langsam und bedacht. In ihren Bewegungen lag weder Hektik noch Stress. Sie schien im Moment zu leben. Das gelang Helene nur sehr selten.

»Geht es dir gut?«, fragte Inga und sah kurz zu ihr herüber.

Helene nickte, dann fiel ihr ein, warum sie eigentlich in die Küche gekommen war. »Hast du schon die neuen E-Mails gesehen?«, fragte sie. »Du hast zwei neue Buchungen! Ein Rentnerpärchen und eine dreiköpfige Familie haben für nächste Woche Zimmer reserviert. Vielleicht hat meine Bewertung geholfen.«

Überrascht sah Inga sie an. Sie schien sich gar nicht recht zu freuen. »Es geht voran …«, sagte sie schließlich und rang sich ein Lächeln ab.

»Freust du dich denn nicht?«, fragte Helene.

Inga zuckte mit den Schultern. »Irgendwie fand ich es so auch nett. Nur mit euch ist es hier so gemütlich, es fühlt sich an, als wären wir eine Familie.«

Helene stand auf und umarmte sie spontan. »Das geht mir genauso.« Sie standen einander kurz schweigend gegenüber. »Aber sieh mal, unsere Ferien dauern leider nicht ewig. Du brauchst neue Gäste, und wenn es sich erst mal rumspricht, wie schön es bei dir ist, wird die Pension richtig brummen.«

»Du hast recht«, stimmte Inga zu und begann, die buttrige Streuselmasse für den Apple Crumble zu kneten.

Helene sah begeistert zu, mit welcher Leichtigkeit sie auf diese Art und Weise die perfekten Streusel schuf.

Helene goss zwei Becher dampfenden Kaffee ein, und dann ging es ans Frühstück. Die Kinder wirkten entspannt.

Nach dem ersten Brot rief Johanna: »Wir gehen raus zu den Katzen.«

Simon machte es seiner Schwester nach. »Wir gehen raus.« Sie lachten.

»Deine Eltern müssen stolz auf ihre Enkel sein«, meinte Inga, als die beiden weg waren.

»Das sind sie, aber häufig sehen wir uns trotzdem nicht.«

»Nein? Gibt es nicht diese Oma-Opa-Wochenenden?«

»Nein, meine Eltern genießen ihr Rentnerdasein, reisen für ihr Leben gern. Sie sind fast jedes Wochenende unterwegs, und jeden zweiten Monat machen sie einen Kurzurlaub.«

»Das ist schön.«

Helene nickte. »Sie wohnen auch nicht bei uns in der Nähe. Und ich habe die Kinder ja nicht, damit die Großeltern ständig auf sie aufpassen. Aber es wäre schon nicht schlecht, ab und zu mal freizuhaben.«

»Und der Vater der Kinder?«

»Eigentlich sollten sie jedes zweite Wochenende bei ihm sein, aber auch er ist viel unterwegs, und somit sehen sie ihn oft nur einmal im Monat. Jetzt ist er auch im Urlaub, mit seiner Neuen. Er kam gar nicht auf die Idee, zu fragen, ob er die Kinder dafür vorher zwei Mal hintereinander zu sich nehmen sollte, damit sie ihn nicht so selten sehen. Na ja, zum Glück sind wir jetzt selbst im Urlaub.«

Inga nickte.

»Du brauchst dringend eine Putzfrau, die hier mal richtig aufräumt«, erklärte Helene, um von dem Thema abzulenken, bei dem sie sich nur unnötig aufregte.

Inga nickte. »Darum kümmere ich mich morgen mal.«

»Nein, nicht morgen, ruf doch gleich ein paar an.«

»Aber ich wollte mich doch mit den Kindern beschäftigen.«

»Das mache ich, sonst heißt es am Ende noch, ich vernachlässige meine Kinder«, entgegnete Helene mit einem Augenzwinkern.

Inga wirkte jetzt wieder etwas angespannt. »Gut, gut, dann mache ich das gleich nach dem Frühstück.«

Helene stand kurzerhand auf, holte das Telefon und gab es Inga. »Ich räume den Tisch ab, und du kannst gleich ein paar Anrufe erledigen. Hast du jemanden, den du fragen kannst?«

Ein tiefes Seufzen erfüllte den Raum. Das waren Dinge, die Inga offensichtlich nicht lagen: organisieren, anrufen, ermahnen.

»Dadurch wird dein Leben einfacher. Ich verspreche es dir!«, ermutigte sie Helene und räumte den Tisch ab. »Ich kann auch für dich versuchen herauszufinden, wo man hier eine Hilfe auftreiben kann«, bot sie an.

»Nein, ist schon gut. Ich mache ein paar Anrufe. Ich gehe dann mal ins Arbeitszimmer«, antwortete Inga.

Nachdem sie die Küche aufgeräumt hatte, suchte Helene Inga auf, um zu erfahren, ob sie Erfolg gehabt hatte. Sie klopfte an und betrat dann zum ersten Mal Ingas Büro. Im Gegensatz zu den anderen war es ein kleines Zimmer, höchstens zehn Quadratmeter groß. Die Wände waren dunkelgrün gestrichen und mit verschiedenen Filmpostern geschmückt. »Hair« – ein Hippiefilm – fiel ihr als Erstes ins Auge. An der gegenüberliegenden Wand hingen zwei Poster nebeneinander. »Jules und Jim« von François Truffaut und Jean-Luc Godards »Außer Atem«. Der Name sagte ihr etwas. Wahrscheinlich hatte sie den Film einmal im Fernsehen gesehen.

Inga sah sie resigniert an und schüttelte den Kopf. »Meine früheren Putzfrauen arbeiten nicht mehr. Nur Gerda könnte, sie würde drei Mal pro Woche für je zwei Stunden kommen. Früher war sie super. Sie ist zwar nicht mehr die Jüngste, aber wer weiß …«

»Das klingt doch schon mal ganz gut. Aber zwei Stunden sind nicht viel, oder?«

Inga zuckte mit den Schultern. »Mehr arbeitet sie nicht.«

In diesem Moment schien Inga aufzufallen, dass Helene interessiert die Filmplakate betrachtete. »Ich liebe Truffaut und die *Nouvelle Vague*«, sagte sie.

Nouvelle Vague? Davon hatte Helene zuletzt in ihrer Schulzeit gehört.

»Das sind wunderbare Filme. Truffaut habe ich sogar mal persönlich auf einem Filmfestival kennengelernt. Das muss in den Siebzigern gewesen sein.«

Helene nickte. Sie merkte, dass sie nicht viel über diese Zeit wusste. »Diese Filme muss ich mir mal anschauen«, meinte sie.

»Kein Problem!«, rief Inga. »Die habe ich auf DVD. Wir können gleich heute Abend damit anfangen.«

»Schön, ich freue mich! Sag mal, wann fängt Gerda denn an?«

»Schon morgen.«

»Klasse!« Helene hüpfte wie ein kleines Kind auf und ab. »Es tut sich was, Inga, es tut sich was!«

Inga beobachtete Helenes Freudentanz und lächelte still.

Dann fiel Helenes Blick auf einen Bücherstapel auf Ingas Schreibtisch. Sie nahm das oberste Buch in die Hand und las den Titel vor. »›Geschichte Danzigs‹. Interessant. Dort war ich mal als kleines Kind.«

»Ach ja?«, fragte Inga interessiert.

»Ja. Meine Großmutter stammte von dort. Wir haben einen Familienausflug dorthin unternommen. Eine sehr schöne Stadt.«

»Das ist ja witzig. Meine Mutter kam als Flüchtling aus Danzig hierher.«

»Da haben wir ja eine Gemeinsamkeit, von der wir gar nichts wussten.« Helene lächelte.

»Genau«, freute sich Inga. »Ich war aber noch nie dort. In letzter Zeit habe ich mich ein bisschen damit beschäftigt. Als meine Eltern noch lebten, war es mir ehrlich gesagt zu viel. Der Verlust der Heimat, die traumatischen Erlebnisse bei der Flucht … das war kein schönes Thema, vor allem nicht für meine Mutter. Da waren eine Angst und eine Unsicherheit, die sie zeit ihres Lebens begleitete. Sicherlich hatte es auch mit diesen Erlebnissen zu tun. Ich hoffe, bei deiner Großmutter war es besser.«

»Sie war noch sehr klein, als ihre Familie geflohen ist, und konnte sich kaum daran erinnern. In Süddeutschland haben sich ihre Eltern ein neues Leben aufgebaut.«

»Das ist meinen Eltern nie so richtig gelungen. Sie sind hier im Ort nie richtig angekommen, hatten Geldprobleme. Dann wurde mein Vater spielsüchtig. Und ich habe mich als Älteste oft verantwortlich gefühlt, die Suppe auszulöffeln.«

»Das klingt hart.«

Inga seufzte und blickte nachdenklich zu Boden. »Ja, das war es oft auch.« Dann hob sie den Kopf wieder und lächelte Helene an. »Aber jetzt lass uns nicht über alte Zeiten reden. Wir waren doch gerade dabei, in die Zukunft zu blicken.«

»Genau.«

8.

Ein wenig später ging Helene mit den Kindern zum Strand. Zu ihrer Überraschung waren sie heute nicht allein dort, sondern trafen eine Frau in Helenes Alter mit zwei Kindern.

»Hallo, wir haben uns doch kürzlich an meinem Gartenzaun unterhalten«, sagte die andere Frau, als Helene auf sie zutrat.

Helene wusste sofort Bescheid. »Ja, klar. Sie sind die Frau mit dem traumhaften Garten.«

Die Frau lächelte. »Ertappt. Der Garten ist meine Leidenschaft.« Sie stellte sich als Clara vor.

Helene nannte ebenfalls ihren Namen und reichte ihr die Hand.

»Woher kommt ihr?«, fragte Clara und ging sofort zum Du über, was sich in der Urlaubssituation ganz natürlich anfühlte.

»Aus einem kleinen Ort in der Nähe von Mannheim.«

»Ach wie schön, ich komme aus Karlsruhe.«

»Und wie kommt es, dass du hier lebst?«

Claras braune Augen leuchteten. »Wir haben hier Urlaub gemacht, um die deutsche Küste kennenzulernen, und haben uns sofort in diesen zauberhaften Ort verliebt. Daher sind wir regelmäßig hierher zurückgekommen. Als unser Ferienhäuschen dann überraschend zum Verkauf stand, schlugen wir zu.« Sie kicherte fröhlich.

»Einfach so?«, staunte Helene. »Geht das denn mit den Kindern ... und was arbeitet dein Mann?«

»Mein Mann ist Unternehmensberater. Er ist sowieso ständig unterwegs und hat zu Hause sein Arbeitszimmer als Büro. Und die Kinder ... es hat ihnen hier auch so gut gefallen. Wir haben uns gedacht, dass es ein guter Zeitpunkt wäre, solange sie noch nicht allzu groß sind. Später wäre ein Umzug doch immer schwieriger geworden. Uns war klar, dass wir uns spontan entscheiden und es einfach wagen mussten. Wenn wir gesagt hätten, das machen wir später mal, dann wäre es doch für immer nur ein Traum geblieben.«

»Vermisst ihr den Süden manchmal?«

Clara schüttelte den Kopf. »Nur unsere Familien, aber die kommen uns oft besuchen.«

Die Kinder, alle in einem ähnlichen Alter, hatten sich zwischenzeitlich bereits angefreundet und bauten gemeinsam eine große Sandburg.

»Und wie sind die Kinder mit dem Wechsel klargekommen?«

Clara überlegte kurz. »Sehr gut, besser als erwartet. Der Kindergarten und die Grundschule hier sind so behütete Orte. Die Kinder sind dort gut aufgehoben. Das war in Karlsruhe schon anders. Die Klassen waren sehr groß, und unsere Tochter hatte Schwierigkeiten, Freunde zu finden.«

Helene nickte. »Meine Tochter hat in der Schule auch noch keine richtigen Freundschaften geschlossen, obwohl sie nicht schüchtern ist«, sagte sie.

»Hier hat sie jedenfalls schon eine Freundin gefunden.« Clara zeigte auf ihre Tochter, die mit Johanna spielte.

Helene nickte freudig.

Clara fuhr fort: »Ich liebe das Leben hier. Anfangs war ich mir nicht sicher, ob mir die Vorzüge der Großstadt nicht fehlen würden. Doch jetzt, nach über einem Jahr, kann ich sagen: Es ist wunderbar hier.«

»Vermisst du nicht das Theater, die vielen Vereine?«

Clara wehrte mit der Hand ab. »Einen Sportverein haben wir hier auch, der bietet unglaublich viel an. Gut, ein Theater gibt es nicht, doch das haben wir vorher wegen der kleinen Kinder auch kaum besucht.«

»Stimmt. Ich war das letzte Mal im Theater, als ich mit Johanna schwanger war, danach nicht mehr, nicht einmal im Kino.«

Clara lachte. »In Husum gibt es den Kulturkeller mit einer Kleinkunstbühne. Auch Flensburg mit seiner Kulturszene ist nicht so weit weg. Oder man fährt nach Hamburg und übernachtet dort. Muss man nur im Voraus planen.« Sie legte eine kurze Pause ein und richtete ihre Haare, die vom warmen Wind etwas zerzaust waren. »Dafür hat man hier die See, das Landleben mit Tieren. Die Kinder können draußen spielen, ohne ständig auf den Spielplatz gebracht und betreut werden zu müssen. Ich empfinde es hier als freier.«

Helene nickte. »Wenn du so weiterredest, dann bleibe ich auch noch hier.«

Beide lachten.

»Das wäre doch schön.«

»Ein schöner Traum«, sagte Helene und lächelte.

»Bist du allein mit deinen Kindern hier?«, fragte Clara.

Helene nickte. »Ich bin seit ein paar Monaten geschieden.«

»Alleinerziehend zu sein, ist sicher nicht einfach.«

»Ach, es ist ehrlich gesagt kein großer Unterschied zu der Zeit, als ich noch verheiratet war.«

»Ohne meinen Mann wäre ich aufgeschmissen«, gab Clara zu und fuhr sich erneut durch die Haare. »Bewundernswert, wie du ganz allein den Alltag hinkriegst mit zwei Kindern. Mein Mann ist viel unterwegs, deshalb ist es für mich auch entspannter hier mit unserem Häuschen im Grünen. Kein Vergleich zu unserer Stadtwohnung. Wenn mein Mann zu Hause ist, hilft er zum Glück viel mit. Wir hatten auch schon Krisen, aber zum Glück haben wir es doch jedes Mal irgendwie geschafft, wieder zusammenzufinden.«

»Das war bei uns nicht der Fall. Wir hatten auch eine gute Beziehung, jedenfalls dachte ich das; deshalb haben wir auch Kinder bekommen. Aber letztendlich entfernten wir uns dadurch immer mehr voneinander.«

Clara nickte. »Eine Freundin von mir sagt, Kinder seien ein Beziehungskiller.«

»Für meinen Mann war das definitiv der Fall.«

»Und wie ist es jetzt für die Kinder?«, fragte Clara. »Ich hoffe, ich bin nicht zu direkt.«

»Nein, nein, das ist schon okay. Die Beziehung zwischen uns allen ist entspannter. Mein Mann hat die Kinder alle paar Wochen übers Wochenende, und das ist für ihn perfekt.« Sie kratzte sich kurz am Hinterkopf. »Ich weiß gar nicht, ob mein Mann nicht zustimmen müsste, wenn wir zum Beispiel hier hochziehen würden, weil wir ja gemeinsames Sorgerecht haben.«

Clara nickte.

»Obwohl ich geschieden bin, haben wir beide noch viel miteinander zu tun.«

»Aber trotzdem bist du Single.«

»Ab einem gewissen Alter ist es schwierig, neue Bekanntschaften zu machen.«

»Aber trotzdem möglich.«

»Es sind viele Gestörte unterwegs, aber vielleicht bin ich das ja auch«, meinte Helene. Beide Frauen lachten.

»Manchmal hat man auch Glück und findet einen netten Gestörten«, erwiderte Clara und lächelte sie ermutigend an.

»Ich bin mir gar nicht sicher, ob ich schon wieder einen Mann möchte.«

Clara lächelte. »Das kann ich verstehen; du musst wahrscheinlich erst wieder zu dir selbst finden.«

»Ein bisschen ist es wie damals, als ich bei meinen Eltern ausgezogen bin. Da musste ich mich auch erst einmal zurechtfinden.«

»Daran kann ich mich gut erinnern. Sag mal, wie hast du es bloß geschafft, dir nach zwei Geburten so eine tolle Figur zu erhalten?«, fragte Clara.

Helene sah an sich hinab. »Na ja, ich weiß nicht, meine Figur ist auch nicht mehr dieselbe ...«

Clara meinte bedauernd: »Ich habe die Pfunde nie wieder verloren, trotz monatelangem Stillen.«

»Mein Mann fand Frauen mit ein paar Kilos mehr auf den Rippen immer sehr attraktiv«, antwortete Helene. »Als ich schwanger war, fand er mich am schönsten. Das sagte er zumindest immer.«

»Ich wünschte, mein Mann würde diese Meinung teilen.«

»Die Pfunde stehen dir sehr gut, finde ich.«

Clara zuckte mit den Schultern. »Allein der Gedanke, abnehmen zu müssen, macht mich schon hungrig.«

»Das kann ich verstehen. Dabei war es im neunzehnten Jahrhundert genau umgekehrt. Damals waren Frauen mit Kurven angesagt.«

»Heute aber leider nicht mehr. Und genau das ist das Problem. Wenn dir alle Welt sagt, du bist zu dick, dann denkst du das auch.«

»Das stimmt.« Helene nickte.

»Und schon habe ich wieder Hunger«, sagte Clara schmunzelnd und holte eine Tupperdose aus ihrer Tasche. »Ich habe Vollkornhaferkekse gebacken.«

Helene nahm sich einen Keks, er schmeckte köstlich.

»Seit ich denken kann, bin ich pummelig. Meine Mutter meint immer, dass ich schon als Kleinkind gern und viel gegessen habe.« Sie zuckte mit den Schultern und lächelte. Sie war eine schöne Frau, hatte braune Haare und ausdrucksvolle braune Augen. Vor hundert Jahren wäre sie ein It-Girl gewesen. »Sehen wir es mal so: Wir wollen ja nicht auf dem Laufsteg laufen«, scherzte Clara.

»Das stimmt. Aber wie du sagst, wenn ich die ganzen Mamas sehe, die immer so super gestylt sind und dir auf Instagram ein scheinbar perfektes Leben zeigen, fühle ich mich schon minderwertig.«

»Von diesen Instamamas wimmelt es hier im Norden. Es sind überwiegend Hinzugezogene, die dem skandinavischen Stil nacheifern. Ich muss ja zugeben, dass ich auch ein Faible dafür habe.«

»Das ist mir viel zu anstrengend.«

Beide lachten.

Danach gingen sie alle gemeinsam im Meer baden.

Während die Kinder bei jeder Welle laut jauchzten, rief Clara: »Es gibt doch nichts Schöneres als die See! Ich bin so froh, hier zu leben.«

Helene verstand sie. Seit dem ersten Tag hier fühlte sie sich wohl, irgendwie angekommen. Und der Gedanke, bald zurück nach Hause zu müssen, bereitete ihr Kopfschmerzen. Zu gern wäre sie für immer hiergeblieben.

Nach dem Baden aßen sie am Strand einen Mittagssnack. Clara hatte noch weitere Tupperdosen mit Obst, Gemüsesticks und belegten Broten dabei. Es reichte, um sie alle satt zu machen. Für den Nachmittag lud Clara sie sogar zum Kaffeetrinken zu sich nach Hause ein.

Helene ging kurz mit ihren Kindern in die Pension, um sich umzuziehen; Clara wartete so lange unten im Kaminzimmer und unterhielt sich mit Inga. Dann spazierten sie gemeinsam zu Claras Haus. Dort angekommen, nahmen Claras Kinder Johanna und Simon sofort mit in den Garten hinter dem Haus. Dort gab es einen Spielplatz mit Rutsche, Sandkasten, großem Trampolin und zwei Schaukeln.

Helene war beeindruckt. »Wow!« Hier sah es tatsächlich aus wie bei *Schöner Wohnen*. Jetzt verstand sie, was Clara vorher gemeint hatte, als sie ihr Faible für skandinavischen Stil erwähnt hatte.

»Du arbeitest aber nicht für einen Einrichtungskatalog, oder?«, fragte sie Clara, als diese mit einem Tablett mit zwei Tassen Cappuccino und einer Schüssel mit Keksen aus dem Haus kam.

Clara lächelte und stellte alles auf den großen Terrassentisch aus verwittertem Teakholz. »Schöne Dinge und Einrichtung sind meine Leidenschaft, das muss ich zugeben. Mein Mann verdient gut, deshalb können wir uns das auch leisten«, entgegnete sie nüchtern.

»Und was machst du?«, wollte Helene wissen.

»Ich bin Hausfrau und Mutter.«

»Du könntest auch Instagram-Star sein.«

Clara wehrte ab. »Ach was, das ist eben ein Hobby. Und ich möchte es gern gemütlich und einladend haben. Ich bekomme gern Besuch.«

»Beneidenswert«, sagte Helene. »Die einladende Atmosphäre ist dir auf jeden Fall gelungen.«

»Danke. Wir haben die klassische Rollenverteilung«, entgegnete Clara, und es hörte sich fast ein wenig wie eine Rechtfertigung an. »Mein Mann arbeitet, und ich halte das Haus in Schuss.«

»Das ist doch in Ordnung. Ich hätte es auch gern so gemacht, wenigstens die ersten fünf oder sechs Jahre, solange die Kinder noch klein waren, aber mein Mann war dagegen. Er wollte nicht die ganze finanzielle Verantwortung tragen.«

Clara nickte. »Sich allein um all das hier …« – sie zeigte auf das Haus und den Garten – »… und die Kinder zu kümmern, ist Knochenarbeit, nur sieht das keiner.«

Helene merkte, dass das für Clara ein sensibles Thema war.

»Man hört ja immer wieder Andeutungen, Hausarbeit sei keine richtige Arbeit«, fuhr Clara fort. »Dabei organisiere ich die Kinder, das Haus, die Einkäufe, Handwerker … alles, was eben so anfällt. Das ist im Grunde, als würde ich unbezahlt ein Büro mit cholerischen Mitarbeitern leiten.« Dabei zeigte sie auf die Kinder, und beide Frauen lachten.

»Ich finde, du machst das toll«, meinte Helene. »Ich kann das sehr gut verstehen.«

»Natürlich, du musst ja Arbeit und Kinder unter einen Hut bringen. Das bewundere ich sehr!«

Clara hatte wirklich ein Händchen für Stil. Ihr Sohn sah in seinem blau-weiß gestreiften Oberteil und den dazu passenden Chino-Shorts niedlich aus. Ihre dreijährige Tochter hatte ein bezauberndes gelbes Trägerkleidchen an; die langen Haare waren zu zwei perfekten Zöpfen geflochten. Helenes Kinder waren genau das Gegenteil. Johanna hatte langes, welliges Haar, das so dick war, dass sie es nicht gut durchkämmen konnte. Und auch Zöpfe kamen für sie nicht infrage. Stattdessen trug sie eine Mowglifrisur. Das Deckhaar war gekämmt, aber darunter befanden sich kleine Rastalocken und Nester. Johanna störte das nicht, und Röcke zog sie ohnehin nie an. Im Winter trug sie Leggins und im Sommer Shorts. Grundsätzlich liefen ihre Kinder barfuß, sobald sich nur irgendwie die Gelegenheit dazu bot.

Und dennoch wollte sie nicht tauschen. Sie liebte ihre Kinder, so, wie sie waren. »Ich habe mich selbst als Kind nicht für Mode interessiert, genau wie meine Kinder.«

»Den Kindern ist das auch egal. Es ist, wie gesagt, eher ein Faible von mir.« Clara selbst wirkte auch sehr gepflegt. Ihr schulterlanges Haar fiel in schönen Wellen und umrahmte das freundliche, ovale Gesicht auf perfekte Art und Weise.

»Simon trägt nur Kleidung mit Dinos oder Motiven aus ›Paw Patrol‹, und Johanna kaufe ich keine Kleider mehr, da sie keins davon je anzieht. Außer, wir sind zu einer Hochzeit eingeladen.«

»Deine Kinder sind wunderbar«, sagte Clara.

»Das finde ich auch.« Sie musste zugeben, dass es guttat, dies zu hören. Oft war sie viel zu streng mit ihren Kindern, besonders wenn sie selbst mit den Kräften am Ende war. Später merkte sie dann selbst, dass sie wieder einmal übertrieben hatte. Dabei war die letzte Zeit nicht leicht für die Kinder gewesen und sie hatten die Trennung trotzdem gut gemeistert. Doch im Alltag war es oft so schwer, sich auf die schönen Dinge zu besinnen.

Die Zeit verging viel zu schnell. Als die Kinder abends im Bett waren, dachte Helene über die Erlebnisse des Tages nach. Sie freute sich, Clara kennengelernt zu haben. Obwohl Clara ein ganz anderes Leben lebte, hatten sie sich auf Anhieb verstanden. Sie war müde und fand trotzdem keinen Schlaf. Sie dachte daran, wie schön es hier war und wie wohl sie sich fühlte. Auch zu Lasse wanderten ihre Gedanken hin und wieder. Seit einigen Tagen hatte sie ihn nicht mehr getroffen. Sie merkte, dass sie ihn und seine mysteriösen Augen gern wiedergesehen hätte.

9.

Inga

1967

Inga saß an der alten Singer-Nähmaschine, die ihrer Großmutter gehört hatte – der einzige Wertgegenstand, den sie damals auf der Flucht hatte retten können –, und führte konzentriert den Stoff unter die Nadel. Ihre zwei jüngeren Brüder betraten das Zimmer, doch sie scheuchte sie hinaus.

»Hey, raus mit euch, ich muss hier arbeiten!«, rief sie.

Sie äfften sie nach und verließen widerwillig das kleine Dachgeschosszimmer. Dies hier war ihr kleines Reich. Es war ein winziges Zimmer mit Dachschrägen; nur ein schmales Bett, eine Kommode und der Tisch mit der Nähmaschine passten hinein.

Inga sah durch das kleine Dachfenster hinaus. Direkt vor ihrem Haus befand sich eine Weide, auf der drei Kühe des Nachbarn grasten.

Inga wollte gerade weiterarbeiten, als ihre Brüder ein zweites Mal hereinstürmten. »Was gibt es heute zu essen? Wir verhungern.«

»Nehmt euch einen Apfel, ich mache euch gleich was.«

Damit waren sie erst mal zufrieden, und Inga nahm noch einmal das Kleid in die Hand. Es war aus weißem Stoff, der mit großen orangefarbenen Blüten bedruckt war. Ihre Chefin hatte Stoff übrig gehabt, so konnte sie sich dieses Minikleid nähen. Sie hielt es sich vor den Körper.

Von unten war plötzlich Gepolter zu hören. Was machten diese Jungs nur? Sie ließ alles stehen und liegen und lief hinunter. Ihre Brüder hatten sich in der Zwischenzeit Brote gemacht, genauer gesagt hatten sie das ganze Brot samt Butter und dem letzten Stück Käse aufgegessen.

»Ihr Idioten! Was sollen wir heute Abend denn essen? Ich hab doch gesagt, ich mache gleich Mittagessen!«

Die Jungs sahen sich an und kicherten. »Wir haben dir mehrmals gesagt, dass wir Hunger haben.«

Sie blickte auf die Uhr, es war tatsächlich schon vierzehn Uhr. Über dem Nähen hatte sie komplett die Zeit vergessen. Ihre Eltern arbeiteten beide. Es war Samstag, und die Jungs waren längst aus der Schule zurück.

»Dann macht euch jetzt mal nützlich und schält mit mir die Kartoffeln, dann geht es schneller.«

Tatsächlich halfen die beiden. Sie beobachtete ihre Brüder. Irgendwie fühlte sie sich eher wie ihre zweite Mutter als wie eine große Schwester.

»Machst du uns Bratkartoffeln mit Blutwurst?«

Sie zuckte mit den Schultern. »Kann ich machen.«

Während des gesamten vergangenen Jahres hatte sie gemeinsam mit ihrer Mutter das Geld für einen elektrischen Herd zusammengespart; der alte Holzherd hatte endlich ausgedient. Und der neue Herd wurde nun behandelt wie ein weiteres Familienmitglied. Sie kochte die Kartoffeln und schnitt sie in Scheiben. Dann warf sie das letzte Stückchen Butter, das die

Jungs übrig gelassen hatten, in die Pfanne und gab dann die Kartoffeln dazu. Der verführerische Bratkartoffelduft verbreitete sich schnell in der kleinen Küche.

Als alles fertig war, setzten sich die drei Geschwister an den Tisch und aßen mit großem Appetit.

»Sagt mal, wie könnt ihr nur so viel essen?« Obwohl sie bereits mehrere Butterbrote verputzt hatten, war nichts übrig geblieben.

Doch die beiden lachten nur.

»Habt ihr eure Hausaufgaben gemacht?«

Sie nickten.

»Lasst mich mal sehen.«

Sie holten die Hefte aus ihren Tornistern und zeigten ihrer Schwester die Aufgaben.

»Gut gemacht. Lernt immer schön fleißig, damit ihr nicht wie unsere Eltern endet«, sagte Inga trocken. »Vielleicht werdet ihr sogar mal an der Universität studieren.« Sie lächelte stolz.

»Ich will Polizist werden«, entgegnete Claus.

»Und ich Schweinezüchter«, meinte der jüngere Peter.

Inga lachte. »Warum denn Schweinezüchter?«

»Na, die verdienen ein Heidengeld!«

Sie lachten gemeinsam.

Nach dem Essen räumte sie die Küche auf. Ihre Eltern würden erst spät nach Hause kommen.

Danach ging Inga ins Bad, das eigentlich kein richtiges Bad war, sondern nur ein kleiner Raum mit einer nicht angeschlossenen Badewanne. Sie goss mit einem Eimer warmes Wasser aus dem Wasserhahn des Waschbeckens in die Wanne und nahm ein schnelles Bad. Dann zog sie das neu genähte Kleid an. Es stand ihr sehr gut. Sie betrachtete sich im einzigen Spiegel, der sich im Schlafzimmer ihrer Eltern befand. Solch ein Kleid hatte sie während der Arbeit in der Schneiderei in einem der

Burda-Kataloge gesehen und sich sofort verliebt. Es hatte lange Trompetenärmel, war eng anliegend und endete eine Handbreit über dem Knie. Es passte wunderbar zu ihren langen blonden Haaren, die ihr offen über die Schultern fielen. Sie stellte sich vor, selbst für eines der Magazine abgelichtet zu werden. Für einen kurzen Moment entfloh sie gedanklich der dunklen Tristesse ihres elterlichen Zuhauses und sah sich in den Häusern von Chanel und Dior in Paris.

Ein Hupen riss sie aus ihren Tagträumereien. Inga warf einen Blick aus dem Fenster und sah Jasper auf seinem Mofa. Sie nahm ihre Tasche und rief den Brüdern zu: »Ich bin dann weg. Macht keinen Quatsch, verstanden?«

»Ja, *Mutti*!«, riefen die Jungs im Chor.

Schnell rannte sie hinaus zu Jasper. Inga umarmte ihn, küsste ihn stürmisch. Dann schnallte sie sich seine lederne Gitarrentasche mit dem Umhängegurt auf den Rücken und setzte sich hinter ihn auf sein Motorrad. Während der Fahrt drückte sie sich fest an ihn. Von der Nord- zur Ostsee nach Flensburg brauchten sie über eine Stunde, doch an Jasper geschmiegt verging die Zeit wie im Flug. Flensburg war eine richtige Großstadt, eine wahre Metropole im Vergleich zu Süderwiek. Hier gab es eine Hochschule und eine lebendige Musikszene in den Kneipen rund um die historische Altstadt. Jasper hatte sich lange um den Auftritt heute Abend bemüht.

»Du riechst irgendwie nach Essen«, sagte Jasper lächelnd, als sie vom Motorrad abgestiegen waren. »Ich kriege richtig Hunger auf dich.« Er biss ihr spielerisch in die Schulter, um sie gleich danach zu küssen.

Sie lächelte. »Rieche ich echt nach Bratfett? Dabei habe ich gebadet.«

»Nur deine Haare riechen danach, ist aber nicht schlimm.«

»Das nächste Mal gibt es nur gekochte Kartoffeln mit Quark.«

Jasper lachte und küsste sie wieder. »Mich stört es wirklich nicht.«

Dann nahm er sie an der Hand, und sie liefen über den gepflasterten Boden der Altstadt und bogen in eine schmale Seitengasse ein. Dort ging es von der Straße an einem alten Backsteinhaus ein paar Treppenstufen hinunter in eine Kneipe, die sich im Souterrain befand. Als sie durch die Tür traten, empfing sie ein intensiver Geruch nach Zigaretten und Alkohol. Die Einrichtung war modern, mit runden Lampen über der Bar. Die Unterseite der Bar war mit einer Art orangefarbenem Teppich umhüllt. Ein wahrer Blickfang waren die mit dunkelrotem Kunstleder bezogenen Barhocker.

Noch war außer ihnen niemand hier. Jasper rief laut: »Moin, ist jemand da?«

Tatsächlich trat einen Augenblick später ein Mann Mitte vierzig aus einer der Türen zu den Nebenzimmern. Er wirkte übernächtigt, trug einen ungepflegten Stoppelbart, das dunkle Haar war zum Seitenscheitel gekämmt. Seine Kleidung bestand aus einem körperbetonten T-Shirt und einer dunkelblauen, eng anliegenden Schlaghose, wie sie gerade modern waren. Mehrere Goldarmbänder wurden an seinem Handgelenk sichtbar, als er Jasper die Hand reichte.

»Du bist also das Talent aus Dirks Dorfkneipe.«

Jasper lächelte. »Äh … das ist Inga, meine Freundin.«

Der Mann musterte sie von Kopf bis Fuß und pfiff als Zeichen der Anerkennung. »Da hast du dir das schönste Schnittchen weit und breit ausgeguckt.«

»Ich bin kein *Schnittchen*«, entgegnete Inga und sah ihn wütend an.

Er lachte. »Oh, entschuldigen Sie bitte, Gnädigste«, meinte er dann ironisch.

Jasper schien nicht so recht zu wissen, was er machen sollte. »Um wie viel Uhr kann ich aufbauen?«, fragte er.

»Ab sieben, davor könnt ihr einen Spaziergang machen.«

»Diese Typen sind doch alle gleich«, brummte sie, während sie Hand in Hand durch die Altstadtgassen Flensburgs spazierten. »Dich begrüßt er höflich, und mich nennt er Schnittchen.«

Jasper lächelte. »Jetzt reg dich nicht auf, der ist dumm wie Brot. Hauptsache, ich kann hier auftreten.«

Inga sagte nichts mehr. Was sollte sie auch entgegnen? Sie liefen schweigend weiter. Doch ihr Gesichtsausdruck sprach Bände. Mit seiner Antwort war sie nicht glücklich.

Jasper versuchte, sie zu küssen. Doch sie wehrte ihn ab. Am Ende ging er vor ihr auf die Knie. »Bitte, lächle wieder.«

Inga war das unangenehm, denn sie waren gerade am Hafen angekommen und standen mitten auf einer belebten Promenade. Doch Jasper schien das nicht zu stören. Er blieb auf den Knien und begann laut zu singen: »Inga, lach bitte, Inga. Wenn du nicht lachst, ist es, wie wenn die Sonne nicht mehr scheint.«

Die Passanten starrten sie an.

Inga konnte nicht anders. Sie musste lachen. »Okay, okay, aber bitte steh wieder auf.«

Jasper erhob sich und umarmte sie. »Entschuldige, ich hab das doch nicht böse gemeint.«

»Ich weiß.« Sie gab ihm einen Kuss. »Aber diese frechen Sprüche nerven mich.«

Er sah sie an. »Das nächste Mal sage ich ihm, dass er dich nicht so nennen soll.«

»Gut.« Ihre Laune besserte sich schlagartig wieder.

Sie setzten sich in ein Café, tranken einen Tee und liefen danach noch eine Weile eng umschlugen durch die leeren Gassen.

»Es ist so schön mit dir, du gibst mir Kraft für diese Auftritte.«

»Oh, du brauchst mich nicht! Du bist so talentiert, die Welt wartet nur auf dich.«

»Auf uns!«, korrigierte er.

10.

Helene

Am nächsten Morgen war Helene vor den Kindern wach. Sie schliefen noch, erschöpft vom gestrigen Tag am Meer. Als sie die Treppe ins Erdgeschoss hinunterging, hörte sie Stimmen aus der Küche. Sie betrat den Raum und traf auf Inga, die zusammen mit einer alten Dame am Frühstückstisch saß.

»Es waren solche Schmerzen, ich dachte, meine letzte Stunde ist angebrochen«, hörte Helene die alte Dame gerade erzählen.

»Guten Morgen«, sagte sie beim Betreten der Küche freundlich zu den beiden Frauen.

»Lene, guten Morgen!« Inga schien sich zu freuen, sie zu sehen. »Was möchtest du denn heute frühstücken?«

»Die junge Frau ist doch kein Kind mehr, sie kann sich selbst bedienen!«, meinte die andere Frau resolut.

Inga bedachte die ältere Dame mit einem ernsten Blick. »Gerda, Lene ist mein Gast.«

»Oh, das wusste ich nicht, dann musst du sie natürlich bedienen.«

Helene sah Inga überrascht an.

Diese zuckte bloß mit den Schultern. »Das ist Gerda, sie ist meine Putzperle.«

Helene fragte sich, ob sie Witze machte. Denn die Frau sah mindestens aus wie achtzig, eher noch älter. Sie hatte ihre wenigen weißen Haare zu einem Dutt gebunden, den sie mit vielen Haarklammern festgesteckt hatte, und trug einen Putzkittel. Einen solchen hatte ihre Oma immer beim Hausputz angehabt. Was zu dem biederen Kittel nicht passte, war die große Menge an Schmuck, die Gerda trug: eine goldene Uhr, ein goldenes Armband, drei Goldringe, eine dicke Goldkette mit einem Medaillon. Sie fragte sich, wie Gerda mit all diesem Schmuck und in diesem Alter die ganze Pension putzen wollte.

In diesem Moment knallte Gerda ihre Kaffeetasse so laut auf den Tisch, dass Inga und Helene kurz zusammenzuckten. »Jetzt aber ran an die Arbeit. Inga, ich beginne mit den leer stehenden Zimmern.«

Die Wirtin nickte resigniert. »Du kennst dich ja aus.«

Gerda lief langsamen Schrittes aus der Küche.

Helene flüsterte: »Ist das dein Ernst?«

»Gerda ist klasse, sie putzt, seit ich die Pension eröffnet habe.«

Mit einem skeptischen Gesichtsausdruck sah Helene ihre Gastgeberin an: »Hast du nicht Angst, dass sie beim Putzen tot umfällt?«

Inga wehrte mit einer Handbewegung ab. »Quatsch, Gerda wird mindestens hundert Jahre alt. Glaub mir. Sie nimmt jeden Morgen ihr Wundermittel ein. Ein halbes Glas Wasser mit frisch geriebener Kurkuma, Ingwer, Knoblauch, dazu Zitronensaft und Honig.«

Helene ging hoch, um nach den Kindern zu sehen. Aus einem der leeren Zimmer drang Musik, es war ein alter Schlager. Durch den Türspalt konnte sie in den Raum spähen. Gerda wischte gerade Staub mit einem riesigen bunten Wedel.

Offensichtlich war die Lautstärke des Radios im Zimmer ziemlich aufgedreht.

Sie scheint wirklich zu putzen, dachte Helene.

Als sie in ihr Zimmer kam, saßen ihre Kinder aufrecht im Bett und rieben sich die Augen.

»Wer macht denn heute so einen Lärm?«, fragte Johanna verschlafen.

Helene musste schmunzeln. »Das ist die neue Putzfrau«, sagte sie.

Nach dem Frühstück räumte Helene wieder die Küche für Inga auf, während diese draußen Zeit mit den Kindern und den Haustieren verbrachte. Gerda schien fleißig zu arbeiten, jedenfalls hörte Helene nach wie vor die Schlagermusik aus dem Obergeschoss.

Kurz vor dem Mittagessen kam Inga hereingerannt. »Ich habe ja noch nichts gekocht!«, rief sie erschrocken.

Helene blickte auf die Uhr. »Wir könnten doch einfach schnell Nudeln mit Tomatensoße machen.«

Die Kinder stürmten ebenfalls herein und suchten nach etwas Essbarem.

»Ich hab Hunger«, maulte Johanna und griff nach einem Keks.

»Nicht vor dem Mittagessen«, mahnte Helene.

»Ich hab aber Hunger, einen Bärenhunger!«

»Ich hab eine Idee: Ich gehe schnell zu Holgers Fischbude und hole uns Fischbrötchen und Pommes«, schlug Helene vor.

»Pommes, Pommes!«, wiederholte Simon begeistert. »Wir kommen mit!«

Gesagt, getan. Zum Glück gab es vor Holgers Fischbude keine Schlange, denn es war bereits nach dreizehn Uhr, und die meisten hatten ihr Mittagessen schon vor sich auf den Tischen stehen. Ein einziger Tisch war noch frei.

»Ich möchte eine Fanta«, erklärte Johanna.

Ihre Mutter warf ihr einen Blick zu, der sagte: *Bestimmt nicht.*

»Dann Apfelschorle.«

»Hat genauso viel Zucker«, mahnte Helene.

»Och, Mama …«

»Na gut, wir sind ja im Urlaub«, gab sich Helene geschlagen.

»Moin, wieder dasselbe wie neulich?«, begrüßte Holger sie mit einem verschmitzten Lächeln.

Etwas peinlich berührt lächelte Helene zurück. »Nein, nein, heute bitte viermal Backfisch mit Remoulade und Pommes.«

»Und zweimal Apfelschorle«, ergänzte Johanna.

Holger lächelte.

»Eine Portion bitte einpacken«, bat Helene.

Er nickte. »Die zwei halten Sie auf Trab.«

»Oh ja«, stimmte Helene zu und sah ihrer Tochter hinterher.

Johanna ging bereits zu dem leeren Tisch und reservierte die Plätze. Simon hingegen versuchte, sich am Tresen hochzuziehen. »Mama, ich möchte auch Eis«, bettelte er.

»Ja, später.«

»Mama, ich möchte jetzt Eis.«

»Bekommst du doch. Nach dem Essen.« Sie blieb immer noch freundlich.

»Hast du auch Eis?«, fragte Simon jetzt Holger.

Dieser sah Simon mit ernstem Blick an. »Eis gibt es hier nur, wenn man den Fisch aufgegessen hat.«

Etwas verdutzt sah Simon ihn an und schmiegte sich schüchtern an seine Mutter.

»Haben Sie überhaupt Eis?«, wollte Helene wissen.

Holger deutete auf die große Eistafel an der Seite.

»Simon, es gibt Eis, aber du musst vorher etwas Fisch essen.«

Jetzt begann Simon zu verhandeln: »Die Pommes esse ich auf und die Kruste vom Fisch.«

»Du meinst die Panade ... und den Fisch, der schmeckt hier viel besser als bei uns zu Hause.«

»Der wurde gestern gefischt, und jetzt kannst du ihn ganz frisch essen«, säuselte Holger.

Simon hörte ihm jedoch nicht zu; er starrte nur auf die Eiskarte und überlegte ganz offensichtlich, welches Eis er auswählen würde.

»Später trinke ich noch einen leckeren Kaffee, diesmal muss er nicht mit Zitrone sein«, kündigte Helene an.

Holger lächelte. »Na klar.«

Er war ihr sehr sympathisch. Als sie mit dem voll beladenen Tablett zum Tisch gehen wollte, erstarrte sie fast im Gehen. Johanna unterhielt sich mit Lasse, der neben ihr saß. Er trug eine hellblaue Hose und ein weißes Hemd mit dunkelblauer Krawatte.

Regelmäßig ermahnte Helene ihre Tochter, nicht mit Fremden zu sprechen, und hier saß sie nun mit einem ihr unbekannten Mann und erzählte ihm irgendetwas. Natürlich war er kein gänzlich Fremder. Möglicherweise hatte sie ihn ja vom Abend des Unfalls wiedererkannt.

»Essen ist fertig«, verkündete sie, als sie am Tisch angekommen war.

Simon stand immer noch am Tresen und starrte wie hypnotisiert auf die vielen Eissorten.

»Hallo«, sagte sie zu Lasse und versuchte zu lächeln.

Das erste Mal lächelte Lasse zurück. »Hallo. Entschuldigung, Ihre Tochter hat mich erkannt und mich eingeladen, mit Ihnen zu essen.«

Verblüfft sah ihn Helene an. Statt zu antworten, rief sie nach ihrem Sohn. »Simon!«

»Das habe ich natürlich nicht angenommen. Aber ich helfe gern mit den vielen Sachen.« Zuvorkommend nahm er ihr das Tablett ab und stellte die heißen Teller auf den Tisch.

»Mama, Lasse hat keine Familie, lass ihn doch mit uns essen.«

Um sich einen Moment zum Nachdenken zu verschaffen, hob sie den Zeigefinger. »Ich muss kurz Simon holen.« Dann lief sie zu ihrem Sohn.

»Mama, darf ich auch zwei Eis essen, wenn ich diese zwei kleinen nehme?«

»Ja, ja, aber jetzt komm bitte.« In diesem Moment hätte sie auch zu drei Eis ihr Okay gegeben.

Simon sprang vor Freude auf und ab und ging mit ihr zurück zum Tisch. »Ich kenne dich«, stellte er fest, als er Lasse sah.

»Ja, ich bin der Mann, den eure Mama angefahren hat«, antwortete dieser und warf Helene einen schelmischen Blick zu.

Und den sie betatscht hat, wäre ihr in diesem Moment fast rausgerutscht.

»Bist du auch ein Papa?«, fragte Simon.

Sofort wechselte Helenes Gesichtsfarbe ins Tiefrote. »Simon!« Warum mussten Kinder immer solche Fragen stellen?

Lasse lächelte freundlich. »Nein, ich bin kein Papa.«

»Unser Papa lebt nicht mehr mit uns, und Johanna hat gesagt, dass wir bestimmt bald einen neuen, falschen Papa kriegen«, fuhr Simon fort.

»Stiefvater heißt das«, korrigierte ihn seine Schwester und verdrehte die Augen. »Du Dummkopf.«

»Johanna!«, rief Helene empört. »Nenn deinen Bruder nicht Dummkopf, er ist noch klein.«

»Ja, ja, das ist die Entschuldigung für alles«, maulte Johanna.

Lasse beobachtete die Familie, und sie hatte den Eindruck, dass diese seltsame Traurigkeit wieder in ihm aufstieg.

»Jetzt lasst doch mal den armen Mann in Ruhe und esst!«, bat sie.

»Ist schon okay, sie sind Kinder und bloß ehrlich.«

111

»Möchtest du … äh … Sie mit uns essen?«, fragte Johanna, während sie einen großen Klecks Ketchup über die Pommes goss.

»Das ist lieb von euch, aber ich wollte eigentlich nur ein Krabbenbrötchen auf die Hand. Und wir können uns gern duzen«, fügte er hinzu und sah dann in Helenes Richtung. »Ich bin Lasse.«

Helene nickte und lächelte verlegen. Seinen Namen kannte sie ja schon längst. Das war dann wohl das offizielle Zeichen, dass sie sich nun auch duzten.

»Ach, bleib doch hier, Lasse«, meinte Johanna. Sie schien ihn wirklich zu mögen. Jetzt wandte sie sich an Helene, die gerade den Mund voll hatte. »Mama, können wir ihn einladen? Er hat uns doch auch so einen leckeren Kuchen geschenkt.« Sie blickte sie mit dem schon unzählige Male eingesetzten Hundeblick an.

Helene versuchte, schnell zu kauen, um antworten zu können.

Doch Lasse kam ihr zuvor: »Nein, nein, danke, das nächste Mal gern.«

»Dann laden wir dich zum Kuchenessen ein«, bestimmte Johanna. »Aber du kannst dein Brötchen doch hier essen, ein Platz ist noch frei.«

Er lächelte. Lasse sah süß aus, wenn er lächelte, fand Helene.

»Mama, warum lachst du? Darf er?«, fragte Johanna.

Sie hatte ihr Grinsen gar nicht bemerkt. Schnell besann sie sich. »Ich, äh, ich lache doch nicht. Und ja, natürlich kann er mit uns essen.« Sie fühlte sich ertappt.

Nachdem Lasse sein Krabbenbrötchen geholt hatte, setzte er sich wieder zu ihnen.

Simon aß nur ein paar Pommes und bestand dann auf seinen zwei Eis, während Johanna und Helene alles verputzten.

»Der Fisch hier ist so lecker!«, schwärmte Helene. Der Backfisch war außen kross frittiert und innen herrlich zart und saftig. Zusammen mit der Remoulade und dem Salat schmeckte er fantastisch. Lasse nickte zustimmend und biss in sein üppig belegtes Krabbenbrötchen. »Und der Kaffee ist auch klasse«, ergänzte Helene.

»Das stimmt. Holger brauchte eine neue Herausforderung. Bei den Fischbrötchen hat er ja schon Meisterschaft erreicht«, meinte Lasse. »Aber einen guten Kaffee zu kochen, ist noch mal eine ganz andere Nummer.«

Sie lachten gemeinsam und beendeten ihr spätes Mittagessen. Doch Johanna wollte Lasse nicht gehen lassen. Sie erzählte ihm gefühlt alles, was sie über Tiere wusste. Und tatsächlich war die Kleine ein wahres Tierlexikon. Simon war bereits dabei, sein zweites Eis zu essen. Er war ungewöhnlich still und konzentriert beim Verzehr seiner Lieblingsspeise.

Schließlich stand Lasse auf und verabschiedete sich. »Die Arbeit ruft.«

»Hat Mama eigentlich deine Nummer, wegen der Kucheneinladung?«, fragte Johanna.

Er dachte kurz nach. »Ja, die hat sie. Wegen des Unfalls.« Lasse konnte sich ein Lächeln nicht verkneifen.

Helene merkte, dass sie schwitzte, als wäre sie gerade einen Marathon gelaufen. Die Situation war surreal. Ihre Tochter war schon immer ein sehr offenes Kind gewesen, aber hier hatte sie sich gerade selbst übertroffen. Helene wusste nicht, ob Lasse die Aufdringlichkeit ihrer Tochter möglicherweise in die Flucht schlagen würde. Sie hatte kaum Zeit gehabt, ihn zu beobachten und sich zu überlegen, was er wohl dachte. Die tiefe Traurigkeit, die sie bislang an ihm immer so gerührt hatte, sah sie gerade nicht in seinen Augen. Hatten sie es etwa geschafft, ihn fröhlich zu stimmen?

Er winkte ihnen zum Abschied. »Danke, Johanna, ich habe heute viel über Tiere gelernt.«

Johanna antwortete mit einem etwas schüchternen: »Bitte schön.«

Als er in sein Auto gestiegen war, meinte Johanna: »Endlich ein Erwachsener, der richtig zuhört, Mama.«

»Klar, Schatz, aber trotzdem müssen wir noch darüber sprechen, dass du Fremde nicht ansprechen darfst und vor allem nicht einfach so einladen kannst.«

»Aber er ist doch kein Fremder. Du hast ihn angefahren, Mama, und er hat uns Kuchen geschenkt.«

»Trotzdem. Wir haben eine Abmachung, okay?«

Johanna nickte. »Okay.«

»Ich habe dir schon so oft erklärt, dass manche Menschen nur nett tun und es in Wahrheit nicht sind.«

»Meinst du, Lasse ist nicht nett?«

»Das weiß ich nicht, aber wir werden es herausfinden.«

Sie gingen zurück zur Pension. Dort trafen sie auf eine etwas missmutig dreinblickende Inga, die mit Gerda in der Küche saß.

»Was ist denn?«, erkundigte sich Helene alarmiert.

»Ich bin fast verhungert.«

Erschrocken blickte Helene auf die Tüte mit dem längst erkalteten Fisch für Inga. »Entschuldige, wir haben es vor lauter eigenem Hunger völlig vergessen. Oh je, das tut mir echt leid …«

»Zum Glück waren noch ein paar Reste vom Vortag da, aber die hat Gerda zur Hälfte verspeist.«

»Ich stelle die Teller in die Spülmaschine, den Kuchen nehme ich mit. Kann ich auch selbst holen«, verkündete Gerda. Wie selbstverständlich lief sie zum Kühlschrank und schnitt sich ein großzügiges Stück ab. Dann suchte sie nach einer

Vorratsdose und legte den Kuchen hinein. »Bis morgen dann«, sagte sie und verließ das Haus.

Helene sah ihr hinterher und schüttelte den Kopf. Als sie nach oben ging, warf sie einen schnellen Blick in eines der geputzten Zimmer. Tatsächlich sah es drinnen sehr ordentlich aus. Sie musste sich getäuscht haben. Die Frau putzte wohl immer noch gut. Sie freute sich, denn die Pension schien auf einem guten Weg zu sein. Und sie konnte dabei helfen, diese Entwicklung weiter voranzutreiben.

Beim Blick aus dem Fenster stellte sie sich vor, wie es wäre, hier zu leben. Dann konnte sie jeden Morgen das Meer sehen. Stattdessen musste sie in wenigen Wochen wieder zurück in ihr eigentliches Leben zu ihrem öden Job, den sie von Anfang an nicht gemocht hatte.

Sie wusste, dass der Gedanke, ihr ganzes Leben auf den Kopf zu stellen und hierherzuziehen, absurd war, aber die Träumerei bereitete ihr ein gutes, positives Gefühl. Sie dachte an Clara, die es tatsächlich einfach so gemacht hatte. Nur hatte sie selbst keinen gut verdienenden Mann, mit dem sie gemeinsam die finanzielle Verantwortung schultern konnte. Mit ihrem Ex wäre es ausgeschlossen gewesen, in den Norden zu ziehen. Er liebte den Süden.

Wie durch Gedankenübertragung klingelte im nächsten Moment ihr Telefon. Es war Micha, ihr Ex-Mann. Auch nach mehreren Monaten musste sie sich immer noch daran gewöhnen, dass sie nicht mehr verheiratet waren.

»Hallo, Micha.«

»Helene, hallo. Wie geht es euch?«

»Gut, und dir?«

»Auch gut. Du, hör mal, Tina und ich gehen gerade die Wochenenden für die kommenden Monate durch, und da kann ich an zwei Wochenenden die Kids nicht nehmen. Wir sind auf zwei Feiern eingeladen.«

»Dann nimm die Kinder eben zu den Feiern mit.«

»Ah, das würde ich gern, aber es geht einfach nicht.«

»Sind dir die Kinder so egal?«

»Natürlich nicht, ich liebe sie, aber der eine Geburtstag ist der von Tinas Cousine, und sie feiert abends, und wir müssten dann noch fahren und könnten nichts trinken …«, eierte er herum.

Helene seufzte tief und war wieder einmal froh, nicht mehr mit diesem Mann zu leben. »Dann bring sie, bevor du fährst.«

»Okay. Ich werde mich revanchieren, ehrlich. Du bist die Beste.«

Sie verdrehte die Augen und merkte, wie sie innerlich immer aggressiver wurde. Nachdem sie aufgelegt hatte, war ihre gute Pionierstimmung wie weggeblasen. Sie warf einen Blick auf ihr Handy und sah, dass sie eine Nachricht erhalten hatte. Sie war von Lasse:

Hallo Helene,

danke für die nette Gesellschaft. Wollte dir mitteilen, dass alles klar geht zwischen den Versicherungen.

Gruß

Lasse

Ihr Herz machte einen Sprung, und sie schrieb sofort spontan zurück:

Lieber Lasse,

das freut mich. Wir hatten viel Spaß mit dir am Tisch. Hättest du Lust auf einen Strandspaziergang, heute so gegen 20 Uhr?

Gruß

Helene

Die Antwort kam nicht sofort. Doch gerade als Helene – noch erschrocken über ihre eigene Courage – schon nervös wurde, antwortete er:

Gern, ich kann aber erst gegen 20.30 Uhr. Geht das auch?

Gruß

Lasse

Natürlich, antwortete sie. Dann hatte sie sogar noch Zeit, um sich etwas frisch zu machen.

Okay, ich warte am kleinen Steg, direkt neben der Pension.

Sie schickte ihm einen Daumen hoch. Den restlichen Nachmittag verbrachte sie mit ihren Kindern. Sie spielten Verstecken, kneteten mehrere Dinosaurier und dann steckte sie die Kinder unter die Dusche. Als sie auf die Uhr sah, war es schon Abendessenszeit. Ihre Laune war so gut, dass sie den Kindern erlaubte, einen ganzen Kinderkinofilm zu sehen. »Rabe Socke«.

»Ich würde heute Abend gern einen Strandspaziergang machen, die Kinder dürfen derweil ihren Kinoabend genießen.

Ich versuche, möglichst bald zurückzukommen, und bringe sie ins Bett«, erklärte sie Inga.

Ihre Gastgeberin sah sie freundlich an. »Mach das, aber du kannst dir Zeit lassen, ich kann die zwei Banditen später auch ins Bett bringen.«

Helene lächelte dankbar. Dann ging sie ins Bad und schminkte sich leicht. Ein bisschen Mascara, Lidschatten und Rouge. Mit ihrer Frisur war sie nicht zufrieden. Die Naturwellen drehten sich in alle Richtungen, und sie wusste nicht, wie sie sie bändigen sollte. Schließlich versuchte sie es mit etwas Schaumfestiger. Sie zog ihr marineblau gestreiftes Kleid an, dazu eine Jeansjacke. Zu sehr aufgebrezelt wollte sie auch nicht erscheinen. Sie ging nicht mehr ins Wohnzimmer, wo Inga und die Kinder saßen und den Kinderfilm sahen, sondern rief nur hinein: »Ich gehe dann mal, bis später. Mein Handy ist an, falls etwas sein sollte.«

»Jaaa …«, riefen Inga und die Kinder im Chor.

Sie atmete tief durch, als sie aus der Haustür trat. Ein warmer Wind kam ihr entgegen. Das Wetter war wirklich perfekt, und die abendlichen Sonnenstrahlen ließen den Sand und das Meer in einem warmen Licht glänzen. Es herrschte Flut, das Wasser bedeckte große Teile des Strandes. Sie entdeckte Lasse sofort. Er stand auf dem alten Holzsteg und blickte auf das Meer. Sonst war niemand zu sehen. Die Hände hatte er in den Hosentaschen vergraben. Sein helles Hemd, das lässig über die Jeans fiel, flatterte leicht im Wind.

Helene zog ihre Sandalen aus und lief über den feinen Sand zu ihm. Er war so in Gedanken, dass er sie nicht kommen hörte. Erst als sie »Hallo« sagte, drehte er sich fast erschrocken um.

»Hallo«, erwiderte er auf ihre Begrüßung, und sie bemerkte, dass seine Augen ihren Körper hinabwanderten.

Sie wusste, dass das eng anliegende Kleid ihre schlanke, zierliche Figur vorteilhaft betonte. Ein Grund, warum sie sich dafür entschieden hatte. »Dies ist ein wunderschöner Ort«, meinte sie.

»Als Kind habe ich hier oft gespielt.«

»Das stelle ich mir sehr schön vor.«

Er nickte. »Wenn man hier aufgewachsen ist, kann man kaum mehr irgendwo ohne Wasser leben. Früher wurde diese Stelle tatsächlich auch für Boote genutzt.«

»Besitzt du ein Boot?«, fragte sie.

Er nickte. »Ja, ein Segelboot. Seit zwei oder drei Jahren.«

»Cool, ich würde so gern mal mit einem Boot rausfahren.«

»Das ließe sich einrichten«, antwortete er.

»Wirklich?«

Er nickte. »Warum nicht?«

»Toll!«, rief sie begeistert. »Boot fahren ist hier wahrscheinlich wie Fahrradfahren woanders.«

»Eher wie Auto fahren. Aber du hast recht. Fast alle, die hier aufgewachsen sind, haben einen Segelschein. Das gehört einfach dazu.«

»Ich finde es so schön hier und werde die See sehr vermissen. Fast habe ich das Gefühl, schon immer hierhergehört zu haben.«

Sie standen einige Momente da und blickten auf den Horizont, wo die Sonne sich zum baldigen Untergehen vorbereitete.

»Wollen wir ein Stückchen gehen?«, fragte sie.

»Gern.«

Schweigend liefen sie die wenigen Schritte zum Strand. Hier im Norden war es im August auch nach halb neun Uhr am Abend noch hell, doch langsam begann es zu dämmern. Die Wellen rollten unermüdlich auf den Strand zu und hinterließen eine dicke Schaumkrone, um diese gleich darauf wieder zu überschwemmen. Wie ein Künstler, der mit seinem Gemälde unzufrieden war und immer wieder etwas daran verbesserte. Sie liefen barfuß durch den noch warmen, feinen Sand; das Rauschen des Meeres beruhigte sie. Auch Lasse wirkte nun entspannter.

»Es gibt wirklich nichts Schöneres, als am Meer zu leben«, stellte sie fest.

Er lächelte. »Das ist tatsächlich etwas, was mir sehr fehlt, wenn ich nicht hier bin. Obwohl … als ich jung war, wollte ich unbedingt weg aus dem Dorf.«

»Und, hast du es geschafft, rauszukommen?«

Er nickte. »Ich bin zum Studium nach Berlin, dann war ich eine kurze Zeit in England, kehrte anschließend nach Hamburg zurück.«

»Um dann wieder hierherzukommen?«

»So ähnlich.«

»Ich bin aus meinem Kaff nie rausgekommen, außer zum Studium und den zwei Praktika in Köln und Hamburg.«

»Hamburg ist schön«, stellte er fest.

»Das stimmt, mir hat es dort auch gefallen.«

»Warum bist du nicht geblieben?«

»Wegen der Liebe.«

Er nickte. »Für die Liebe bringt man so einige Opfer.« Er kannte sich wohl aus mit diesem Thema.

»Wie lange bist du Single?«, fragte sie.

Erst sagte er nichts. Dann entgegnete er knapp: »Schon eine Weile.«

Sie fragte nicht weiter nach, anscheinend wollte er nicht darüber sprechen.

Ihre Aufregung war verschwunden. Sie fühlte sich unheimlich wohl in seiner Gegenwart, keineswegs gehemmt – obwohl sich ihr Magen zusammenzog wie beim ersten Date mit ihrer ersten Liebe. Dieses Gefühl hatte sie schon fast vergessen.

Während sie schweigend den langen, menschenleeren Strandabschnitt entlangliefen und das Rauschen des Meeres und das gelegentliche Schreien der Möwen genossen, blickte sie ihn immer wieder verstohlen an. Dabei versuchte sie, sich über ihre Empfindungen klar zu werden. Was hatte dieses Kribbeln in ihrem Bauch zu bedeuten?

Die Sonne stand feuerrot am Horizont, und das war ein wunderschönes Schauspiel. Die ganze Umgebung war in warme Rot- und Orangetöne getaucht. Beide blieben stehen und genossen den Anblick.

»Ich habe noch nie einen Sonnenuntergang am Meer gesehen«, sagte Helene. »Als Jugendliche habe ich mir immer vorgestellt, den ersten Kuss an einem Südseestrand während eines Sonnenuntergangs zu erleben.«

Er lächelte. »Und wie war der erste Kuss?«, erkundigte er sich.

Sie schüttelte den Kopf und lachte. »Nicht annähernd wie in den Filmen. Und bei dir?«

Er dachte nach. »Auch nicht. Der erste Kuss kam bei mir auch etwas später als bei den meisten anderen.«

»Wie spät denn?«

»Na ja, ich war sehr schüchtern. Jedenfalls war das erst im Studium. Und definitiv nicht bei einem romantischen Strandspaziergang.«

Sie lächelte. »Ich hatte meinen ersten richtigen Kuss bei der Abifeier. Auch eher spät.«

»Hast du schöne Erinnerungen daran?«, fragte er.

»Nein, überhaupt nicht. Ich brauchte länger, um mich davon zu erholen. Ich war auch eher der schüchterne Typ. Hätten wir uns damals getroffen, hätten wir wahrscheinlich überhaupt keine Chance gehabt, uns näher kennenzulernen, weil niemand den ersten Schritt gewagt hätte«, sagte sie geradeheraus.

»Wer weiß, vielleicht hätte es einfach nur etwas länger gedauert.« Er lächelte. »Sollen wir das Versäumte nachholen?«, fragte er unvermittelt und sah sie an.

Helene schnappte nach Luft und hob die Augenbrauen. »Du meinst …?«

»Wenigstens können wir dann sagen, wir hatten mal einen Kuss bei Sonnenuntergang am Strand.« Unsicher nahm er ihre Hand.

Ihr Herz schlug schneller. Sie drückte seine warme Hand als Zeichen, dass das für sie in Ordnung war. Und dann bewegten sie ihre Köpfe aufeinander zu. Sie waren etwas tollpatschig, sodass ihre Nasen gegeneinanderschlugen. Helene kicherte unsicher, und er gab ihr einen kurzen Kuss.

Wirklich romantisch war das nicht gewesen. Verlegen lächelten sie.

»Das war es also«, meinte sie.

Lasse schien nachzudenken. »Hm«, machte er nur.

Die Sonne war schon fast untergegangen, und sie liefen weiter.

Nach einer Weile meinte sie: »Irgendwie war das vorhin nicht so gelungen. Es wäre doch schade um die schöne Szenerie; vielleicht sollten wir es noch einmal versuchen.«

Lasse lachte. »Du meinst, ein neuer Take wie beim Filmdreh?«

»Genau«, erwiderte sie lächelnd.

Diesmal war sie es, die auf ihn zuging. Sie küsste ihn kurz und zaghaft, blickte ihm dabei in die Augen. Dies war der Moment, der in ihr ein Schaudern hervorrief, das sich auf den nächsten Kuss übertrug. Und jetzt war es anders. Als ihre Lippen seine berührten, küsste er sie zärtlich zurück. Sie umarmten sich. Hielten sich fest. Um sie herum war das Rauschen des Meeres zu hören.

»Daran werde ich mich erinnern«, sagte er.

»Ich auch. Danke.«

Während sie weiterliefen, erzählte sie von ihren Liebesabenteuern. Nicht, dass es viele gewesen wären. Lasse hörte ihr zu.

»Man sagt, den ersten Kuss vergisst man nie. Aber ich glaube, das stimmt nicht. Ich fand diesen jedenfalls viel schöner«, meinte sie.

Er sah sie amüsiert an. »Das freut mich.«

Von der Sonne war mittlerweile nur noch ein schmaler Kranz zu sehen, doch der blutrote Himmel zeugte noch von dem immer wieder einzigartigen Naturspektakel.

»Gleich wird es dunkel. Wollen wir vielleicht etwas essen gehen?«, fragte er.

»Das geht leider nicht, ich muss zurück. Inga hat sich zwar angeboten, die Kinder ins Bett zu bringen, doch ich möchte ihre Hilfsbereitschaft nicht überstrapazieren.«

Lasse lächelte. »Verstehe.« Sie liefen zur Pension zurück. »Danke«, sagte er.

»Wofür?«, fragte sie überrascht.

»Für diesen wunderschönen Abend. Ich habe mich schon lange nicht mehr so lebendig gefühlt.«

Helene lächelte und winkte ihm zum Abschied. Ihr ging es genauso.

Gut gelaunt betrat sie den Flur der Pension und war überrascht von dem Lärm, der aus dem Wohnzimmer drang. Sie öffnete die Wohnzimmertür. Ihre Kinder und Inga saßen auf dem Boden. Inga klatschte in die Hände, Johanna und Simon versuchten an zwei Bongos, den Rhythmus nachzutrommeln.

Als sie ihre Mutter in der Tür stehen sahen, riefen beide begeistert: »Mama, schau mal, wir können trommeln!« Dann führten sie für Helene ein kleines Konzert auf und waren danach nur schwer ins Bett zu kriegen.

Nachdem sie um kurz vor dreiundzwanzig Uhr endlich einge-schlafen waren, ging Helene noch einmal hinunter. Inga saß auf der Couch und blätterte in einem Kochbuch.

»Du bist noch wach?«, fragte Helene.

Inga blickte zu ihr hoch. »Ach, ich hab zu viel grünen Tee getrunken, bin nicht müde und dachte, ich schaue mal, was ich morgen kochen könnte.«

Helene setzte sich zu ihr.

»Dein Spaziergang muss schön gewesen sein.«

Helene lächelte. »Das war er.«

»Du strahlst so.«

»Na ja, ich hab jemanden getroffen.«

»Oh … Sag jetzt aber nicht, dass du dich verliebt hast.«

Sie kicherte. »Na ja, verliebt … Das nicht, aber ich bin ganz hin und weg von diesem Typen.«

»Darf ich fragen, wer der *Typ* ist?«

»Na, Lasse!«

Ungläubig sah Inga sie an. »Hätte nicht gedacht, dass er dein Typ ist.«

»Ja, er ist vielleicht ein bisschen steif und spießig. Dafür küsst er aber ganz wunderbar.«

Inga versank förmlich in ihrem Kochbuch. »Details möchte ich gar nicht hören …«

Helene lachte. »Ach komm, ich erzähle dir keine Details, nur, dass es unglaublich romantisch war.« Beim Gedanken an die vergangenen Stunden bekam sie eine Gänsehaut.

»Was ist passiert?«

»Na ja, wir hatten uns nur zum Spazierengehen verabredet, aber dann war da diese wunderschöne untergehende Sonne und seine unglaublich traurigen Augen und … ach …« Sie seufzte und zwirbelte verträumt an einer Haarsträhne.

Inga sah sie jetzt nicht mehr an wie eine gute Freundin, sondern eher wie eine Mutter, die mit ihrer Tochter ein ernstes Wörtchen sprechen möchte. »Ich bin überrascht«, meinte sie.

»Warum?«, wollte Helene wissen.

Inga zuckte mit den Schultern. »Nur so ein Gefühl.« Dann wehrte sie mit einer Handbewegung ab. »Das geht mich nichts an. Du bist erwachsen.«

Jetzt entschied sich Helene doch dafür, vom Thema abzulenken: »Und was sollen wir morgen kochen?«

Inga ließ sich auf die Ablenkung ein. »Eine Fischsuppe?«, schlug sie vor.

11.

Inga

1967

Es war Zeit für eine kleine Probe. Noch hatte die Bar nicht geöffnet. Inga setzte sich wie immer in die erste Reihe, damit er sie sehen konnte. Jasper nahm auf dem Stuhl Platz, der auf der Bühne vor einer schwarzen Wand stand. Seine beiden Freunde, die Bass und Schlagzeug spielten, waren noch nicht da. Sie hatten schon gesagt, dass es zeitlich knapp werden würde, da sie noch bei der Arbeit waren. Es war kein Geheimnis, dass beide das Musikmachen nur als Hobby betrachteten.

Anders als Jasper. Er sah die Musik als Berufung und seine Arbeitsstelle nur als vorübergehende Zwischenstation bis zu seinem Durchbruch. Heute hatte er seinen Chef überredet, ihn früher Feierabend machen zu lassen. Die zwei Stunden würde er nächste Woche nachholen.

Zwei Spots warfen ihr Licht auf ihn und verliehen dem Ganzen den Charme einer großen Bühne. Er prüfte noch einmal, ob seine Gitarre gut gestimmt war, und schloss die Augen.

Jasper orientierte sich musikalisch ganz klar an den Beatles. Sie waren seine großen Vorbilder. In der Probe spielte er seine eigenen Kompositionen. Inga beobachtete ihn. Gekonnt zupfte er an den Saiten der Gitarre, als wären sie ein Teil von ihm. Sie war so stolz auf ihn!

Noch mehr als den Klang seines Spiels liebte sie seine samtige Stimme. Damit berührte er sie jedes Mal so sehr, dass sie fast weinen musste. Eines seiner eigenen Lieder, »Die Sonne«, war ihr gewidmet. »Du bist meine Sonne«, sagte er immer und sah ihr dabei tief in die Augen.

Seit sie sich kennengelernt hatten, hielt Inga es kaum einen Tag ohne ihn aus. Seine blonden Haare, die in kleinen Locken auf seine Schultern fielen, das sanfte, fast bubenhafte Gesicht und diese großen blauen Augen – all das machte sie süchtig.

Ihr fiel auf, dass sie lächelte, während sie ihn beobachtete. Sie trank einen Schluck von der Fanta, die sie gratis bekommen hatte, weil sie Jaspers Freundin war. In seiner Begleitung fühlte sie sich wichtig. Ihre Gedanken schweiften ab zur gemeinsamen Zukunft in New York oder Los Angeles. Sie würden in einer schicken Wohnung leben, und er würde vor vielen Menschen auftreten. Als das Lied vorbei war, seufzte sie.

Einige Zeit später kamen die beiden Musikerkollegen an und entschuldigten sich für die Verspätung. Die Bar füllte sich rasch mit jungen Menschen, überwiegend Studenten, die in Grüppchen oder als Pärchen kamen. Alle hatten sich herausgeputzt. Die Frauen trugen meist kurze Röcke oder enge Hosen mit Schlag, die Männer fast ausschließlich Schlaghosen.

»Liebes Publikum, liebe Gäste, wir haben hier einen jungen, talentierten Mann, der locker mit den Beatles mithalten kann: Hier ist Jo Peters mit Band!«, kündigte der Veranstalter die Jungs an.

Jo Peters war sein Künstlername, die Abkürzung von Jasper Petersen, was er für zu provinziell hielt. Jasper und Inga lernten schon länger Englisch. Nicht nur in der Schule, in der lediglich die Grundlagen vermittelt wurden und die Lehrer die Sprache selbst nur notdürftig sprachen. Eigentlich waren die Lieder ihrer Lieblingsbands und der Radiosender der britischen Truppen ihre wahren Lehrmeister. Sie mussten die Sprache beherrschen, wenn sie international erfolgreich sein wollten. Jasper sprach immer von »uns«, wenn es um seine Karriere ging. »Du bist meine Muse, nur wegen dir bin ich so gut«, sagte er immer, wenn sie ihn nach einem Auftritt lobte.

Der sonst eher schüchterne und leise Jasper war auf der Bühne selbstsicher und lustig. An diesem Abend übertraf er sich selbst. Er interagierte gekonnt mit dem Publikum, fragte nach Musikwünschen, erzählte etwas Lustiges aus seinem Alltag. Immer wieder blickte er zu ihr. Sie war sein sicherer Hafen.

Kurz vor Ende seines Auftritts nahm ein Mann Ende dreißig auf dem Stuhl neben Inga Platz. »Hallo, darf ich mich zu Ihnen setzen?«, fragte er und lächelte sie siegessicher an. Er trug einen schwarzen, eng anliegenden Rollkragenpullover und Jeans. Normalerweise hätte sie sofort Nein gesagt, doch er ließ sie gar nicht zu Wort kommen.

»Roman Müller. Musikmanager«, stellte er sich vor. »Ich bin auf der Suche nach neuen Talenten, und dieser junge Mann scheint mir begabt zu sein.«

Ingas Gesichtsausdruck, der im ersten Moment abweisend gewesen war, erhellte sich zu einem breiten Lächeln. »Ja, klar, setzen Sie sich. Jasper, äh … Jo ist mein Freund.« Sie wollte ihn nicht fragen, was er genau machte, damit er nicht sofort bemerkte, dass sie vom großen Musikbusiness keine Ahnung hatte. Stattdessen erkundigte sie sich, wo er arbeitete.

»Überall, ich reise herum und suche Talente. Wie hier, obwohl das eher Zufall ist.«

Nachdem er sich gesetzt hatte, zündete er sich eine Zigarette an. »Bist du auch im Musikgeschäft?«, fragte er und atmete den Rauch aus.

Sie schüttelte den Kopf. Irgendwie war ihr das peinlich, nur die Freundin des talentierten Jo Peters zu sein.

»Macht nichts, ich kann auch nicht singen, aber dafür vertrete ich die jungen Talente. Also bin ich ein unentbehrlicher Teil der Musik, wie du«, sagte er. Er duzte sie einfach. Dann zog er wieder an seiner Zigarette. »Ohne dich wäre dein Freund ziemlich sicher nicht so gut. Wir sind beide wichtig für die Musik. Ich würde sogar sagen, lebensnotwendig.« Während er das sagte, blickte er ihr tief in die Augen.

Im Dorf war sie stets stolz darauf, Jaspers Freundin zu sein. Die neidischen Blicke der anderen Mädchen gefielen ihr. Doch hier erntete sie nur Blicke von Männern, und die waren ihr unangenehm und verunsicherten sie.

Roman erzählte ihr dann noch von den großen Musikclubs und dem aufregenden Nachtleben in Hamburg. Inga wartete sehnsüchtig darauf, dass Jasper endlich zurück an den Tisch kam.

Schließlich war das letzte Lied gespielt. Das Publikum klatschte Beifall, und Jasper verbeugte sich. »Ihr wart ein wunderbares Publikum. Danke!«, rief er.

Seine Musikerkollegen zog es zur Bar. Doch er ging schnurstracks zu Inga und sah dann fragend erst Roman und dann sie an.

Inga strahlte. »Setz dich; das ist Roman, ein Musikmanager. Er findet dich gut.«

Sie merkte, dass Jasper aufgeregt war.

Roman gab ihm die Hand, stellte sich erneut vor und erzählte von irgendwelchen Künstlern, die sie nicht kannte, die er aber gerade förderte, damit sie es auf die großen Bühnen schafften. »Du hast das gewisse Etwas, Junge, du hast das gewisse Etwas ...« Er schien wirklich überzeugt von Jasper.

»Und was soll ich machen?«, fragte Jasper.

»Erst mal nach Hamburg kommen, dort kenne ich fast alle Clubs. Die sind größer, und du kannst dir einen Namen machen und mehr Geld verdienen. Wie dein Vorbild, die Beatles. Wenn das gut läuft, nehmen wir eine Platte auf. Aber das dauert noch.«

Jasper konnte seine Begeisterung kaum verhehlen. Nachdem Roman noch einen kurzen Monolog gehalten hatte, wie viele Schützlinge er bereits betreute, und sogar einen Namen nannte, von dem Jasper bereits gehört hatte, war Jasper bereit, ihn als Manager zu beauftragen. Sie schüttelten sich die Hände, und er reichte Jasper seine Karte und sagte: »Melde dich, wenn du in Hamburg bist, denn in deinem Dorf wird es schwierig mit der Karriere.«

Jasper nickte eifrig. »Wir wollen eh bald weg von dort, erst nach Hamburg und dann nach Amerika.«

Roman lachte laut, kratzte sich am Dreitagebart und lächelte. »Sogar nach Amerika ...« Anerkennend nickte er mit dem Kopf. »Da komm ich doch mit!« Alle lachten und Roman stand auf. »Erst mal fangen wir aber in Hamburg an.«

Er verabschiedete sich von Inga, indem er ihre Hand nahm und sie leicht küsste. Dann ging er zu einer Gruppe junger Frauen, drehte sich auf dem Weg dorthin aber noch einmal um und bedeutete Jasper mit einer Handbewegung, dass er ihn anrufen solle.

Sobald sein zukünftiger Manager sich den Frauen zugewandt hatte, nahm Jasper Ingas Hände. »Hast du das gehört? Er findet mich gut, ein Manager! Ohne einen guten Manager geht nichts im Musikgeschäft! Und hast du gehört, wie viele er nach oben bringt?«

»Ehrlich gesagt kenne ich keinen davon.«

»Doch, Tommi Meiner, den habe ich mal im Radio gehört.«
Sie strich ihm zärtlich über die dunkelblonden Haare.
Dann gingen sie gemeinsam auf die Tanzfläche und tanzten.
Immer wieder bekam er Komplimente für seinen Auftritt. Vor
allem das weibliche Publikum schien ihm zugetan, was Inga
nicht so gut gefiel. Sie fragte sich, wie es wohl wäre, wenn er
erst richtig bekannt war. Dann bräuchte er wahrscheinlich
einen Leibwächter!

Es war bereits spät, und Inga war voller Energie. Sie hätte
noch Stunden weitertanzen können. Doch Jasper war müde.
Irgendwann setzte er sich hin und schloss die Augen.

»Sollen wir nach Hause fahren?«, fragte Inga.

»Ich bin so müde, ich weiß nicht, ob ich die Fahrt noch
schaffe.«

»Soll ich fahren? Schließlich hast du mir schon einige
Fahrstunden auf dem Motorrad gegeben«, schlug sie vor.

Er lächelte. »Das ist zu gefährlich. Ich kann fragen, ob wir
oben im Künstlerzimmer übernachten dürfen – da, wo ich
mich vorhin umgezogen habe. Ich frage den Chef, ob wir uns
dort für ein paar Stunden aufs Ohr legen können. Wann stehen
deine Eltern am Wochenende auf?«

»Nicht vor sieben.«

»Wenn wir vor dem Morgengrauen nach Hause fahren,
dann kann ich dich noch rechtzeitig abliefern, und sie merken
gar nicht, dass du nicht zu Hause geschlafen hast.«

Ingas Herz pochte. Dies wäre ihre erste gemeinsame Nacht.
Damit hatte sie nicht gerechnet. Sie waren sich bereits sehr
nahegekommen, doch den nächsten großen Schritt hatten sie
noch nicht gewagt. Obwohl beide schon neunzehn waren, hatten sie auf den richtigen Zeitpunkt gewartet.

»Meinst du, das erlaubt der Besitzer? Wir sind doch nicht
verheiratet.«

»Das ist eine Bar und kein Hotel«, entgegnete Jasper. »Ich mache das schon.« Er ging zum Barbesitzer. Wegen der lauten Musik konnte sie nicht verstehen, was er sagte. Doch sie sah, dass er nickte. Anscheinend war es ihm tatsächlich egal, wer mit wem bei ihm übernachtete.

Jasper kam mit einem Schlüssel zurück zu ihr. »Komm«, sagte er und nahm ihre Hand.

Oben im Erdgeschoss war der Bass der Musikanlage noch deutlich zu hören. Im Gang standen jede Menge Bierkisten, alte Möbel, Barhocker und aussortierte Stühle. Jasper schloss die Tür auf, und sie betraten das kleine Zimmer. Der Raum war ganz offensichtlich zum Ausruhen oder Vorbereiten der Künstler gedacht. Es gab einen Schminktisch mit Spiegel, eine kleine alte Couch und ein Bett. Die Wand war mit einer ansprechenden Blumentapete tapeziert, die gut mit dem cremefarbenen Teppich harmonierte.

»Besser als mein Zimmer«, sagte Inga und lächelte. Hinter einer weiteren Tür im Raum entdeckte sie sogar ein kleines Bad mit Toilette und Waschbecken, das ihr zuvor gar nicht aufgefallen war.

Während Jasper auf der Toilette war, ging sie zum Fenster und blickte auf die Straße. Dort standen viele junge Menschen in Grüppchen zusammen, unterhielten sich heiter, rauchten Zigaretten und tranken Bier. Inga zog die Gardinen zu.

Als Jasper zurück ins Zimmer kam, nahm sie ihn in den Arm und küsste ihn. Dann ging sie selbst ins Bad. Es gab leider keinen Spiegel. Sie war sehr aufgeregt. War das heute der perfekte Moment, um einen Schritt weiter zu gehen? Hier in diesem wenig romantischen Zimmer? Sie zog sich bis auf die Unterwäsche aus und entschloss sich dann, nach einem kurzen Moment des Zögerns, auch noch den BH abzulegen.

Doch als sie zurück in das kleine Zimmer kam, war Jasper schon eingeschlafen. Einerseits war sie ein wenig erleichtert, andererseits auch enttäuscht. Sollte sie ihn vielleicht wecken? Vorsichtig streichelte sie ihm über die Haare.

Schlaftrunken öffnete Jasper die Augen. »Was ist denn?«

Sie versuchte, die Selbstsichere zu spielen. »Das hier«, sagte sie und setzte sich im Bett auf.

Er blickte auf ihren nackten Oberkörper. »Oh, Mann!«

»Ich dachte, jetzt wäre vielleicht der richtige Moment?«, schlug sie schüchtern vor.

Jasper rieb sich die Augen. »Oh, du bist so schön und ja, ich kann es kaum abwarten, aber …« Er sah sich um. »Hier möchte ich nicht mit dir Liebe machen. Ich möchte, dass es für uns etwas Besonderes wird, und ich möchte dabei nicht so müde sein.«

»Wirklich?« Inga hatte Tränen in den Augen.

»Jetzt klinge ich wie ein Waschlappen, oder?« Jasper wirkte nun selbst etwas unsicher.

»Nein, wie ein Mann, ein richtiger Mann. Und dafür liebe ich dich.« Sie umarmte ihn.

»Würdest du dich bitte anziehen, sonst kann ich kein Auge zutun und überlege es mir vielleicht doch noch anders«, meinte er schmunzelnd.

Lächelnd zog sie ihre Bluse über. Jasper schlief kurz darauf schon wieder ein. Inga hingegen lag noch sehr lange wach, so glücklich war sie, dass Jasper ganz offensichtlich nicht nur auf Sex aus war, sondern wie sie die wahre Liebe suchte.

Am nächsten Morgen fuhren sie sehr früh zurück.

In ihrem Haus war es ruhig, die Familie schlief noch. Sie legte sich ins Bett und hörte wenig später ihre Mutter in der Küche werkeln.

Eine Weile später standen alle anderen auf, frühstückten und gingen dann gemeinsam in die Kirche. Es wurde plötzlich ganz still, und Inga schloss die Augen und schlief ein.

Einige Stunden später weckte ihr Vater sie liebevoll. »Na, du Feiermaus, ausgeschlafen?«

Verschlafen blickte sie in die Augen ihres Vaters. Er war nicht wie sonst still und traurig, nein, heute schien er gut gelaunt und fröhlich.

Er gab seiner Tochter einen Kuss. »Komm, steh auf, wir wollen in die Wirtschaft, gemeinsam Mittagessen gehen.«

Inga setzte sich im Bett auf. »Was wollen wir denn feiern?«

»Ich habe eine Prämie bekommen in der Werft. Davon möchte ich meine Familie ausführen.«

»Können wir uns das wirklich leisten?«, fragte sie zweifelnd und rieb sich den Schlaf aus den Augen.

»Mein Kind, das Leben ist so kurz, wir müssen doch zumindest einmal im Jahr gemeinsam in die Wirtschaft gehen können.«

Das erinnerte sie an früher, als sie noch klein und das einzige Kind gewesen war. Damals waren sie oft sonntags in die Wirtschaft gegangen. Ihre Mutter war immer gut gekleidet und fröhlich gewesen, und ihre Eltern waren sehr liebevoll miteinander umgegangen. Seit ihre Brüder auf der Welt waren, hatte sich die Beziehung ihrer Eltern verändert. Geldsorgen waren fast immer ein Streitpunkt zwischen ihnen, und auswärts essen gab es bestenfalls einmal im Jahr.

Umso mehr freute sich Inga über den Vorschlag ihres Vaters. Vielleicht hatte ihre Mutter doch unrecht, und er war gar nicht spielsüchtig. Ihr Vater war an diesem Tag ganz der Alte. »Oh ja, ich esse ein Schnitzel mit Bratkartoffeln!«, rief Inga begeistert. Beide lachten.

Dann kam ihre Mutter herein. Auch sie schien besser gelaunt. »Kommt endlich, die Jungs haben Hunger.«

Schnell zog Inga sich an, und sie gingen gemeinsam in die Gastwirtschaft. Viele Familien saßen bereits in dem großen Lokal und aßen ihr Sonntagsmahl. Sie setzten sich an einen freien Tisch am Fenster.

Nachdem alle bestellt hatten, unterhielten sie sich fröhlich.

»Oh, schaut mal da drüben, ist das nicht Sven?«, meinte ihr kleiner Bruder Peter nach einer Weile. »Der guckt ständig zu uns rüber.«

Tatsächlich saß Sven mit seinem Vater an einem Tisch auf der anderen Seite des Lokals, dem Stammtisch seiner Familie. Sie bekamen im Gegensatz zu Ingas Familie einen richtigen Sonntagsbraten mit frischen Klößen, Soße und Salat.

In diesem Moment standen die beiden auf und kamen zu ihnen herüber. »Hallo, Helmut, wie geht es dir und deiner Familie?«, fragte Svens Vater.

Ihr Vater nickte zur Begrüßung. »Gut, sehr gut, und euch?«

»Wie es einem Witwer so geht. Ich bin ein wenig einsam«, gab er zu.

Ingas Mutter nickte verständnisvoll. »Erna war eine wirklich gute Frau und Köchin.«

Svens Vater nickte wehmütig. »Statt ihren Braten genießen zu dürfen, müssen Junior und ich jetzt hier essen.«

Sven sah Inga unentwegt an, und bevor die beiden zurück zu ihrem Tisch gingen, sagte er: »Der Nachtisch geht heute auf uns!«

Die Augen der Jungs strahlten. »Danke, Sven!«

Inga war die Einzige, die nicht lächelte.

Als sie wieder allein waren, flüsterte Claus, ihr größerer Bruder: »Der ist total verschossen in dich, Inga!«

»Ein anständiger und guter Junge«, schob ihre Mutter eindringlich nach.

Inga seufzte. »Ich habe keine Lust auf Nachtisch.« Sie versuchte, nicht zu Sven hinüberzuschauen, denn egal, wann sie flüchtig den Kopf in seine Richtung drehte – sein Blick ruhte immer auf ihr. Und sie wollte ihn schließlich nicht ermutigen.

»Darf ich deinen Nachtisch haben?«, wollte ihr kleiner Bruder wissen.

Das brachte Inga zum Lachen.

Die Familie ging gut gelaunt nach Hause.

»Siehst du, Mutti, du hast dir umsonst Sorgen gemacht. Vati ist wieder ganz der Alte«, flüsterte Inga ihrer Mutter auf dem Heimweg zu.

»Dein Wort in Gottes Ohr«, antwortete ihre Mutter. »Er hat mir heute Morgen dreihundert Mark in die Hand gedrückt.«

Inga lächelte.

»Ich hoffe, es ist überstanden«, sagte ihre Mutter und seufzte.

In diesem Moment fuhren Sven und sein Vater in einem neuen Mercedes an ihnen vorbei. Sein Vater zeigte sein Vermögen gern und liebte offensichtlich teure Autos.

Sven hupte und winkte ihnen. »Bis bald!«, rief er Inga aus dem offenen Fenster zu.

Die Jungs sahen der dunkelblauen Limousine sehnsüchtig hinterher.

»Die Frau, die Sven mal bekommt, kann sich glücklich schätzen«, stellte ihre Mutter vielsagend fest.

12.

Helene

Draußen war die Sonne noch nicht aufgegangen. Doch Helene wälzte sich bereits seit gut einer halben Stunde im Bett herum und konnte nicht mehr einschlafen. Schließlich entschied sie, aufzustehen. Auf Zehenspitzen schlich sie hinunter in die Küche. Etwas traurig blickte sie sich in dem mittlerweile so lieb gewonnenen Raum um. Wie so oft sah es auch an diesem Tag wieder etwas unordentlich aus. Die ungespülten Teller vom Abendessen lagen noch herum, und in der Spüle türmten sich verkrustete Töpfe. Dennoch – der Blick nach draußen in den Garten, wo es langsam zu dämmern begann, löste ein Wohlgefühl in Helenes Bauch aus. Sie kochte Kaffee, und kurz nachdem sie sich mit dem wunderbar duftenden Wachmacher hingesetzt hatte und hinaus auf die Blütenpracht im Garten schaute, kam Inga herein.

Als sie Helene bemerkte, war sie überrascht. »Huch, was machst du denn schon hier?«

Helene zuckte mit den Schultern. »Ich konnte nicht mehr schlafen.«

»Warum denn?«

»Ach, wir sind jetzt schon einige Tage hier. Ich möchte gar nicht daran denken, dass wir irgendwann wieder zurück in unser normales Leben müssen.«

Liebevoll legte Inga ihren Arm um Helenes Schulter. »Ich weiß, und ich möchte gar nicht daran denken, wie einsam es hier ohne euch sein wird ...«

Helene seufzte. »Es ist, als hätten wir ein neues Zuhause gefunden«, meinte sie.

Inga machte sich auch einen Kaffee.

»Ich tagträume, dass wir einfach hierbleiben und ein neues Leben beginnen. Ich stelle mir sogar vor, wie ich in der Pension mitarbeite und noch einmal ganz von vorn anfange. Ein schöner Traum.«

»Wieso ein Traum? Bleibt doch einfach hier!«

Helene lachte. »Ach was, das ist doch nur eine naive Träumerei«, antwortete sie. »Niemand ändert einfach so von einem Tag auf den anderen sein Leben.«

»Aber warum nicht? Bleibt doch hier, ich habe genug Platz. Und ehrlich gesagt ist mir das mit der Pension und allem schon seit ein paar Jahren einfach zu viel.«

»Meinst du das wirklich ernst?« Helene war völlig überrumpelt von Ingas Vorschlag.

»Aber ja! Ich bin alt, aber nicht dement, und ich träume davon, seit ihr hier angekommen seid.«

Helene dachte eine Weile nach. Sie hatte einen Kollegen, der nur alle zwei Wochen für zwei Tage ins Büro kam und ansonsten von zu Hause aus arbeitete. Die Geschäftsleitung war diesbezüglich in den vergangenen Monaten wesentlich offener geworden. Und Helene wusste, dass ihr Chef sie brauchte und nicht einfach so einen Ersatz finden würde. Sie war in einer guten Verhandlungsposition. »Ich arbeite seit Längerem ohnehin fast ausschließlich im Homeoffice. Und zu den wenigen Meetings, an denen ich teilnehmen muss, könnte ich auch mit der Bahn fahren. Und eigentlich hasse ich meinen Job.«

»Na, dann kannst du doch gleich deine Wohnung kündigen!« Inga schien außer Rand und Band vor Begeisterung.

»Wenn ich keine kleinen Kinder hätte, würde ich das sofort machen. Würde dir in der Pension unter die Arme greifen und meinen 60-Prozent-Job von hier aus weitermachen. Dann könnten wir sehen, wie sich das Ganze entwickelt …«, meinte Helene nachdenklich.

»Warum keine Kinder? Es gibt Leute, die mit vier Kindern um die Welt reisen. Jeder Mensch sollte mal etwas Neues wagen, sich neu sortieren«, meinte Inga. »Bevor ich diese Pension eröffnet habe, bin ich auch auf Reisen gewesen. Mein Ehemann ist früh gestorben, und ich habe dieses Haus geerbt. Aber ich wusste nicht, was ich mit meinem Leben anfangen sollte.«

»Du warst verheiratet?«

»Ja, aber das ist so lange her. Danach ging es mir nicht gut, und ich musste hier raus. Erst in Marokko habe ich mich entschieden, wieder zurückzukommen und hier neu anzufangen. Mir war klar geworden, dass ich auch diesen Ort, dieses Haus hier neu erfinden konnte. Dass ich die Erinnerungen, die ich daran hatte, hinter mir lassen konnte. Ich wollte einen Ort der Begegnung schaffen, an dem die unterschiedlichsten Menschen zusammenkommen konnten, um Kraft zu tanken.«

Helene musste schmunzeln. »Das ist dir gelungen!«

»Ach, sieh mich an. Die Leute im Ort halten mich für eine schrullige Hippie-Tante, und die Gäste bleiben aus.«

»Uns gefällt es hier. Und bald kommen weitere Gäste.«

Inga lächelte jetzt. »Das stimmt.« Dann sagte sie: »Du musst natürlich auf die Kinder Rücksicht nehmen. Was meinst du, wie sie es aufnehmen würden?«

»Ich denke, ein Neuanfang würde auch ihnen guttun. Klar wäre die Trennung von ihren Freunden zunächst hart, aber die Aussicht auf ein Leben am Meer ...« Sie zuckte mit den Achseln. »Johannas beste Freundin ist auch nach Berlin gezogen, weil der Vater einen neuen Job angenommen hat, und sie hat sich dort wohl gut zurechtgefunden. Am schlimmsten war es für Johanna, die zurückbleiben musste. Und Simon hat es eh schwer seit der Trennung; er will eigentlich gar nicht mehr in den Kindergarten. Johanna überspielt es besser, aber auch sie leidet unter der Scheidung. Und sie haben hier ja sogar schon neue Freunde gefunden, die Kinder von Clara.«

»Da haben wir jetzt ganz schön herumgesponnen. Vielleicht freust du dich aber doch am Ende des Urlaubs, wieder in den Süden zurückzukehren.«

Helene lächelte. »Ja, wer weiß? Doch selbst wenn es Fantasiepläne bleiben sollten, es beflügelt, darüber nachzudenken. Meinst du nicht?«

»Genießt erst mal euren Urlaub, und wer weiß – manchmal entstehen aus Fantasieplänen die besten Dinge. Ich könnte mich jedenfalls wunderbar mit der Idee anfreunden, dich zu meiner Geschäftspartnerin zu machen.«

»Echt?« Helene merkte, wie sie vor lauter Aufregung ihren Kaffeebecher mit den Händen fast zerquetschte.

»Na klar, wir verstehen uns doch super und ergänzen uns gut. Ich bin definitiv zu alt für das Führen dieser Pension. Du könntest nach und nach immer mehr Aufgaben übernehmen, und ich könnte mich immer mehr zurückziehen. Du hast eh einen besseren Geschäftssinn als ich.« Inga lächelte. »Eine schöne Spinnerei.«

»Warum Spinnerei?« Helene musste sich eingestehen, dass der Gedanke ihr gefiel. »Was hältst du davon: Ich helfe dir, solange ich da bin. Dann sehen wir, ob es wirklich mit uns beiden klappt. Und mit der Pension. Wirtschaftlich muss sie sich wieder lohnen. Also erst mal bis zum Ende der Ferien, dann schauen wir weiter. Wer weiß, vielleicht ziehe ich dann wirklich eines Tages hierher und steige bei dir ein.«

Inga fügte hinzu: »Unsere Probezeit sozusagen.«

»Genau.«

»Aber wenn du mir wirklich hilfst, wie soll ich das bezahlen? Dann muss ich dir wenigstens deine Buchungsgebühr erlassen.«

Helene winkte ab. »Ach, darum geht es doch nicht.«

Sie wurde nachdenklich. Worum ging es ihr eigentlich? Darum, endlich mal wieder etwas im Leben zu tun, was sich richtig und sinnvoll anfühlte. Das konnte sie von ihrem Job jedenfalls nicht sagen. Inga unter die Arme zu greifen, um ihre Pension wieder zum Laufen zu bringen, fühlte sich dagegen nach etwas an, was sie erfüllen konnte. Selbst wenn es am Ende vielleicht doch eine Träumerei blieb und sie nicht hierherziehen würden, so war es doch schön, Inga etwas zurückzugeben. Sie half ihr so sehr, indem sie sich um die Kinder kümmerte. Und das, was sie bisher für Inga getan hatte, fühlte sich überhaupt nicht wie Arbeit an. »Es ist okay, Inga. Ich helfe dir gern, solange ich hier bin. Es ist ein toller Ausgleich zu meiner anderen Arbeit.«

Inga nahm sie in den Arm. »Danke«, sagte sie. »Übermorgen kommen auch schon die neuen Gäste«, fiel ihr dann ein.

»Das stimmt. Das müssen wir gut vorbereiten.«

Am nächsten Tag setzten Inga und Helene sich zusammen, um alles für die Ankunft der Gäste zu planen. Sie bestellten noch einmal Gerda ein, um die restlichen Zimmer zu reinigen. Inga schrieb einen Einkaufszettel, und nach einigen weiteren Vorbereitungen fühlten sie sich gerüstet für die Gäste. Bei ihren gemeinsamen Planungen gerieten sie auch immer wieder in Tagträume, wie es praktisch umgesetzt werden konnte, wenn Helene mit ihren Kindern hierherzog. Inga bot an, für den Anfang ihre Zweizimmerwohnung im Erdgeschoss zur

Verfügung zu stellen und selbst das große Gästezimmer im Erdgeschoss zu beziehen. So blieben die sechs Zimmer im Obergeschoss weiter für die Vermietung frei.

Aber das, so stellte Inga klar, waren im Moment ja nur Träumereien.

»Ja, lass uns erst mal alles dafür vorbereiten, dass die neuen Gäste die beste Zeit ihres Lebens haben und allen ihren Freunden davon erzählen, wenn sie nach Hause kommen«, stimmte Helene zu.

13.

Die Arbeit lenkte sie von ihren Gedanken an Lasse ab. Sie hatte ihn nicht gleich am Tag nach ihrem Strandspaziergang wieder anrufen wollen. Das schien ihr zu früh. Doch am darauffolgenden Morgen schrieb sie ihm eine Nachricht und fragte, ob sie sich wieder mal treffen sollten.

Kurz darauf rief Lasse zurück. Er schlug vor, dass sie am Nachmittag die Bootsfahrt unternehmen könnten, die sie sich gewünscht hatte.

»Aber das Wetter sieht heute nicht so toll aus, oder?«, gab Helene zu bedenken.

»Das wird noch«, antwortete er. »Das ändert sich bei uns an der See ganz schnell.«

»Meinst du? Ich kann es mir noch nicht so recht vorstellen.«

»Das wird. Vertrau mir.«

Und tatsächlich: Obwohl es morgens noch sehr bewölkt gewesen war, kam gegen elf Uhr die Sonne heraus. Helene freute sich. Da schien sich etwas zu entwickeln zwischen Lasse und ihr. Der Gedanke an das Treffen gab ihr einen Energieschub; sie fühlte eine neue Leichtigkeit. Den ganzen Vormittag über summte sie Lieder – vor allem Kinderlieder, die sie am Vorabend mit ihren Kindern gemeinsam gesungen hatte – und war voller Vorfreude.

Zwischendurch erhielt sie einen Anruf von der Autowerkstatt. Allerdings nicht, weil ihr Auto abholbereit war.

»Leider haben wir das Ersatzteil noch nicht bekommen.«

»Aber es ist doch nur eine Stoßstange.«

»Ich weiß, aber momentan sieht es auf dem Ersatzteilmarkt schlecht aus. Es könnte noch bis zu zwei Wochen dauern. Vielleicht geht es auch schneller, aber ich kann gerade nichts versprechen.«

Helene seufzte.

»Sind Sie noch so lange im Urlaub?«

»Ja.«

»Wenn Sie wollen, können Sie das Auto zwischendurch abholen.«

»Nein, ist schon okay.« Eigentlich war es ganz entspannt gewesen in den letzten Tagen ohne Auto.

Sie verabschiedete sich und dachte wieder an ihren bevorstehenden Ausflug. Die Kinder blieben bei Inga in der Pension. Eigentlich verbrachten Johanna und Simon ihre Zeit fast ausschließlich mit den Katzen. Sie sahen ihnen beim Spielen zu, hielten sie auf dem Schoß und streichelten sie.

Helene ging auf ihr Zimmer und überlegte kurz, was man zu einer Bootsfahrt anzog. Dabei erinnerte sie sich, dass die Frauen in den Filmen immer Chinohosen, Poloshirts und ein Tuch im Haar trugen. Genau dieses Outfit suchte sie sich zusammen. Eine hellblaue Chinohose und ein weißes Poloshirt. Dazu band sie sich ein weißes Tuch in die Haare. Sie fühlte sich wunderbar.

Mit Lasse hatte sie vereinbart, sich hinter dem Deich zu treffen. Sie wollte nicht, dass Inga und die Kinder sie sahen, und erzählte nicht, mit wem sie verabredet war. Ihre sonst so neugierige Tochter war zum Glück mit den Katzen beschäftigt, sodass sie nicht einmal nachfragte, wohin sie ging.

Inga dagegen dachte sich ihren Teil, was ihre Bemerkung offenbarte: »Viel Spaß bei deinen Erkundungen. Ich hoffe, du bist nicht zu einsam.« Dabei lächelte sie und zwinkerte ihr zu.

Helene schüttelte fröhlich den Kopf. »Danke, ich werde bestimmt nicht einsam sein.« Sie nahm ihren Rucksack und eilte zum Deich.

Dahinter wartete Lasse in seinem Corsa. In seinem blauen T-Shirt und der einfachen Jeans sah er einfach umwerfend aus. Er stand angelehnt an die Fahrertür, als wäre es ein Ferrari – lässig, mit Sonnenbrille –, und lächelte ihr zu. »Ich hoffe, du fährst in meinem coolen Auto mit.«

»Aber natürlich«, meinte sie vergnügt. »Wie bei meiner Abifeier.«

Er hielt ihr die Tür auf.

Ein Gentleman, dachte sie.

Dann setzte er sich auch in den Wagen. Dazu musste er den Kopf etwas einziehen.

»Ein gebrauchter Corsa war mein erstes Auto«, erzählte Helene.

Er lächelte. »Für mich ist der Wagen definitiv zu klein.«

»Was war dein erstes Auto?«, wollte sie wissen.

»Ein uralter Golf.«

»Meist von den Großeltern geerbt.«

Er lachte. »Meinen hat mir meine Mutter gekauft. War sehr preiswert. Vorher war er elf Jahre lang von einer alten Dame nur für Fahrten zum Supermarkt verwendet worden. Dafür bin ich dann so viel gefahren, dass ich den Wagen nach drei Jahren verschrotten lassen musste.«

»Ich hoffe, die Mädels haben dich deshalb nicht ausgelacht.«

Er zuckte mit den Schultern. »Andere hatten gar kein Auto, also stand ich nicht so schlecht da.«

Sie fuhren durch den Ort, bis sie an dem kleinen Hafen auf der anderen Seite von Süderwiek ankamen, den sie bereits von ihrem ersten Spaziergang kannte. »Und du besitzt wirklich ein eigenes Boot?«

»Vor ein paar Jahren habe ich mir tatsächlich eins gekauft. Ein kleines. Und ich bereue es nicht. Ich habe etwas gebraucht, was mich zur Ruhe bringen kann. Und das klappt ganz gut.«

»Damit hättest du bestimmt damals bei den Mädels bessere Chancen gehabt.«

Er lächelte. »Kann sein.«

»Ich bin schon gespannt«, sagte sie leise.

»Bist du noch nie mit einem Boot gefahren?«

»Niemals mit solch einem kleinen. Nur mit größeren Touristenbooten.«

»Die kleinen Boote sind anders, aber dafür ist es auch etwas Besonderes, wenn du allein auf hoher See bist. Es hat was. Du wirst es sehen.« Er parkte, und sie liefen über den Steg zu einem Segelboot mit einem Mast. Der Rumpf bestand aus weiß gestrichenen Holzplanken, wodurch es etwas historischer wirkte als die anderen Boote, die aus Kunststoff zu sein schienen. Das dunkle Naturholz des Kabinenaufbaus war glänzend lackiert.

»So klein finde ich das Boot gar nicht«, meinte Helene.

»Na ja, es ist acht Meter lang und zwei fünfzig breit. Von einer Segeljacht würde man eigentlich erst ab zehn Metern Länge sprechen«, erwiderte er und lächelte. »Das Boot ist Baujahr 1978 und war schon ziemlich heruntergekommen. Deshalb habe ich es sehr günstig ergattert und dann ein Jahr lang restauriert, bis es wieder etwas hergemacht hat.«

»Das ist dir gelungen.«

Lasse kletterte am Heck über die Reling. Hier, auf der Rückseite des Schiffes, befand sich auch ein Außenbordmotor. Entlang der Reling waren Bänke montiert. In der Mitte der Heckterrasse entdeckte Helene ein hölzernes Ruder. Nachdem Lasse seinen mitgebrachten Rucksack vor den Eingang zur Kabine gestellt hatte, sagte er: »Wir sind gleich bereit, ich muss nur noch ein paar Dinge vorbereiten.«

Sie sah sich um. Sie waren wohl die Einzigen, die sich heute zu einem Ausflug entschieden hatten. Alle anderen Liegeplätze waren belegt.

Lasse streckte ihr die Hand entgegen und half ihr auf das Boot – was eine recht wackelige Angelegenheit war. »Huh, elegant einsteigen ist schwierig.«

»Elegant wird überbewertet.« Lasse lachte.

Sie sah ihm zu, wie er fachmännisch den Motor anwarf, noch einmal von Bord ging, die Leinen löste und zurück auf das Boot sprang. Sie stellte fest, dass Männer mit Booten irgendwie anziehend waren. Vielleicht weil es ihr rätselhaft schien, wie man dieses Teil manövrieren konnte, ohne über Bord zu fallen oder irgendwo auf dem Ozean in Seenot zu geraten?

»Soll ich dir das Boot zeigen?«, fragte er stolz.

»Sehr gern.«

Als er die Luke zur Kabine öffnete, fiel ihr auf, dass diese viel größer war, als sie angenommen hatte. Es gab eine kleine Küche, eine Sitzgelegenheit und sogar ein Bett. Alles in Holz. Und alles sehr gut in Schuss.

»Hast du hier auch schon übernachtet?«, fragte sie.

Er nickte. »Na klar. Du kannst mit einem eigenen Boot an einsame Orte fahren … wobei, da gibt es kaum noch welche … aber sagen wir mal, an nicht so bewohnte Orte.«

»Das klingt fantastisch.«

Sie gingen wieder an Deck. Er zeigte auf eine der Bänke. »Du kannst dich hier hinsetzen. Da kannst du dich auch festhalten. Außerdem habe ich Schwimmwesten.«

»Meinst du, ich brauche eine?«

»Kannst du gut schwimmen?«

»Klar.«

»Dann nicht. Es ist gutes Wetter, und ich werde keine verrückten Manöver fahren, bei denen du ins Wasser fallen könntest.«

Sie lachte. Er ging zum Ruder. Gekonnt steuerte er das Boot zwischen den anderen Booten hindurch und hinaus aufs Meer. Sie war froh, ihre Haare zusammengebunden zu haben. Die Sonne schien nun sehr kräftig, aber es wurde tatsächlich immer windiger, je weiter sie sich vom Ufer entfernten. Als sie ein paar Minuten gefahren waren, stellte er den Motor ab und rollte mit gekonnten Bewegungen die Segel aus, die sich sogleich im Wind aufblähten. Dann trat Lasse ans Ruder und justierte den Kurs.

Eine Weile konnte sie noch Häuser und Bäume erkennen, doch irgendwann war weit und breit nur noch Wasser zu sehen.

Lasse holte die Segel ein und ließ das Boot treiben. Dann setzte er sich zu ihr.

Sie sah sich beeindruckt um. Es war fast magisch – absolute Stille, außer dem leisen Plätschern des Wassers. Es gab nur den Himmel, das Meer und Lasse.

Lasse nahm seine Brille ab und setzte sich neben sie. »Du bist die erste Person außer Holger, die mitkommt.«

»Das ehrt mich.« Nach einer Weile fügte sie hinzu: »Wie gut, dass ich in dein Auto gefahren bin.«

Beide lachten.

»Darauf sollten wir anstoßen«, fuhr sie fort.

»Kein Problem.« Er holte aus seinem Rucksack eine kleine Flasche Prosecco, die in einer Kühlmanschette steckte. »Unten gibt es Sektgläser, wenn auch aus Plastik«, sagte er.

»Ok, ich schaue mal in der … wie heißt das noch mal, die Küche im Schiff … Kombüse.«

Er lächelte. »Richtig.«

Sie stieg hinab in die Kabine. Es gab nicht viele Fächer in der kleinen Küchenzeile, daher fand sie die Gläser sofort. Auch ein paar Cracker und Dosen lagerten dort. Sie nahm die Cracker und die Gläser mit. »Es gibt auch Essensproviant«, sagte sie und zeigte auf das Päckchen.

»Hoffentlich sind sie nicht abgelaufen.«

Sie sah auf das Paket. »Geht noch.« Dann öffnete sie die Cracker und er den Prosecco.

»Auf das Leben!« Sie stieß mit ihm an.

Er nickte nur.

Sie nahm einen langen Schluck. Der fruchtig erfrischende Geschmack hob ihre Laune zusätzlich.

Beide blickten in die Ferne. Die Ruhe war entspannend, genauso wie die frische Seeluft. Der Prosecco stieg ihr so schnell zu Kopf, weil sie vor Aufregung kaum etwas zu Mittag gegessen hatte, dass sie ein Gähnen unterdrücken musste.

»Langweile ich dich?«, fragte Lasse.

»Nein, überhaupt nicht. Ich bin es nur nicht gewöhnt, tagsüber Alkohol zu trinken.«

Er lachte. »Es wäre das erste Mal, dass eine Frau in meiner Gegenwart einschläft.«

Sie musste ebenfalls lachen, lauter als sonst.

Lasse schmunzelte.

»Ich habe nicht richtig zu Mittag gegessen, und jetzt bin ich tatsächlich ein bisschen angeschwipst.«

»Was habe ich nur getan?«, fragte er. Dabei musste er das Lachen unterdrücken.

Helene kicherte. »Oh weh, ich kann nicht aufhören zu lachen.«

»Das nächste Mal gibt es nur Saft.«

Wieder kicherte sie. »Der war lustig.«

Lasse beobachtete sie und musste erneut schmunzeln.

Sie legte ihren Kopf an seine Schulter und hielt seinen Arm. Er streichelte ihre Hand, und beide blickten zufrieden zur See.

»Danke«, sagte sie und blickte zu ihm auf.

Lasse lächelte nur.

So saßen sie eine ganze Zeit lang, ohne das Bedürfnis, noch einen Schritt weiter zu gehen. Es war einfach perfekt, eng an ihn gekuschelt die unendliche Weite zu genießen.

»Es ist ungewöhnlich, mit einer Frau wortlos dazusitzen«, bemerkte er nach einer Weile.

»Aha. Findest du, wir müssen pausenlos reden?«

»Nein, das meinte ich nicht. Aber es ist eher ungewöhnlich, ich genieße es.«

»Von all meinen Dates steht dieses hier ganz oben auf der Liste«, sagte sie und sah ihn an.

Er lächelte fast etwas beschämt. »Führst du eine Liste?«

Sie zuckte mit den Schultern. »Nein, so schrecklich viele Dates hatte ich nicht … Das hier ist doch ein Date und nicht nur eine Erkundung der Umgebung, oder?«

Er musste lachen. »Date klingt so gezwungen«, meinte er.

»Okay, also Erkundung der Umgebung.« Wieder kicherte sie unwillkürlich. Sie ärgerte sich, dass sie es nicht kontrollieren konnte, aber dieses Kichern stellte sich immer ein, wenn der Alkohol ihr zu schnell in den Kopf stieg.

»Eine romantische Erkundung der Umgebung«, erwiderte er.

Sie lachte. »Klingt sehr verführerisch.«

»Vielleicht sollten wir langsam weiterfahren.«

»Jawohl, Herr Kapitän.«

Er entrollte wieder die Segel und justierte etwas. Es sah wirklich alles sehr professionell aus, was er tat. Helene hörte dem Geräusch der Wellen zu, die gegen den Bug schlugen, als das Boot wieder Fahrt aufnahm. Je weiter sie fuhren, desto schwerer wurden ihre Lider.

»Aufstehen!«, hörte sie eine Stimme aus der Ferne.

Sie konnte nur schwer die Augen öffnen. Als sie es endlich geschafft hatte, blickte sie direkt in seine Augen. Sie setzte sich auf der Bank auf und sah, dass er ihr tatsächlich irgendwie eine Schwimmweste angezogen hatte. »Oh, ist das peinlich, mein erster VIP-Ausflug, und ich schlafe ein.«

»Ich muss eine einschläfernde Wirkung haben.« Lasse lächelte so verschmitzt, dass sie sich fragte, ob sie möglicherweise irgendetwas Peinliches getan hatte.

Sie hielt sich den Kopf. »Ich sollte wirklich weniger Alkohol trinken.«

»Es ist nichts passiert, du hast nur friedlich geschlafen. Dafür sind wir am Ziel angekommen.« Er zeigte auf eine kleine Bucht vor ihnen.

Helene sah sich erstaunt um. »Wow, wie schön!«

Der Strand war menschenleer, der Sand weiß wie in der Südsee. Dahinter erstreckten sich Sträucher und teilweise Blumenwiesen, die in der Sonne schimmerten. Man hätte meinen können, sie seien in Südeuropa.

»Hier möchte ich leben!«, rief sie begeistert.

Lasse beobachtete sie. »Es ist schön, nicht? Hier zu leben, ist zum Glück nicht erlaubt. Es ist eine kleine Oase, die von der Tourismusbranche noch nicht entdeckt wurde und es hoffentlich auch niemals wird.«

»Kommst du oft hierher?«

Er schüttelte den Kopf. »Leider zu selten.«

»Danke, dass du mich hergebracht hast.« *Das muss doch ein Zeichen sein, dass er mich besonders mag,* dachte sie bei sich. Einem Impuls folgend fragte sie: »Wieso bist du eigentlich Single?«

»Wieso bist du Single?«, fragte er zurück.

»Ich bin sozusagen frisch geschieden.«

Er sagte einen Moment lang nichts. Schließlich entgegnete er: »Und ich brauche etwas länger, um meine letzte Beziehung zu verdauen.«

»War es so schlimm?«

»Das Ende war nicht schön«, erwiderte er knapp.

Sie nickte mitfühlend. »Das Ende ist oft nicht gut.«

Sie bemerkte, dass er den Blick abwandte, nachdenklich wirkte. Er war wohl noch nicht bereit, darüber zu sprechen. Das musste sie respektieren, auch wenn er sie nun neugierig gemacht hatte.

»Erzähl mal von deinem Beruf«, sagte sie, um das Thema zu wechseln.

»Ich bin Makler und Hausverwalter.«

»Wie wird man denn Makler?«

»Ich bin da eher zufällig reingerutscht, nachdem ich ein Haus restauriert und zu einem guten Preis wieder verkauft hatte. Es macht mir Spaß, Häuser zu verkaufen.«

Sie konnte sich nicht wirklich vorstellen, dass so etwas Spaß machte.

»Manchmal sehe ich ein scheinbar hässliches, heruntergekommenes Haus, das keiner will. Aber ich sehe immer, was daraus werden kann; das ist wahrscheinlich mein Talent.«

Sie nickte. »Das klingt tatsächlich spannend.«

»So ähnlich war es auch bei diesem Boot.«

Helene sah auf ihre Uhr. »Ich glaube, wir müssen zurück, ich muss zu meinen Kindern.«

Er nickte.

Auf der Rückfahrt erzählte sie von ihrem Alltag mit den Kindern. Von ihrem Leben in der Heimat. Die Zeit verging wie im Flug. Obwohl sie sich erst seit kurzer Zeit kannten, spürte Helene eine seltsame Vertrautheit, wenn sie mit Lasse zusammen war.

»Danke für diesen wunderschönen Nachmittag«, sagte sie, als sie wieder angelegt hatten. Dann gab sie ihm einen Kuss. »Bis sehr bald.«

14.

Am Mittwoch reiste ein Ehepaar mit Hund aus Köln an. Es schien zunächst ganz angetan von Ingas Herzlichkeit. Doch wenig später kam die Dame die Treppe herunter und beschwerte sich: »Ich muss leider gleich reklamieren, dass das Bad nicht gut geputzt ist.«

Helene stand im Flur und reagierte sofort. »Oh, das tut mir leid. Ich schaue gleich mal nach, eigentlich war gestern die Putzfrau da.«

»Vielleicht ist sie verliebt …«, meinte der Ehemann, der hinzugekommen war, schmunzelnd.

Helene musste lächeln und dachte: *Gerda und verliebt?*

Sie lief die Treppe hoch und betrat das Zimmer der beiden. Tatsächlich war das Bad staubig, im Waschbecken befanden sich Haare. Nachdem sie sich auch im Zimmer umgesehen hatte, war ihr klar, dass Gerda diesmal keine sehr gute Arbeit geleistet hatte. Also ging sie in die Abstellkammer im Flur, holte kurz entschlossen ein paar Putzutensilien, wischte Staub und reinigte das Bad gründlich. Sie machte sich eine gedankliche Notiz, eine Checkliste einzuführen, auf der angekreuzt werden konnte, ob alles im Zimmer in Ordnung war, bevor Gäste ankamen.

Was hatte Gerda hier oben eine Stunde lang gemacht? Geputzt hatte sie jedenfalls mit ziemlich großer Wahrscheinlichkeit nicht.

Als sie fertig war, ging sie hinunter ins Wohnzimmer, wo das frisch angereiste Ehepaar gerade mit Kaffee und Ingas Apfelkuchen wieder versöhnlich gestimmt wurde. Sie entschuldigte sich noch einmal. »Ich weiß nicht, was mit unserer Putzfrau los war, aber Ihr Zimmer ist jetzt sauber«, erklärte sie.

Die beiden lächelten. »Danke, das kann ja mal passieren. Aber dieser Kuchen hier, der ist wirklich hervorragend!«, lobte die Frau.

Inga bedankte sich für das Kompliment und gab den beiden noch Tipps, wo sie spazieren und abends essen gehen konnten.

Nachdem die Gäste aufgebrochen waren, sagte Helene: »Heute Nachmittag kommt noch die Familie mit dem kleinen Kind an. Ich fürchte, deren Zimmer ist dann wohl auch nicht ausreichend geputzt.«

»Soll ich Gerda anrufen?«, fragte Inga.

»Bitte nicht.« Helene faltete ihre Hände wie zum Gebet. »Wahrscheinlich macht sie dann oben bloß ein Nickerchen, statt zu putzen. Ich übernehme das selbst.« Schnellen Schrittes lief sie die Treppe hoch. Innerhalb von dreißig Minuten reinigte sie das Bad, wischte Staub und saugte das komplette Zimmer. Neben dem Doppelbett baute sie schon das aufklappbare Kinderbett auf, das sie aus der Abstellkammer geholt hatte.

Inga kam dazu. »Du bist aber schnell.«

»Ich sehe das als eine Art Fitnessprogramm: Je schneller ich putze, desto mehr Kalorien verbrenne ich und desto mehr Süßigkeiten kann ich essen«, antwortete Helene mit einem Augenzwinkern.

Inga nickte. »Clever.«

Am Nachmittag waren Johanna und Simon mit Claras Kindern zum Spielen verabredet. Kaum hatte Helene sie dort abgegeben und war zurück in der Pension, kam das junge Paar mit dem Baby an. Der Mann hatte seine langen Haare zu einem hippen Dutt gebunden. Die Frau war ungeschminkt und trug Rastalocken sowie einen dezenten Nasenring.

»Die gehören ganz offensichtlich zur alternativen Bio-Truppe«, sagte Helene später zu Inga. »Sie werden sich bei dir sicher wohlfühlen«, scherzte sie.

Sie hatten alle Hände voll zu tun. Zum Glück waren Johanna und Simon gut versorgt.

Als die Kinder abends im Bett waren, trafen sich Inga und Helene wieder unten im Kaminzimmer. Sie öffneten eine Flasche Wein, Inga holte Chips und Süßigkeiten und sie ließen sich mit den Leckereien erschöpft auf die breite Couch fallen.

»Ich bin fertig«, sagte Inga.

»Wie hast du das früher bloß alles allein gemacht?«

»Ich war jung, hatte mehr Kraft und eine Küchenhilfe, und auf Gerda war noch Verlass. Jetzt könnte ich das nicht mehr, allein mit so vielen Gästen.«

»Verstehe.«

»Die Frau mit dem Baby aus Zimmer drei meinte, dass man das Kaltwasser schlecht zudrehen kann und der Hahn tropft.« Inga nahm einen Schluck Wein. »Ich rufe gleich morgen früh Frank an, einen befreundeten Klempner.« Sie sah sich um. »Das Haus ist alt, ich müsste ohnehin mal die ganzen Wasserleitungen und die Elektrik austauschen lassen; das habe ich das letzte Mal Ende der Achtziger gemacht.«

»Das könntest du im Winter in Angriff nehmen, wenn nicht viel los ist«, schlug Helene vor.

»Dann im Januar. Zur Weihnachtszeit ist hier auch Hochsaison.«

»Ehrlich?«

»Ja«, antwortete Inga. Dann wurde sie nachdenklich. »Aber solche Renovierungsarbeiten sind teuer. Ich müsste einen weiteren Kredit aufnehmen. Das wird nicht leicht.«

»Vielleicht können wir auch erst mal nur Kleinigkeiten austauschen. Kissen, Bettwäsche, Deko, neue Farbe, Gardinen, die das Haus moderner wirken lassen. Das wird sicher helfen, um neue Gäste anzuziehen«, schlug Helene vor. »Und dann, wenn das Geschäft wieder anläuft, kann man besser abschätzen, wie viel Budget vorhanden ist, um die kostspieligen Arbeiten zu erledigen, wie die Erneuerung der Bäder.«

Inga nickte. »Auch die Wäsche und die Gardinen habe ich vor fünfzehn Jahren das letzte Mal erneuert.«

»Das ist aber lange her«, meinte Helene. »Vor allem, wenn die Wäsche ständig benutzt und oft gewaschen wird.«

»Stimmt.«

Helene hatte schon klare Vorstellungen, wie die Zimmer nach einer kleinen Renovierung aussehen würden.

Inga schenkte noch ein wenig Wein nach. »Dann also auf ein Neues, Vielleicht-Partnerin!«, sagte sie.

Sie stießen an.

Helene war glücklich. Es sah doch gut aus für die Pension. Hatte sie hier etwa tatsächlich eine neue Perspektive für die Zukunft gefunden? Sie würde bald einmal mit den Kindern sprechen, sie fragen, was sie davon hielten, wenn sie für eine Zeit hierherzogen. Und dann musste sie dringend mit ihrem Chef telefonieren, vielleicht gab es ja die Möglichkeit, nach ihrem Urlaub noch etwas länger hierzubleiben und vom Homeoffice aus zu arbeiten. Dann konnte sie Inga weiter unter die Arme greifen, eine erweiterte Probezeit sozusagen.

* * *

»Mama, Mama!«, hörte sie ihre Kinder rufen.

Der gute Wein hatte sie in einen tiefen Schlaf fallen lassen. Nun fühlten sich ihre Augenlider schwer an – so schwer, dass es ihr unmöglich war, sie auch nur einen Millimeter zu öffnen. »Es ist zu früh, lasst mich noch ein bisschen schlafen«, murmelte Helene.

»Mama, wach auf!«, forderte Simon.

Mühevoll öffnete sie die Augen und blickte zum Fenster. Die Sonne schien und der Himmel war blau. *Wie schön.* Sie musste lächeln. »Könnt ihr eure arme Mutter nicht einmal ausschlafen lassen?«, rügte sie ihre Kleinen liebevoll mit verschlafener Stimme.

»Mama, steh auf, schnell!«, bat Johanna.

»Nein, schnell kann ich nicht.« Sie wollte nicht erklären, dass sie zu spät ins Bett gegangen war und zu viel Wein getrunken hatte.

»Jetzt mach schon, es ist wichtig.«

Eigentlich hätte sie sich gern noch ein Weilchen im Bett gewälzt, wäre da nicht dieses Geräusch gewesen. Sie konnte nicht genau sagen, was es war, aber es hörte sich sehr vertraut an. Wie das Geräusch, das entstand, wenn Simon an einem verregneten Tag fröhlich in den Pfützen herumsprang.

Sie seufzte und richtete sich im Bett auf. »Was ist denn?«, fragte sie.

»Schau mal, hier!«, rief Simon.

Sie blickte auf den Boden und sah, dass das Geräusch keine Einbildung gewesen war. Im ganzen Zimmer stand mindestens zwei Zentimeter hoch Wasser. Den Kindern gefiel das, sie sprangen darin herum. Indoorpfützen.

»Was ist das denn?«, rief Helene entsetzt.

Johanna zuckte mit den Schultern.

»Als wir aufgewacht sind, war das Wasser da«, meinte Simon. »Vielleicht hat es zu viel geregnet.«

»Simon musste aufs Klo und hat mich geweckt und dann haben wir dich geweckt«, erklärte Johanna.

Helenes Müdigkeit war mit einem Schlag verschwunden. Sie sprang auf und rannte in ihren Schlafshorts und einem zerknitterten T-Shirt in den Flur. Hier bot sich ihr dasselbe Bild. Überall im Flur stand Wasser, verteilte sich über den gesamten Gang und rann bereits die Treppe hinab. Während sie die feuchten Stufen hinunter ins Erdgeschoss lief, hielt sie sich am Geländer fest. Sie ging in die Küche. Hier war noch nicht alles nass, doch es tropfte bereits von der Decke. Helene lief zu Ingas Zimmer und klopfte. Es war erst kurz nach sechs.

»Was ist?«, fragte Inga überrascht, als sie die Tür öffnete.

»Das ganze Haus steht unter Wasser!«

15.

Inga war irritiert. »Eine Flut, oder was?«

»Ich weiß nicht. Oben steht das Wasser überall.«

Sie liefen gemeinsam die Treppe hoch, wo ihnen das Wasser über die Holzstufen bereits entgegenlief. Oben angekommen, traten sie auf den nassen Teppich, der unter ihren Schritten quietschte.

»Wo kommt das bloß her?«, rief Inga.

»Ist vielleicht eine Leitung geplatzt?«, vermutete Helene.

Sie versuchten, die Quelle zu finden. Das Wasser schien aus dem Zimmer der Familie mit dem Baby zu kommen.

Inga rannte wieder hinunter ins Erdgeschoss. »Ich sehe mir das Bad unten an.« Kurz darauf rief sie: »Hier steht alles unter Wasser! Es kommt aus der Decke und der Wand. So ein Mist!«

Helene versuchte, sich zu konzentrieren. »Wir müssen den Haupthahn zudrehen!«, rief sie nach unten. »Weißt du, wo der ist?«

»Ja. Hier im Nebenraum«, hörte sie Inga antworten. »Ich drehe ihn ab.«

Helene klopfte an die Tür des Gästezimmers. Keine Reaktion. Also klopfte sie weiter, diesmal lauter. Nun hörte sie von drinnen ein Fluchen.

»Was ist das denn?«, rief jemand auf der anderen Seite der Tür.

Die Tür ging auf, und der junge Familienvater sah sie mit müden Augen an.

»Entschuldigen Sie, wir glauben, dass es einen Rohrbruch in Ihrem Badezimmer gab.«

Er öffnete die Tür und ließ sie eintreten. Helene ging ins Bad, und tatsächlich: Hier stand das Wasser noch etwas höher.

Das Baby war durch den Lärm wach geworden und begann zu weinen.

»Es tut mir sehr leid«, sagte Helene entschuldigend.

Jetzt rief die Frau aus dem Bett: »Ich hab schon gestern gesagt, dass es ständig tropft aus dem Hahn.« Dabei wiegte sie das Baby in ihren Armen und versuchte, es wieder zum Schlafen zu bringen.

Doch als das Zimmerlicht angemacht wurde, war das Baby nicht mehr zu beruhigen. Die Mutter schimpfte.

»Kommen Sie runter ins Erdgeschoss«, bot Helene den Gästen an. »Sie können es sich erst mal im Esszimmer bequem machen.«

Immerhin schien das Wasser jetzt nicht mehr zu steigen. Inga musste den Haupthahn geschlossen haben.

Als Nächstes weckte Helene das Paar im Nachbarzimmer. Auch diese beiden riss sie aus dem Schlaf, wovon sie wenig begeistert waren. Inga bemühte sich in der Zwischenzeit, den Klempner zu erreichen.

Inga und Helene machten Frühstück und versuchten, die Gäste zu beruhigen. Doch das gelang ihnen nicht wirklich. Die beiden Familien ließen ihrer Wut freien Lauf. Zu allem Übel hatten einige ihrer Gepäckstücke auf dem Boden gestanden und waren jetzt komplett durchnässt.

»Wir reisen ab und wollen unser Geld zurück«, erklärte der junge Familienvater wütend.

Das ältere Paar war genauso unzufrieden, und so verließen alle die Pension, nachdem sie schnell ihre Sachen gepackt und sich mit Inga und Helene geeinigt hatten. Inga wirkte immer noch wie ein Fels in der Brandung. Sie zahlte den Gästen ohne Diskussion den vollen Mietpreis zurück und blieb freundlich.

Dann endlich kam der Klempner und sah sich die Lage im Haus an. Er erklärte, was jetzt zu tun sei, und nannte Inga eine nicht unerhebliche Summe, was das Ganze kosten würde.

»Keine Angst. Das bezahlt doch die Hausratversicherung.« Helene sah aufmunternd zu Inga, die jetzt doch ein wenig blass schien.

Zwei Stunden später standen überall Pumpen, die das Wasser aus den Zimmern entfernten. Helene und Inga schleppten die nassen Teppiche und kleinere Möbelstücke hinaus in den Garten zum Trocknen. Zu jedem Gegenstand, den sie raustrugen, fiel Inga eine Geschichte ein. »Den Teppich habe ich in der Türkei gekauft, und das Schränkchen habe ich auf einem Flohmarkt entdeckt für damals fünf Mark – und jetzt ist es hinüber.«

Es tat Helene weh, Inga so traurig zu sehen. Inga, diese fröhliche und herzensgute Frau. Doch als sie schier nicht mehr aufhören wollte, in der Vergangenheit zu schwelgen, unterbrach Helene sie. »Du musst jetzt dringend die Versicherung anrufen!«

Nach einer Stunde – Helene wunderte sich schon, warum es so lange dauerte – kam Inga aus dem Büro und war noch blasser im Gesicht als zuvor.

»Inga, was ist los?«, fragte Helene alarmiert.

Inga setzte sich auf die nasse Treppe und begann zu weinen. »Ich kann nicht mehr«, klagte sie.

Helene streichelte ihr über die Schulter. »Das verstehe ich, Inga, du hast einen Schock. Aber wir schaffen das schon. Die Versicherung wird alles bezahlen, und wir können die

Gelegenheit sogar nutzen, um alles zu renovieren und neue Möbel zu kaufen, so wie geplant.«

»Ich hab aber keine Versicherung«, klagte sie weinend.

»Wie bitte?«

Inga reichte ihr einen Umschlag. »Ich habe vergessen, den Antrag für die neue Versicherung abzuschicken … Und die alte Versicherung habe ich auf Anraten einer Freundin gekündigt, denn die neue ist günstiger … Doch dann müssen andere Unterlagen auf dem Brief gelandet sein, und ich habe es vergessen.« Inga schien völlig verzweifelt zu sein.

Helene sah sie entsetzt an. »Also musst du den ganzen Schaden selbst tragen?«

Sie nickte. »Ich hab aber nicht so viel Geld.«

»Scheiße!«, entfuhr es Helene.

Die Kinder spielten zum Glück draußen und bekamen nichts mit. Helenes Entsetzen verwandelte sich in eine Mischung aus Mitgefühl und Unverständnis. Wie bei einem Kind, das trotz Vorwarnung nicht hörte, sodass dann genau das eintrat, was die Eltern befürchtet hatten. Wie konnte man bloß vergessen, einen so wichtigen Brief zu verschicken? Sie merkte, dass auch ihre eigenen Pläne und Träume gerade wegschwammen. Es blieb jedoch kaum Zeit, darüber nachzudenken.

Zu allem Überfluss piepste Helenes Telefon immer wieder. Sie hatte in ihrem Mailbrowser im Smartphone die Mailbox der Pension hinzugefügt. Nun erhielt sie schon die dritte Nachricht von interessierten Urlaubsgästen. Helene wusste, dass sie alle Interessenten vertrösten musste, und war traurig, diese Chancen zu verpassen. Trotzdem versuchte sie, einen kühlen Kopf zu bewahren. Inga hingegen irrte nur von einem Raum zum nächsten, sah sich um, seufzte und lief weiter. So hatte Helene sie noch nie erlebt. Sie wirkte wie eine verwirrte alte Frau. Wie konnte sie ihr bloß helfen?

Ihr Unverständnis wich dem Mitleid.

»Moin«, hörte sie hinter sich eine Stimme. Es war Holger. »Die Eingangstür stand offen«, sagte er. »Was ist denn bei euch los?«, erkundigte er sich dann, und ihr fiel auf, dass er sie jetzt wie selbstverständlich duzte.

»Wie du siehst, ist hier alles Land unter«, antwortete Helene und ließ ebenfalls die förmliche Anrede sein. »Aber woher weißt du …«

»Der Klempner war gerade bei mir und hat einen Kaffee getrunken. Ich dachte, ich schaue gleich mal vorbei.«

»Danke, das ist nett.«

»Kein Ding.« Er machte eine wegwerfende Handbewegung. »Wir sind doch Deichnachbarn.«

»Musst du nicht in deiner Bude sein?«

»Heute ist meine Nichte da; sie hilft mir in der Sommersaison manchmal aus. Wo ist Inga?«, fragte er.

Sie zuckte mit den Schultern. »Das Ganze hat sie sehr mitgenommen. Sie rennt wie ein aufgescheuchtes Huhn durchs Haus.«

»Ich fürchte, ihr müsst noch ein paar Möbel rausstellen«, meinte er.

»Die sind aber zu schwer für uns.«

»Habt ihr euch schon einen Überblick verschafft, was zu retten ist?«

»Wir sind noch dabei.«

Er nickte. »Dann braucht ihr sicherlich Bautrockner, um die Böden und Wände wieder trocken zu kriegen, damit nichts schimmelt.«

Helene seufzte.

Holger ging nun mit ihr durch die Räume im Erdgeschoss. Hier hatte sich das Wasser vor allem in Bad, Flur, Küche und Kaminzimmer ausgebreitet. Der Boden war noch deutlich nass, aber das Wasser stand zumindest nicht mehr.

»Die Statuen und das ganze Dekozeug im Flur müssen zum Trocknen raus«, stellte Holger fest.

Im Kaminzimmer waren die Sessel und die Couchs nass geworden, in der Küche der Esstisch, die Stühle und die Küchenfront.

»Au backe!«, sagte Holger. »Die Küche kann man nicht einfach so ausbauen. Aber fürs Erste können wir sicher die Leiste unten abnehmen. Die hat es ja am meisten getroffen.«

Im Obergeschoss waren alle Räume betroffen, außer dem Zimmer am Ende des Gangs. Sie beschlossen, das Zimmer, in dem der Wasserschaden entstanden war, komplett leer zu räumen. Die Möbel in den anderen Räumen wollten sie erst einmal stehen lassen.

»Vielleicht hilft ja ein Bautrockner«, meinte Holger. »Ich glaube, wir bräuchten noch ein paar helfende Hände«, sagte er dann und griff zu seinem Handy. »Ich rufe einen Kumpel an.«

»Danke, Holger. Allein würden wir das nicht schaffen.«

»Na klar.«

Holger strahlte solch eine Ruhe und Gelassenheit aus, dass sie sofort wieder das Gefühl bekam, alles unter Kontrolle zu haben.

Sie hatte Inga gebeten, nach den Kindern zu schauen, während sie mit Holger versuchte, alle Zimmer auszuräumen. Sie war gerade dabei, einen Pflanzenkübel rauszutragen und vor das Haus zu stellen, als plötzlich Lasse vor ihr stand. Er hielt eine Thermoskanne in der Hand.

»Hallo«, begrüßte er sie. »Holger meinte, du könntest einen Kaffee gebrauchen.«

Sie lächelte erschöpft. »Oh, ja. Ich habe bis jetzt weder was gegessen noch getrunken«, seufzte sie.

»In der Küche steht ein Teller mit belegten Brötchen.« Er betrachtete sie amüsiert. Jetzt erst sah sie an sich hinunter, auf

Pyjama-Shorts und das zerknitterte T-Shirt. Noch nicht einmal die Haare hatte sie sich gekämmt. Daran hatte sie in dem ganzen Chaos überhaupt nicht gedacht. Immerhin hatte sie sich mittlerweile Schuhe angezogen.

»Entschuldige bitte den Out-of-bed-Look, aber ich hatte keine Zeit, mich anzuziehen …«, murmelte sie kleinlaut.

»Du siehst zauberhaft aus, und danke, dass du dich hier um alles kümmerst.«

Helene lächelte. Unbewusst zwirbelte sie an einer Locke. »Warum bedankst du dich dafür? Wer soll es denn sonst machen? Inga ist doch ganz allein.«

Lasse sah sie überrascht an. »Hat sie das so gesagt?«

»Nein, aber das weiß ich.«

Er nickte. »Hier, trink jetzt einen Kaffee und frühstücke erst mal; Holger und ich machen so lange weiter. Du brauchst eine Pause.«

Er reichte ihr die Kanne, dabei berührten sich ihre Hände.

Sie sah ihm in die Augen. »Schön, dich zu sehen«, flüsterte sie.

Lasse sagte nichts, doch er gab ihr einen Kuss auf die Haare, oberhalb der Stirn. »Ich hole jetzt Holger. Dann rufe ich einen Bekannten an, der Gebäudesanierungen macht. Er soll ein paar Bautrockner herbringen und gucken, wie man das Haus am besten trocken bekommt.«

»Danke.«

»Kein Problem. Der schuldet mir noch einen Gefallen und macht sicher einen guten Preis.« Dann fragte Lasse: »Und wo ist denn eigentlich die Hausherrin?«

»Sie ist bei den Kindern.«

Als Helene in die Küche kam, stand dort tatsächlich ein Teller mit belegten Brötchen auf dem Tisch. Hungrig nahm sie sich eins davon und ging hinaus auf die Terrasse. Dort saß Inga mit den Kindern am Tisch. Sie aßen Kuchen vom Vortag und tranken Saft.

Trotz allen Chaos hatte Helene plötzlich gute Laune. »Lasse und Holger sind da und helfen uns.«

»Wirklich?«, fragte Inga.

Helene nickte. »Wir schaffen das nicht allein. Lasse hat sogar belegte Brötchen mitgebracht.«

»Das muss an dir liegen, für mich hätte er das bestimmt nicht gemacht.«

»Warum magst du ihn eigentlich nicht?«, erkundigte sich Helene.

»Wer sagt, dass ich ihn nicht mag? Ich liebe ihn, schließlich ist er mein Sohn.«

Helene verschluckte sich fast an ihrem Brötchen. »Was sagst du da?«

Inga versuchte zu lächeln. »Ich wollte es dir die ganze Zeit schon sagen, aber anfangs dachte ich, du bist nur ein Gast, warum also sollte ich dir das alles erzählen? Die ganze Sache ist so kompliziert …«

»Lasse ist dein Sohn?«, hakte Helene ungläubig nach. Sie verstand die Worte immer noch nicht ganz. Hatte Inga gerade wirklich gesagt, Lasse sei ihr Sohn? Warum hatte sie das vorher nie erwähnt, wenn die Rede von ihm gewesen war? Auch als die beiden in der Pension aufeinandergetroffen waren, hatte nichts darauf hingedeutet, dass sie Mutter und Sohn waren! Oder hatte sie das komplett übersehen?

»Ja«, sagte Inga. »Er ist mein einziges Kind, aber wir sind sehr verschieden und kommen nicht gut miteinander klar.«

»Tja, das ist nicht zu übersehen … Und das hat mir keiner von euch beiden mitgeteilt.«

Inga seufzte. »Es tut mir leid. Ich hätte es wohl früher ansprechen müssen. Mit Lasse und mir ist es … schwierig.«

167

Helene fragte sich, wie viele Überraschungen wohl noch auf sie warteten an diesem Tag. Weder Lasse noch Inga hatten diese nicht gerade unbedeutende Tatsache erwähnt. Waren sie wirklich so sehr zerstritten?

Nachdenklich aß sie ihr Brötchen und versuchte zu verstehen, was für eine Beziehung Lasse und Inga zueinander hatten. Dann überlegte sie, ob es Ähnlichkeiten zwischen den beiden gab. Warum hatte gerade die kinderliebe Inga wohl solch ein schlechtes Verhältnis zu ihrem Sohn?

»Sven ... mein Ehemann, ist leider noch vor seiner Geburt gestorben. So gab es nur ihn und mich. Und ich ... ich war wohl nicht immer die perfekte Mutter, die ich eigentlich sein wollte.«

Bevor sie Inga weitere Fragen stellen konnte, ging diese zurück ins Haus.

»Mama, spielst du mit uns?«, bat Simon.

»Ich hab so viel zu tun«, rutschte es ihr heraus, was sie aber gleich bereute.

Johanna erinnerte sie zurecht: »Aber wir machen doch Urlaub, Mama!«

Wegen des Wasserschadens und der Aussicht auf einen kompletten Neustart hier oben im Norden hatte Helene doch tatsächlich vollkommen vergessen, dass sie hier eigentlich mit den Kindern im Urlaub war. »Oh, ihr Lieben, es tut mir leid!« Sie zog die beiden an sich und umarmte sie.

Simon und Johanna genossen die plötzliche ungeteilte Aufmerksamkeit ihrer Mutter. Jetzt kämpften sie nur noch untereinander darum, wer auf welchem Bein sitzen durfte.

»Schluss, ihr beiden! Ein Bein für jedes Kind.«

Langsam beruhigten sich die Kinder. »Mama, warum hat Inga geweint?«

»Wann hat sie geweint?«, fragte Helene betroffen.

»Vorhin im Garten.«

»Durch den Wasserschaden hat sie jetzt viel Arbeit, und da sie nicht mehr die Jüngste ist, bereitet ihr das Sorgen.«

»Können wir nicht bei ihr leben? Dann könntest du ihr helfen.«

»Wie leben?«

»Sie hat mal zu uns gesagt, dass wir auch bei ihr leben könnten«, plauderte Johanna so nebenbei aus.

»Hat sie das?«, fragte Helene überrascht. »Würde euch das denn gefallen?«

»Noch mehr Urlaub!«, rief Johanna. Ihre Tochter rutschte von ihrem Schoß und machte einen Freudensprung.

»Yeah!« Simon tat es seiner Schwester gleich, ohne zu verstehen, worüber er sich eigentlich freute.

»Fast, Mäuschen«, sagte Helene zu ihrer Tochter. »Wenn wir hier leben würden, müsstest du in eine neue Schule und Simon in einen neuen Kindergarten.« Sie lächelte Simon an, und er lächelte zurück, auch wenn er wohl die Tragweite der Idee noch nicht verstanden hatte.

»Ich möchte hier leben, aber nicht in eine neue Schule gehen!«, rief Johanna entsetzt und verschränkte die Arme vor der Brust.

»Dafür hättet ihr das Meer vor der Nase«, antwortete Helene.

Langsam entspannten sich Johannas Gesichtszüge. »Und unser Zuhause wäre bei Inga?«

Helene lächelte. »Vielleicht.«

»Ja, bei Inga möchte ich leben!«, rief Johanna freudig.

Simon umarmte seine Mutter vor lauter Begeisterung. »Ja, bei Inga und den Tieren!«

Es war schön, ihre Kinder so eng an sich zu spüren. Sie war glücklich, dass die beiden hier leben wollten, obwohl sie eine leise innere Stimme warnte, sich nicht zu früh zu freuen. Schließlich war das Haus gerade kaum bewohnbar. Doch

Helene wollte diesen Neuanfang unbedingt. »Wir könnten ja noch die nächsten zwei Wochen hier probewohnen und uns dann endgültig entscheiden«, schlug sie vor.

Ihre Tochter dachte kurz nach. »Das können wir machen. Aber ich möchte als Belohnung noch ein eigenes Haustier.«

Helene musste lachen. »Inga hat doch Hühner und Katzen.«

»Aber keinen Hund oder wenigstens einen Hamster.«

Helene runzelte die Stirn. »Darüber sprechen wir später«, versprach sie.

Dann ließ sie die Kinder draußen mit den Tieren spielen und ging zurück ins Haus, um zu sehen, wie die Aufräumarbeiten vorangingen. Der Mann von der Gebäudesanierung war mittlerweile angekommen und stellte zusammen mit Holger in jedem der betroffenen Räume einen Bautrockner auf.

»Großartig, dass das so schnell geklappt hat«, begrüßte ihn Helene.

»Jo«, sagte der Handwerker knapp und nickte.

»Läuft das Gerät schon?«, fragte sie und zeigte auf den Kasten vor sich. »Ist ja gar nicht laut.«

»Nein, zum Glück nicht sonderlich.«

»Wie lange müssen die denn hier stehen?«, erkundigte sich Helene.

»Etwa drei bis vier Wochen.«

»Drei bis vier Wochen!«

»Etwa, ja. Aber Sie hatten Glück, dass das Wasser nicht lange stand. Sonst hätten es auch zwei Monate sein können.«

Helene seufzte. Dann würde die Pension also in den nächsten vier Wochen definitiv keine neuen Gäste beherbergen können.

Zusammen mit Holger suchte sie nach Inga und Lasse, um ihnen die neuesten Erkenntnisse mitzuteilen. Als sie die Küche betrat, hörte sie die beiden laut im Kaminzimmer streiten.

Holger schüttelte den Kopf und verdrehte die Augen. »Wir lassen die beiden mal lieber zu Ende diskutieren«, schlug er vor.

Sie gingen wieder auf die Terrasse.

»Niemand hat mir gesagt, dass Lasse Ingas Sohn ist«, bemerkte Helene enttäuscht.

Er nickte. »Im Dorf weiß es natürlich jeder. Aber niemand redet darüber. Es ist eine lange Geschichte.«

»Kannst du mir mehr darüber erzählen, warum sie nicht mehr miteinander reden?«

»Das müssen sie dir schon selbst sagen.«

»Sieht momentan nicht so aus. Jedenfalls macht Inga nicht den Eindruck, als wollte sie darüber sprechen.«

»Tut mir leid, aber ich mische mich da nicht ein«, antwortete Holger.

»Lasse könnte doch Inga finanziell unter die Arme greifen«, überlegte Helene.

»Misch dich nicht in ihre Angelegenheiten ein, das ist mein Ratschlag.«

Sie nickte. Holger meinte es natürlich gut. Sollte sie ihm erzählen, dass sie bereits darüber nachdachte, in der Pension mitzuarbeiten? Schließlich sagte sie: »Ich möchte ihr aber gern helfen mit der Pension.«

Holger sah sie überrascht an. »Und wie?«

Sie druckste etwas herum. »Wir verstehen uns gut, ergänzen uns. Ich denke daran, vielleicht hierherzuziehen. Eigentlich war es zunächst nur eine Schnapsidee. Aber der Gedanke gefällt mir immer besser. Vielleicht auch erst mal nur vorübergehend, um Inga ein bisschen zu helfen, mit den Gästen und der Organisation. Das Ganze wächst ihr sonst über den Kopf. Jetzt hat sie auch noch festgestellt, dass sie keine gültige Versicherung hat, weil sie vergessen hat, die Unterlagen zu verschicken.«

Holger rollte mit den Augen. »Du bist eine erwachsene Frau, du wirst wissen, was du tust. Aber wenn dir Inga nicht einmal erzählt hat, dass Lasse ihr Sohn ist …« Er beendete seinen Satz nicht.

Helene dachte schweigend über Holgers Worte nach. Dabei betrachtete sie das Sammelsurium an Möbeln, die sich im Garten stapelten. Sie fragte sich, ob überhaupt noch etwas davon verwendet werden konnte. Das Holz war an vielen Stellen aufgequollen.

»Meinst du, Lasse hilft seiner Mutter wirklich nicht finanziell bei diesem Schaden?«, fragte Helene. »Das ist doch eine richtige Notsituation.«

»Weil sie die Unterlagen nicht an die Versicherung geschickt hat?«

»Das kann jedem passieren, und sie ist ja auch nicht mehr die Jüngste«, versuchte Helene, Inga in Schutz zu nehmen.

Holger hob seine Augenbrauen. »Lasse hat ihr mehrmals gesagt, sie solle die Pension aufgeben. Doch sie wollte nicht auf ihn hören.«

»Die Pension ist ihr Leben.«

Plötzlich traten Inga und Lasse auf die Terrasse. Inga bemühte sich, zu lächeln, obwohl ihre Augen glasig wirkten. Auch Lasse war nicht mehr so gut gelaunt wie vorher. Beide versuchten, sich nichts anmerken zu lassen, was ihnen aber nicht gelang.

»Holger, ich rufe eine Umzugsfirma an, damit sie die schweren Schränke runtertragen. Ich habe dafür keine Zeit«, erklärte Lasse.

Holger nickte. »Das klingt nach einer vernünftigen Idee.«

Lasse trat ein Stück zur Seite und telefonierte. Das erste Mal erlebte Helene ihn als Geschäftsmann. Mit deutlich spürbarer Autorität handelte er aus, dass die Möbelpacker noch am selben Tag kommen sollten. Sie schuldeten ihm wohl einen Gefallen, da er sie schon häufig engagiert hatte. Sie beobachtete ihn. Er war ernst wie immer, aber längst nicht so zurückhaltend. Er wirkte selbstsicher, und sie musste zugeben, dass sie ihn auch in seiner Rolle als Macher faszinierend fand.

Nachdem er aufgelegt hatte, erklärte er ihnen, dass die Umzugsfirma zwei Männer schicken werde, um die restlichen Möbel herauszutragen. »Sie sollen alle beschädigten Möbel in die alte Scheune hinter dem Haus bringen. Dort können sie trocknen. Ich muss jetzt wirklich los.« Er verabschiedete sich.

Holger ging ein wenig später. Inga rief ihm noch hinterher: »Danke, Holger, du bist ein guter Junge.«

Er hob die Hand und winkte ihnen zum Abschied zu.

Als die beiden Frauen allein waren, nahm Helene Inga an der Hand. »Wir trinken jetzt erst mal einen Kaffee. Ich denke, du bist mir einige Informationen schuldig.«

Inga seufzte.

16.

Inga

1967

Ungeduldig wartend stand Inga vor dem Backsteinhaus ihrer Freundin. Es war Herbst, und ein warmer Wind wehte von der See her.

Hilde öffnete mit Lockenwicklern im Haar. »Inga! Du bist früh dran.«

Heute war wieder einmal Tanzabend im Dorfkrug, und Inga hatte versprochen, ihrer Freundin beim Herausputzen zu helfen.

»Haben deine Eltern was dagegen, dass ich reinkomme?«, fragte Inga.

»Die? Nein … ich bin nur noch nicht fertig mit den Haaren.«

»Wer ist an der Tür?«, rief Hildes Mutter von irgendwoher.

»Es ist nur Inga!«, antwortete Hilde und ließ ihre Freundin eintreten.

Hildes Mutter kam aus dem Wohnzimmer. Auch sie trug Lockenwickler, einen hellblauen Kittel und braun karierte

Pantoffeln. Hildes Eltern betrieben die örtliche Bäckerei. Nun, am Samstagnachmittag, war die Bäckerei geschlossen, und die beiden verbrachten den Nachmittag vor dem Fernseher, um sich auszuruhen. Hilde war ihrer Mutter wie aus dem Gesicht geschnitten. Inga konnte sich genau vorstellen, wie ihre Freundin einmal als reife Frau aussehen würde.

Sie grüßte höflich. »Guten Tag, Frau Jansen.«

»Moin«, antwortete diese und musterte Inga von Kopf bis Fuß. Dann ging sie zurück ins Wohnzimmer, wo der Fernseher lief.

»Ich wollte einfach nur ein bisschen mit dir schnacken, bevor wir tanzen gehen«, sagte Inga zu Hilde. »Deshalb bin ich etwas früher gekommen.«

Ihre Freundin musterte sie. »Aha, gibt es etwas, was ich wissen sollte?«

Inga kicherte verlegen und nickte.

»Komm mit hoch in mein Zimmer.«

Hildes Zimmer war ähnlich klein wie Ingas. Die Wände waren mit Postern der Beatles und der Rolling Stones sowie mit Postkarten und Ausschnitten aus Modemagazinen tapeziert.

Sie setzten sich auf Hildes Bett.

»Erzähl, was gibt es?«

»Wie? Was gibt es?«

»Na, wenn du schon so früh hier aufkreuzt, ist doch was passiert«, mutmaßte Hilde und sah sie erwartungsvoll an.

Inga atmete tief ein. »Also …«, setzte sie an, traute sich dann aber nicht, weiterzusprechen.

»Was? Erzähl!« Hilde zappelte wie ein kleines Kind.

»Jasper hat ein längerfristiges Engagement in Hamburg, und er will mich dorthin mitnehmen!«

»Nach Hamburg? Aber dann bist du ja weg!«, rief Hilde erschrocken.

»Ich würde endlich diesem Kaff entkommen.«

»Also, ich mag dieses Kaff. Ich weiß nicht, was ihr alle habt.«

»Ja, ich weiß, du wolltest schon immer hierbleiben. Aber ich möchte die Welt sehen!«

»In Hamburg?« Hilde verzog das Gesicht, als ob sie etwas Schlechtes gegessen hätte.

»Hamburg ist der Anfang, aber Jasper könnte endlich als Musiker richtig Geld verdienen.«

»Ich weiß … Und ich freue mich auch für euch … aber dann wird es sehr einsam hier, ohne dich.«

Inga umarmte ihre Freundin. »Komm doch auch mit, ein paar Fans vor Ort könnte Jasper gut gebrauchen.«

Jetzt lachte Hilde. »Wir drei erobern die Welt.«

Sie fantasierten gut gelaunt, was sie machen würden, wenn sie das erste Geld verdient hätten. Inga half Hilde, die Wickler aus den Haaren zu drehen, und frisierte sie dann.

»Würdest du mich noch schminken? Du kannst das viel besser als ich«, bat Hilde.

»Gern.«

Hilde holte ihren kleinen Kulturbeutel. Inga begann mit dem Eyeliner, zog dann Hildes Augenbrauen nach und trug etwas Lippenstift in hellem Rosa auf. »Fertig!«, rief sie.

Hilde sah begeistert in den Spiegel. »Woher kannst du das so gut?«

»Ach, das hab ich mir einfach aus den Zeitschriften abgeguckt«, entgegnete Inga.

»Ich zeige es mal Mutter«, meinte Hilde und rannte hinunter ins Wohnzimmer.

Kurz darauf – Inga war gerade dabei, sich selbst Lippenstift aufzutragen – kam Hilde mit ihrer Mutter zurück ins Zimmer.

»Inga, Schätzchen, würdest du mir auch die Haare machen? Du kannst das viel besser als Hilde!«

Tatsächlich gelang es ihr, bei Hildes Mutter, die zuvor noch relativ unscheinbar gewirkt hatte, die schöne Seite zu betonen. »Sie brauchen nur ein bisschen Rouge, Wimperntusche und Lippenstift.«

»Mutter, du schaust wirklich hübsch aus.« Hilde war offensichtlich überrascht, so kannte sie ihre Mutter wohl gar nicht.

Diese blickte plötzlich gar nicht mehr so ernst drein, sondern sah sich immer wieder lächelnd im Spiegel an. »Danke, Inga.« Dann kramte sie in ihren Taschen und gab ihnen etwas Kleingeld. »Hier, kauft euch eine Limo heute Abend.«

Die zwei lächelten.

»Danke, Frau Jansen«, sagte Inga.

Als es dunkel wurde, verließen Inga und Hilde das Haus. Hilde hakte sich bei Inga ein. »Meine Mutter hast du jedenfalls auf deiner Seite.«

* * *

Gut gelaunt wachte Inga am Sonntagmorgen auf. Im Haus war es noch still, und sie beschloss, das Frühstück für ihre Familie zuzubereiten. Wer wusste schon, wie lange sie überhaupt noch hierbleiben würde? Sie wollte allen eine Freude machen. Sie setzte die Eier auf, kochte Kaffee und deckte den Tisch.

Dann ging sie in den ersten Stock ins Bad, um sich fertig zu machen. Die Tür ging nicht auf, als ob etwas Schweres im Weg wäre. Sie drückte mehrmals und sah, dass Licht im Bad brannte.

»Wer ist da drin, was soll das?«, fragte sie.

Doch es kam keine Antwort. Sie schaffte es, die Tür so weit aufzudrücken, dass sie sich durchzwängen konnte. Dann entdeckte sie ihre Mutter. Sie lag regungslos auf dem Boden, in ihrem geblümten Nachthemd. Inga erschrak und schüttelte ihre Mutter. Sie atmete noch. Hatte sie vielleicht einen Herzinfarkt erlitten? Aber war sie nicht noch viel zu jung dafür? Da bemerkte Inga, dass ihre Mutter eine Packung Schmerztabletten mit den Fingern umklammerte. Hatte sie diese Pillen etwa geschluckt? Alle?

»Vati, komm sofort her!«, schrie sie. »Mit Mutti stimmt was nicht.«

Kurz darauf trat ihr Vater aus dem Elternschlafzimmer und rieb sich die Augen.

Inga schrie ihn an: »Ruf den Krankenwagen!«

»Was ist los?«, fragte er schlaftrunken.

»Ich weiß nicht, aber Mutti hat, glaube ich, ganz viele Schmerztabletten genommen.«

Mit großen Augen starrte er seine Frau an, die immer noch auf dem Boden lag.

»Renn rüber zu Dieter und ruf den Krankenwagen!«, rief Inga.

Er nickte. Sie besaßen kein eigenes Telefon, also rannte er im Pyjama zu den Nachbarn.

Inga versuchte verzweifelt, ihre Mutter wachzukriegen, doch sie regte sich nicht. Dann hastete sie hinunter in die Küche und holte die Packung Milch vom Küchentisch. Sie hatte einmal irgendwo gelesen, dass das Zuführen von Milch ein Hausmittel war, um Erbrechen hervorzurufen. Schnell lief sie wieder hoch ins Bad und begann damit, ihrer Mutter die Flüssigkeit in den Mund zu schütten. Das meiste lief über ihr Gesicht auf ihre Kleidung und den Steinboden. Ein wenig Flüssigkeit jedoch schaffte es in den Rachen. Ihre Mutter begann zu würgen und zu husten und schien zu Bewusstsein zu kommen. Sie erbrach sich auf die Fliesen und über ihren

Morgenmantel. Es schien wie eine Ewigkeit, dass Inga ihre Mutter anschrie und rüttelte.

Irgendwann dazwischen kamen ihre Brüder ins Bad, und sie forderte sie hektisch auf, in die Küche zu gehen.

Inga verspürte eine furchtbare Wut auf ihre Mutter. Warum hatte sie das bloß getan?

Endlich kam der Notarzt. Ruhig fragte er Inga aus und schickte sie dann vor die Tür. Still und regungslos stand sie mit ihrem Vater im engen Flur. Die Sekunden schienen unendlich.

Endlich kam der Arzt heraus und teilte ihnen mit: »Sie lebt, wir müssen aber noch den Magen auspumpen. Das Erbrechen scheint etwas geholfen zu haben, auch wenn ich vor solchen Hausmitteln warne. Das hätte auch schiefgehen können. Ich weiß schon, dass manche daran glauben, dass Milch bei Vergiftungen hilft. Allerdings können die Fette der Milch auch dazu führen, dass die Giftstoffe noch schneller vom Körper aufgenommen werden. Deswegen lassen Sie in solchen Fällen bitte die Finger davon. Aber Sie haben sie noch rechtzeitig entdeckt. Wir fahren gleich ins Krankenhaus. Einer von Ihnen darf mitfahren.«

»Ich komme mit!«, bestimmte Inga.

Ihr Vater sagte nichts, er war immer noch wie erstarrt.

»Pass auf die Jungs auf«, befahl sie ihm.

Die nächsten Stunden kamen ihr vor wie ein schlechter Film. Sie saß im kahlen Krankenhausflur und konnte keinen klaren Gedanken fassen. Was war überhaupt passiert? Hatte ihre Mutter sich wirklich das Leben nehmen wollen?

Irgendwann kam ein Arzt zu ihr. »Sind Sie die Tochter?«, fragte er.

Inga nickte.

»Wir konnten Ihrer Mutter den Magen noch rechtzeitig auspumpen. Sie lebt. Sie ist erschöpft, aber sie lebt.«

Inga liefen Tränen über die Wangen. »Gott sei Dank«, flüsterte sie.

»Wir werden Ihre Mutter wohl in die Psychiatrie verlegen, wenn es ihr wieder besser geht.«

»Aber sie ist doch nicht verrückt!«

Der Arzt lächelte. »Nein, ist sie nicht. Aber suizidgefährdet«, erklärte er. »Sie hat Tabletten genommen, um sich das Leben zu nehmen. Wissen Sie, warum sie das getan hat?«

Inga schüttelte den Kopf.

»Gab es in der Vergangenheit Hinweise darauf, dass sie so etwas plante?«

Wieder Kopfschütteln. Inga konnte immer noch nicht begreifen, dass hier jemand von ihrer Mutter sprach und dass sie offensichtlich wirklich versucht hatte, sich das Leben zu nehmen.

»Das ist leider häufig so; für die Angehörigen scheint es ohne Vorwarnung zu kommen«, sagte der Arzt. »Die Anzeichen, die es vorher meist schon gibt, werden oft zu spät bemerkt.« Er sah auf die Uhr, seufzte und ging weiter. Dann drehte er sich noch mal um. »Sie können zu ihr, wenn Sie möchten.«

In Ingas Kopf machten sich pochende Schmerzen breit. Unsicher, was sie jetzt tun sollte, wandte sie sich an eine Krankenschwester, die gerade einen Frühstückswagen durch den Flur schob. Die große, ernst dreinschauende Frau Ende vierzig zeigte ihr, wo ihre Mutter lag.

Es war ein Dreibettzimmer, wobei die anderen beiden Betten leer waren. Blass und erschöpft lag ihre Mutter in den weißen Laken. Das Haar war zerzaust. Sie schien um Jahre gealtert. Inga streichelte ihrer Mutter über die Hand und sie öffnete die Augen.

Als sie Inga erblickte, schossen ihr Tränen in die Augen. »Es tut mir leid, ich wollte dich nicht erschrecken.«

Inga sagte nichts. Auch bei ihr liefen die Tränen. »Hauptsache, du lebst.«

Ihre Mutter griff nach Ingas Hand. »Ich war so verzweifelt.«

»Aber warum denn, Mutti?« Ihre Stimme zitterte.

»Vati hat das Haus verspielt.«

»Was?«, fragte sie ungläubig.

»Er hat unser ganzes Haus verspielt. Es ist weg.«

»Ich dachte, er macht das nicht mehr.«

»Das hat er behauptet. Aber in Wahrheit hat er sich so verschuldet und immer neue Kredite aufgenommen, dass die Bank unser Haus jetzt zwangsversteigern lassen will. Er hat seine Schulden nicht mehr zurückgezahlt, schon seit Langem nicht mehr.«

»Und deshalb hast du keinen Ausweg mehr gesehen und wolltest deinem Leben mit den Tabletten ein Ende machen? Um dem Leid und der Scham zu entgehen?«

Ihre Mutter seufzte. »Was wird man im Dorf jetzt über uns sagen?« Sie weinte weiter.

»Hast du nicht an uns gedacht?«

»Mir ist das einfach alles zu viel«, schluchzte ihre Mutter.

»Mutti, es ist nur ein Haus.«

»Dieses Haus habe ich mit meinen eigenen Händen mit aufgebaut. Es ist nicht nur seins, es ist unser Haus.«

Inga streichelte ihrer Mutter über die Wange, und es schmerzte sie, zu sehen, wie gebrochen sie war. Gleichzeitig entwickelte sie eine ungeheure Wut auf ihren Vater. »Mutti, wir werden einen Ausweg finden. Du musst jetzt erst mal wieder auf die Beine kommen.«

Irgendwann – sie wusste nicht, wie lange sie schon am Bett ihrer Mutter gesessen hatte – schliefen sie beide vor Erschöpfung ein.

Die Krankenschwester weckte sie. »Gehen Sie nach Hause. Ihre Mutter muss sich jetzt ausruhen«, sagte sie bestimmt.

Als Inga nach Hause kam, schlug ihr eine erdrückende Stille entgegen. Ihre Brüder und der Vater saßen immer noch im Pyjama am Küchentisch und schwiegen. Sie schienen erleichtert, sie zu sehen.

»Wie geht es Mutti?«, fragte Peter.

»Sie haben ihr den Magen ausgepumpt. Es geht ihr besser, aber sie ist noch schwach und bleibt ein Weilchen im Krankenhaus.«

Erleichtertes Seufzen.

»Was ist eigentlich passiert?«, wollte Claus wissen.

»Lebensmittelvergiftung«, entgegnete Inga knapp und sah ihren Vater an.

Dieser sagte nichts. Er starrte in seine Kaffeetasse.

»Zieht euch mal was an«, forderte sie die Jungs auf. »Ich schaue, was wir kochen können.«

Als sie sicher war, dass ihre Brüder außer Hörweite waren, drehte sie sich zu ihrem Vater um. »Hast du das Haus verspielt?«, flüsterte sie und sah ihren Vater wütend an.

Er blickte zu Boden.

»Hast du das Haus verspielt?«, hakte sie nach.

Erst nachdem sie ein weiteres Mal gefragt hatte, nickte er, doch er sah sie dabei nicht an.

»Und jetzt?«, fragte sie.

Er zuckte mit den Schultern. »Am besten erschieße ich mich.«

»Sie will sich mit Tabletten töten und du willst dich erschießen? Denkt eigentlich einer von euch auch mal an uns?«

Ihr Vater hatte nicht die Stärke, seiner Tochter in die Augen zu schauen.

* * *

Es war Nachmittag geworden, und sie lief am Strand entlang. Ihr Magen knurrte, denn sie hatte nichts heruntergebracht. Doch sie hatte keinen Appetit, obwohl ihr vor Hunger fast schwindelig war. Wie sollte es mit ihrer Familie bloß weitergehen? Waren sie jetzt obdachlos? Um sich machte sie sich keine Sorgen, sie würde mit Jasper nach Hamburg gehen. Aber was war mit dem Rest der Familie? Würden sie im Dorf als die Asozialen gebrandmarkt werden?

»Inga!«, rief eine ihr bekannte Stimme.

Sie drehte sich um und sah Sven auf sich zulaufen. Er trug einen dicken Wollpullover, Cordhosen und Gummistiefel.

»Was machst du hier? Ich habe euch nicht in der Kirche gesehen. Und man erzählt sich, deine Mutter sei vom Notarzt abgeholt worden.« Sven sah sie besorgt an. Sein blondes, immer gut frisiertes Haar war vom Wind zerzaust.

Normalerweise hätte Inga nur knapp geantwortet, doch in dieser Situation fühlte sie sich plötzlich so schwach und erzählte Sven unter Tränen, was vorgefallen war. »Bitte erzähle niemandem davon!«, flehte sie ihn an.

Er sagte nichts, sondern legte nur vorsichtig seinen Arm um ihre Schultern. »Vielleicht ist es doch nicht so schlimm, wie du jetzt denkst.«

Inga seufzte. Dann, ganz unvermittelt, beugte sich Sven zu ihr und küsste sie.

Völlig überrascht wusste Inga zunächst nicht, was sie machen sollte. Dann löste sie sich von seinen Lippen. »Sven, du hast da etwas falsch verstanden.«

Verwundert sah er sie an. »Magst du mich nicht?«

»Natürlich mag ich dich, wir kennen uns ja seit dem Kindergarten, aber ich bin mit Jasper zusammen.«

Er nickte nur stumm.

Inga räusperte sich. »Ich gehe dann mal nach Hause.«

»Ich schaue, wie ich euch helfen kann«, versprach er.

Sie lächelte ihm zu und lief zurück nach Hause.

17.

Helene

Helene führte Inga ins Büro, um ungestört mit ihr reden zu können.

»Willst du mir nicht etwas mehr über die Beziehung zwischen dir und Lasse erzählen? Früher oder später würde ich es doch eh erfahren.«

»Ich weiß, es ist aber einfach ein Kapitel, über das ich nicht gern rede, weil es Wunden aufreißt.«

»Das verstehe ich, aber als Freundin und eventuelle Partnerin hättest du mir wenigstens erzählen können, dass er dein Sohn ist.«

Inga weinte jetzt. »Ich wollte es dir erzählen, aber vieles davon ist schmerzhaft.«

Obwohl Helene sauer war, siegte doch das Mitgefühl für ihre ältere Freundin. Sie streichelte ihr über den Rücken. »Es hilft dir bestimmt, darüber zu sprechen. Was ist zwischen euch passiert?«

»Wir sind beide Sturköpfe, weißt du. Er ist mir wahrscheinlich nur sehr ähnlich.« Inga wischte sich die Tränen weg und verschmierte dabei ihre Wimperntusche. Dadurch wirkte sie noch mehr wie eine tragische Figur.

»Holger hat mir vorhin erzählt, dass Lasse dir empfohlen hat, die Pension zu schließen.«

»Oh ja, das hat er.« Inga klang verbittert. »Aber das ist doch mein Leben!« Helene legte den Arm um ihre Freundin. »Ich fürchte nur, diesmal wird er seinen Willen bekommen«, sagte Inga tonlos.

»Wie meinst du das?«

»Nun ja, er hat sozusagen eine Art Mitspracherecht bei der Pension.«

Helene verstand nicht, was Inga damit sagen wollte. War Lasse etwa auch Geschäftsführer? Aber das hätte sie doch erwähnen müssen, bevor sie ihr angeboten hatte, in die Pension einzusteigen. Oder meinte Inga etwas anderes?

»Hat er dieses Recht, weil er dein Erbe ist?«, fragte Helene.

»Wenn ich sterbe, wird er natürlich alles erben. Doch das meine ich nicht. Es ist so, dass er mir in der Vergangenheit oft Geld geliehen hat. Mit der Pension läuft es ja schon seit vielen Jahren nicht mehr so gut. Wir haben einen Vertrag geschlossen, dass das Haus ihm gehört, wenn eine bestimmte Summe überschritten wird.«

Helene sah sie entsetzt an. »Und diese Summe ist jetzt überschritten?«

»Wenn er die Renovierung übernimmt, ja.«

»Und dann?«

»Er hat eine große Seniorenwohnung für mich gekauft, dort soll ich einziehen.«

»Wie bitte?«, fragte Helene entsetzt.

»Ich bin nicht ganz unschuldig an der Situation. Lasse hat auch sein Päckchen zu tragen.«

»Was für ein Päckchen?«

»Diesen Teil sollte dir tatsächlich mein Sohn erzählen. Lasse hat schon vor Jahren gesagt, ich solle das alles hier aufgeben. Aber ich liebe dieses Haus nun mal und war mir sicher, dass ich es schaffen würde.«

»Warum hat er dir denn dann immer wieder Geld gegeben?«

»Weil er ein pflichtbewusster Sohn ist.« Inga sah sie das erste Mal richtig an.

Hatte Lasse etwa darauf spekuliert, dass er das Haus auf diesem Wege erhalten würde? Helene konnte es schier nicht glauben. Konnte der Mann, den sie so faszinierend fand, so mit seiner Mutter umgehen?

Inga nickte. »Ich war mir sicher, die Pension würde wieder aufblühen, wenn ich nur das Dach repariere oder die Scheune ausbaue, um einen neuen Freizeitraum einzurichten.«

Helene fiel auf, dass sie noch nie in der Scheune neben dem Haus gewesen war. Die würde sie sich bei Gelegenheit mal näher ansehen. Während sie Inga weiter zuhörte, wurde ihr klar, dass Lasse seiner Mutter nicht nur ein paar Tausend Euro geliehen hatte, sondern viel höhere Summen. Sie hatte das Gefühl, ein hilfloses Kind vor sich zu haben. Sie war hin- und hergerissen, ob sie Inga tadeln oder trösten wollte.

»Aber, Inga, ich hätte alles zurückgelassen, um hier bei dir einzusteigen; ich hab sogar schon mit den Kindern darüber gesprochen, und du lässt solch wichtige Fakten aus?«

Inga putzte sich die Nase. »Das alles hätte ich dir doch auch noch erzählt. Ich hätte mir nicht träumen lassen, dass du wirklich hier bei mir einsteigen würdest.« Sie seufzte. »Aber vielleicht hilft es, dass Lasse dich mag. Es könnte eine Chance für die Pension sein.« Jetzt lächelte Inga plötzlich wieder, und ihre Augen begannen zu strahlen. »Wenn ich es mir recht überlege, würdet ihr ein wirklich gutes Paar abgeben.«

Helene musste ebenfalls lächeln. »Ach, Inga, das sind doch Träumereien …«

Inga zuckte mit den Schultern. »Warum? Du magst ihn, und er scheint dich auch zu mögen.«

Helene musste zugeben, dass sie diese Aussage freute. »Ich weiß ehrlich gesagt gerade nicht, was ich von Lasse denken soll«, meinte sie.

»Vielleicht sollte ich doch einfach in die Seniorenwohnung ziehen, und er soll mit der Pension machen, was er will«, sagte Inga. Ihre gute Stimmung schien schon wieder verflogen zu sein.

»Und was ist mit mir und unseren gemeinsamen Plänen?«

»Es tut mir leid, Helene. Ich bin eine müde alte Frau. Ich kann das alles nicht mehr. Ich möchte eigentlich nur Kuchen für meine Enkel backen, ein bisschen mit ihnen spielen und danach einen Spaziergang machen, um anschließend einen ruhigen Abend vor dem Fernseher zu verbringen.« Wieder putzte sie sich die Nase.

»So ein Quatsch, du bist eine Powerfrau und du liebst diese Pension. Außerdem hast du noch gar keine Enkel, oder?«

Mit dieser Frage schien sie einen wunden Punkt getroffen zu haben. Denn Inga liefen plötzlich wieder die Tränen übers Gesicht. Sie schluchzte. »Nein, du hast recht, ich habe keine Enkel. Ich bin eine einsame, dumme alte Frau.«

Die Tatsache, dass sie keine Enkel hatte, schien schwer auf ihr zu lasten.

»Entschuldige, das hätte ich nicht sagen sollen«, murmelte Helene. »Ich werde mit Lasse sprechen. Mal schauen, was seine Gedanken dazu sind. Vielleicht gibt er dir, mir und der Pension ja noch eine Chance.«

Vor allem wollte sie von Lasse direkt hören, warum er seiner Mutter diese Kredite gegeben hatte und warum die beiden nicht miteinander sprachen. Auch, weil sie bisher nur Ingas Seite kannte. Und wenn sie ehrlich war, hatte Inga ihr immer noch nichts Konkretes über die Beziehung zu ihrem Sohn erzählt. Helene spürte, dass es in diesem Moment keinen Sinn hatte, weiter nachzubohren. Sie hatte das Gefühl, dass Inga noch nicht bereit war, alle ihre Geheimnisse zu lüften.

Inga liefen immer noch die Tränen über die Wangen. Es war wohl alles zu viel für sie.

Helene streichelte ihre Schulter. »Das wird wieder, bestimmt. Was hältst du davon, wenn du in der Sommerküche für Simon und Johanna deine leckeren Pfannkuchen machst, und ich fahre zu Lasse und spreche mit ihm über die Situation?«

»Ach ja, die Sommerküche«, sagte Inga. »Das war auch so ein Projekt, das ich mal angefangen habe, weil ich dachte, es sei eine tolle Idee, um die Pension aufzuwerten. Aber dann habe ich sie doch jahrelang nicht genutzt. Ich bekomme einfach nichts hin.«

»Jetzt kannst du die Küche benutzen. Komm schon, die Kinder freuen sich bestimmt.«

Inga nickte, schnäuzte sich kräftig die Nase und seufzte noch einmal tief. Dann begann sie, die Zutaten für die Pfannkuchen zusammenzusuchen.

Helene schrieb Lasse eine Nachricht, dass sie sich möglichst bald mit ihm treffen wolle.

Habe gerade einen Termin, schrieb er zurück. Aber in einer Stunde bin ich zu Hause. Du kannst gern vorbeikommen.

Sie bestätigte das Treffen und ließ sich seine Adresse schicken. Dann beschloss Helene, sich die Scheune anzusehen. Vielleicht konnte man hier vorübergehend etwas unterstellen. Die Scheune war etwa fünf Meter breit, vielleicht acht Meter lang und bestimmt drei Meter hoch. Die Außenwände waren aus weiß gestrichenem Holz, die Dachpfannen aus demselben Material. Was dort wohl mal schwarz gewesen war, wirkte nun eher gräulich.

Als sie die Tür öffnete, empfing sie ein Sammelsurium an Kartons und anderen Gegenständen. An einer Wand lehnte eine zusammengeklappte Tischtennisplatte. Falls Inga hier jemals renoviert hatte, um den fensterlosen Raum nutzen zu können – mittlerweile hatte sie ihn längst wieder vollgestellt. Helene schaltete das Licht an, immerhin das funktionierte. Die Wände innen waren mittels Schwammtechnik in Gelb- und Orangetönen gestrichen. Es wirkte irgendwie orientalisch. Ihrer Erinnerung nach waren die Farben und dieser Stil in den Neunzigerjahren sehr modern gewesen. Damals hatte sie ihr Kinderzimmer zusammen mit ihrer Mutter ebenfalls in der Schwammtechnik gestrichen.

Wegen der vielen Kisten kam sie nicht wirklich im Raum voran. Aber sie entdeckte einen Stapel mit gerahmten Fotografien aus früheren Zeiten. Vorsichtig nahm sie ein Bild nach dem anderen hoch und betrachtete es. Ob Inga vorgehabt hatte, sie alle aufzuhängen? Immerhin waren sie aufwendig gerahmt. Bestimmt hätten sich die Bilder an den Wänden sehr gut als Dekoration gemacht. Aber so weit war Inga mit der Renovierung wohl nicht gekommen. Helene entdeckte auch Fotos von Lasse. Erinnerungen aus glücklichen Tagen, Babyfotos, Fotos, die Lasse beim Baden oder beim Spazierengehen mit Inga zeigten. Inga war mit ihren blonden langen Haaren, der großen, schlanken Statur und ihrem ebenmäßigen Gesicht als junge Frau wirklich wunderschön gewesen. Auf vielen Fotos sah sie voller Freude den kleinen blonden Jungen an, der in ihren Armen strahlte. Damals schien ihre Beziehung noch intakt gewesen zu sein. Was war nur zwischen ihnen vorgefallen? Und warum wollte keiner der beiden darüber sprechen?

Helene spürte, wie ihr schwer ums Herz wurde. Sie dachte an ihre Kinder und daran, wie solche schönen Momente im stressigen Alltag so schnell vergingen. Schließlich entdeckte sie noch ein Hochzeitsfoto, das Lasse mit einer jungen Frau zeigte.

Beide strahlten in die Kamera – sie in einem weißen Brautkleid mit Schleier im Haar, er im klassischen dunkelblauen Frack. War er geschieden? Er hatte bisher nie eine Ex-Frau erwähnt, nur von einer beendeten Beziehung gesprochen. Dabei wäre das für sie nun wirklich kein Problem gewesen. Er wusste doch, dass sie ebenfalls geschieden war. Warum hatte er ihr nichts davon erzählt?

Zwischen den Kartons entdeckte sie ein weiteres gerahmtes Foto. Der Abzug war in DIN A2, der Rahmen darum um einiges größer. Das Bild war schwarz-weiß und zeigte das alte Reetdachhaus, die Pension. Dahinter war der Strand zu erkennen und in einiger Entfernung auf dem Meer ein Segelboot. Das Bild sollten sie unbedingt im Eingangsbereich der Pension aufhängen, fand Helene.

Johannas Schimpfen riss sie aus ihren Überlegungen. Ihre Kinder standen in der offenen Scheunentür, sie trugen immer noch ihre Pyjamas.

»Da bist du ja, Mama«, sagte Simon. »Wir haben dich überall gesucht.«

»Seid ihr nicht bei Inga? Habt ihr gesehen, dass sie Pfannkuchen für euch backt? In der Sommerküche auf der Terrasse.«

»Ja, Mama. Aber Johanna hat ein Problem.«

»Mama, hilfst du mir?«, rief Johanna. Sie trug immer noch ihren Pyjama und hielt ein paar Leggins in der Hand. »Diese dummen Leggins sind viel zu eng.«

Helene lächelte. »Leggins können gar nicht dumm sein, es sind einfach nur Leggins. Komm, ich helfe dir.«

Sie gingen zurück auf ihr Zimmer. Zum ersten Mal besah sie sich in Ruhe den Schaden am Kleiderschrank, in dem sie ihre Kleidungsstücke untergebracht hatten. Zum Glück stand der Schrank auf etwa zehn Zentimeter hohen Holzfüßen. Das

Wasser war wohl nur unter dem Schrank durchgelaufen und ihre Garderobe daher unbeschädigt.

Sie atmete tief durch. Immerhin etwas!

Dann betrachtete sie das große Familienbett. Auch hier war das Wasser unter dem Bettkasten hindurchgeflossen; lediglich die Holzfüße waren nass geworden. Sie konnten also wohl problemlos weiter in dem Zimmer übernachten.

Nun widmete sie sich ihrer Tochter. Tatsächlich waren die neuen Leggins so eng geschnitten, dass auch Helene Mühe hatte, sie ihrer Tochter anzuziehen. Simon rannte währenddessen nackt durch das Zimmer. Auch ihm half sie, sich anzuziehen.

»Damit wir nicht auch noch zum Abendessen im Pyjama herumrennen.«

Schließlich war sie selbst dran. Helene zog eine dunkelblaue Marlene-Dietrich-Hose an, darüber eine Bluse und dazu ihre Jeansjacke. Sie betrachtete sich im Spiegel und war zufrieden. Nicht zu lässig, aber auch nicht zu steif. Schließlich sollte Lasse nicht denken, sie komme zu einem Geschäftstreffen.

Die Kinder gingen in die Sommerküche, stellten sich begeistert an den Herd und ließen sich von Inga Schürzen anziehen. Sie freuten sich auf die Pfannkuchen, deren Duft bereits bis ins Schlafzimmer gezogen war.

»Ich mache mich dann mal auf den Weg, bin in einer Stunde wieder da«, sagte Helene zu Inga, die in der Küche das Radio eingeschaltet hatte. Inga winkte ihr zu und lächelte. Es schien ihr wieder besser zu gehen.

Helene überprüfte im Spiegel noch kurz ihren lässigen Dutt, bevor sie sich auf Ingas Fahrrad schwang, um zu Lasse zu fahren. Seine Wohnung lag nur fünf Minuten von der Pension entfernt in einem Neubaugebiet neben einem Wäldchen. Das Gebäude wirkte neu und ultramodern. Es roch sogar noch nach frisch gestrichenen Wänden. Die Klingel war so futuristisch, dass sie kurz überlegte, wo sie drücken musste, denn Knöpfe ließen sich nur erahnen. Lasse meldete sich nicht, es erklang lediglich ein Summen, und die Tür ging automatisch auf. Lasses Wohnung lag im dritten Stock, und sie entschied sich, die Treppe zu nehmen. Etwas außer Puste kam sie endlich vor seiner Wohnungstür an.

»Schön, dich zu sehen«, sagte er, nachdem er die Tür geöffnet hatte. Er machte einen Schritt zur Seite und ließ sie eintreten. Seine Wohnung war hell und sehr minimalistisch, wirkte wie noch nicht fertig eingerichtet. Der breite Flur ging in einen offenen Küchen- und Wohnbereich über. Auf der schlichten Metallarbeitsplatte der strahlend weißen Küche stand nichts außer einer Saftpresse und einem Kaffeeautomaten. Gemüse und Kartoffeln lagen neben der Spüle. Der helle Holzboden bildete einen schönen Kontrast zu den modernen Möbeln und gab dem Ganzen eine gewisse Wärme. Genauso hatte sie sich seine Wohnung vorgestellt. Im Wohnbereich standen eine schwarze Ledercouch, ein großer Fernseher und zwei weiße Sideboards. Mehr nicht. Die weißen, kahlen Wände wurden lediglich durch ein großes Bild von wilder See ein wenig belebt. Es gab auch keine Pflanzen. Kein Bücherregal, nichts. War er gerade erst hier eingezogen oder war das vielleicht sein Stil?

»Ich bin Minimalist, wie du siehst.«

»Das geht nur, wenn man keine Kinder hat«, entgegnete sie. »Habe ich dich gestört?«

»Nein, nein, ich wollte nur kochen. Kann ich dir etwas zu trinken anbieten? Einen Tee?«

Helene schüttelte den Kopf. »Nein danke. Ich habe so viel von deinem Kaffee getrunken, dass ich den Rest des Tages nur noch Wasser zu mir nehmen werde.«

Er lächelte. »Es freut mich, dass er dir geschmeckt hat. Dann ein Glas Wasser?«

»Vielleicht später«, sagte sie.

Lasse kam näher, nahm ihre Hand und zog sie an sich. Er lächelte, und es war schwer für sie, sich diesem Lächeln zu entziehen. »Ich wollte dich schon vorhin in der Pension so gern küssen«, sagte er.

»Und warum hast du es nicht getan?«, fragte sie und zog die Augenbrauen hoch.

»Ich war mir nicht sicher, ob es für dich okay gewesen wäre.«

»Jetzt ist es auf jeden Fall okay«, erklärte sie und wusste selbst nicht so recht, warum. Eigentlich wollte sie sich erst einmal mit ihm unterhalten. Sie hatte so viele Fragen.

Doch als Lasse sie küsste, war es schwer für sie, noch einen klaren Gedanken zu fassen. Sie spürte seine Bartstoppeln auf ihrer Haut, aber es störte sie nicht. Es war das erste Mal, dass sie ihn nicht perfekt rasiert erlebte. Sie umarmte ihn und vertiefte den Kuss. Währenddessen kreisten seine Hände über ihren Rücken, wovon sie Gänsehaut bekam.

Spontan kam ihr der Gedanke, warum ein Mann wie er allein war. Sie sprach die Worte laut aus, und er lächelte.

»Du bist doch auch allein.«

»Das stimmt«, sagte sie. »Weil die meisten Alleinstehenden in meinem Alter einen an der Waffel haben. Das behaupten jedenfalls mehrere meiner Freundinnen.«

Er lächelte wieder. »Wahrscheinlich haben sie damit recht.«

»Du warst schon mal verheiratet, oder?«

Er nickte.

»Das stört mich nicht«, sagte sie. »Ich war auch verheiratet, das habe ich doch bestimmt erwähnt, oder?«

Er nickte. »Ja, auf unserer Bootsfahrt.«

Obwohl sie sich schon über einiges unterhalten hatten, wurde ihr dennoch bewusst, wie wenig sie bisher übereinander wussten. Es war wirklich an der Zeit, dass sie sich besser kennenlernten.

»Hast du auch einen Dachschaden?«, fragte Helene und lächelte.

»Auf jeden Fall«, sagte er, während er ihre Wange küsste.

»Welchen denn?«

»Möchtest du jetzt wirklich darüber sprechen? Ich dachte, du wolltest mich sehen, weil du ein tiefes Verlangen nach mir verspürt hast.«

»Das tiefe Verlangen spüre ich schon seit einiger Zeit«, gab sie zu. »Aber ich möchte gern wissen, warum deine Mutter und du euch wie zwei Fremde gegenübersteht.«

»Nein, doch nicht wie zwei Fremde.«

»Finde ich schon.«

Er zeigte mit der Hand auf die Couch. »Ich hoffe, das hier wird jetzt kein Verhör.«

»Nein, natürlich nicht.«

Sie setzten sich. Lasse strich sich mit der Hand durchs Haar.

Sie nahm seine Hände. »Ich kann auch anfangen«, schlug sie vor.

Er sah sie an.

»Wir kennen uns noch nicht sehr lang, und ich möchte mich nicht in deine Familienangelegenheiten einmischen. Aber ich bin ein bisschen mitbetroffen von der aktuellen Situation«, begann sie. Er hörte ihr angespannt zu. »Ich hoffe, ich habe nicht zu viel in unsere Begegnungen hineininterpretiert, aber ich würde sagen, wir mögen uns.« Sie blickte ihn an. Wie als Zeichen der Zustimmung drückte er ihre Hand ein wenig fester. »Mit deiner Mutter bin ich mittlerweile befreundet, und ich würde gern wissen, was zwischen euch passiert ist.« Krampfhaft überlegte sie, wie sie fortfahren sollte. »Ich wusste bis heute Morgen nicht einmal, dass du Ingas Sohn bist«, sagte sie.

»Ich dachte, sie hätte es dir gesagt.«

»Nein, hat sie nicht.«

»Das passt zu ihr. Sie scheint sich für mich zu schämen«, erwiderte er knapp. Sie merkte, dass in seiner Stimme eine gewisse Bitterkeit mitschwang. »Wir haben uns sehr entfremdet«, fügte er hinzu.

»Das bedeutet nicht, dass sie dich nicht liebt. Sie ist eine Mutter. Und auch wenn man sich mal streitet, liebt eine Mutter ihr Kind. Schließlich geht es mir nicht anders.«

»Vielleicht hast du recht; doch wir zwei sind zu unterschiedlich, und es tut uns beiden gut, wenn wir nicht zu viel miteinander interagieren.«

Dann entstand eine lange Pause, in der beide ihren Gedanken nachhingen.

Helene war diejenige, die das Gespräch wieder aufnahm. »Ich möchte dich nicht zu sehr ausfragen, doch Inga und ich verstehen uns gut, und wir wollen in Zukunft gemeinsam die Pension weiterführen. Ich habe viele Ideen, und wir hatten sogar schon mehrere neue Buchungen. Leider sind jetzt zwei Familien wegen des Wasserschadens wieder abgereist«, erzählte sie ihm.

Lasse starrte sie an. »Du möchtest hierbleiben?«

Sie nickte. »Meinen Kindern und mir gefällt es hier.«

»Das freut mich.« Doch er sagte es so beiläufig, dass sie ihm nicht glaubte.

»Kann ich irgendwie zwischen euch vermitteln?«, fragte Helene.

Lasse seufzte. »Die schwierige Beziehung zu meiner Mutter kann ich dir nur schwer erklären. Es sind in der Vergangenheit einige Dinge passiert, über die ich noch nicht sprechen kann.«

»Interessant, deine Mutter hat so etwas Ähnliches gesagt.«

Er sah sie an. »Wirklich?«

Sie nickte. »In meiner Vergangenheit sind auch Dinge passiert, die nicht einfach zu bewältigen sind, aber wenn man darüber spricht, geht es einem doch besser«, ermunterte sie ihn.

»Ich war schon in Therapie«, erklärte er ruhig.

»Das ist gut.« Irgendwie hatte sie sich das Gespräch einfacher vorgestellt.

Zu ihrer Verwunderung begann er nun doch zu erzählen: »Meine Mutter und ich haben eine Vereinbarung: Wenn sie eine gewisse Kreditsumme überschreitet, dann geht die Pension in meine Hände über. Das wäre jetzt der Fall.«

»Und was machst du mit der Pension?«

»Sie verkaufen. Meine Mutter ist längst im Rentenalter und kann sich nicht mehr um dieses große Haus kümmern. Bis jetzt wurden nur Löcher gestopft, aber das Haus muss einmal komplett saniert werden. Die Wasserleitungen müssen erneuert werden, damit nicht gleich der nächste Wasserschaden kommt. Die Elektrik muss erneuert werden … Das kostet sehr viel Geld.«

Helene sah ihn entsetzt an. »Es ist doch das Haus deiner Familie, oder nicht?«

»Es ist nur ein Haus.«

»Aber Inga liebt das Haus, und ich kann sie verstehen.«

»Was erwartest du? Dass ich enorme Kredite aufnehme und es renovieren lasse, nur damit meine Mutter dann in ein bis zwei Jahren merkt, dass sie es nicht mehr weiterführen kann?«

»Aber ich würde ihr helfen! Wir könnten daraus etwas sehr Lukratives machen. Vielleicht läuft es so gut, dass du mit einsteigen möchtest.«

»Du hast Kinder und wirst dich doch nicht in solch eine Ungewissheit stürzen, oder? Außerdem gibt es so viele neue Gästezimmer in der Region. Die Konkurrenz ist groß. Man muss schon sehr genau wissen, was man tut, wenn man sich gegen Mitbewerber wie das neue Familienhotel behaupten will.«

»Mein ganzes Leben lang bin ich den sicheren Weg gefahren, doch ich bin damit nicht wirklich glücklicher«, sagte Helene. »Jetzt bin ich bereit, etwas zu wagen. Und ich fühle mich dabei so lebendig wie noch nie.«

Er schien beeindruckt zu sein. »Ich bewundere deine positive Lebenseinstellung sehr. Vielleicht ist sie ja übertragbar ...«

»Die habe ich erst entwickelt, seitdem ich hier bin.« Sie stand auf. »Ich gehe dann mal.«

»Bitte geh nicht.«

»Warum sollte ich bleiben?«

»Vielleicht können wir über etwas anderes sprechen als über meine Mutter und die Pension.«

Sie verstand ihn, und dennoch war sie unglaublich enttäuscht. Warum hatte sie gehofft, ihn überzeugen zu können? Seine Argumente waren realistisch, ihr Vorhaben kam ihr dagegen absurd vor. Vielleicht war sie einfach nur dumm und naiv.

»Es tut mir leid, wenn ich dich enttäuscht habe«, sagte er.

Sie zuckte mit den Schultern. »Du hast deine Gründe.«

Er nahm ihre Hand und schien tatsächlich zu überlegen, wie er sie zum Bleiben bewegen konnte. »Vielleicht kann ich für dich kochen? Ich mache die besten Spaghetti arrabiata.«

»Du meinst, mit Spaghetti kannst du meine Laune verbessern?« Helene musste schmunzeln. Sie mochte ihn zu sehr, um Nein zu sagen. »Okay«, stimmte sie zu und folgte ihm in die Küche.

»Obwohl meine Mutter eine gute Köchin ist, hat sie es mir nie beigebracht. Als ich ausgezogen war, vermisste ich das leckere Essen und begann, selbst zu experimentieren. Diese Soße habe ich aus einem alten Kochbuch aus den Siebzigern. Stand in unserer WG-Küche herum.«

Helene mochte seine Geschichten. Sie hörte ihm gern zu, wenn er erzählte. Vielleicht auch, weil er so eine beruhigende Stimme hatte.

»Ich esse gern asiatisch«, sagte sie. »Aber da meine Kinder Hausmannskost bevorzugen, musste ich umdenken. Natürlich mögen sie auch Nudeln und Pizza.«

»Wer mag das nicht.«

Gemeinsam schnitten sie die Zwiebeln und den Knoblauch, und sie setzte die Spaghetti auf.

Er bereitete die Tomatensoße tatsächlich frisch zu. »Die Fleischtomaten kommen direkt aus Italien. Die werde ich gleich passieren«, erklärte er.

Sie beobachtete ihn und fand ihn unglaublich anziehend, während er die Tomaten schnitt. Im Hintergrund liefen die Beatles. Sie liebte »Yesterday«.

Lasse holte Thymian und Oregano vom Balkon. »Dieses Gericht wirst du lieben.«

Helene wollte die Spaghetti in das bereitgestellte Nudelsieb in der Spüle abgießen. Dabei hielt sie den Topf so ungeschickt, dass ein Schwall heißes Wasser über ihren Handrücken lief. Vor Schreck ließ sie den Topf in die Spüle fallen.

»Was ist los?«, rief Lasse.

Helene hielt sich die Hand. Sie musste nichts sagen, Lasse verstand sofort, was passiert war. »Lass lauwarmes Wasser über die Hand laufen, ich hole eine Salbe.«

Er stellte den Herd aus, holte eine Salbe aus einem der Küchenschränke und eilte ihr zu Hilfe.

»Es ist gar nicht so schlimm, ich bin wohl mehr erschrocken. Das Wasser hilft schon.«

Dennoch trug er ganz vorsichtig die Salbe auf und küsste dann ihre Hand – nicht auf die Verbrühung, sondern daneben.

Helene fühlte sich verletzlich. Es tat gut, dass er sich um sie kümmerte.

Sein Mund wanderte von ihren Händen hoch zu ihren Lippen.

Sie erwiderte seinen Kuss und schloss die Augen. Seine Berührungen fühlten sich immer leidenschaftlicher an. Nach einer Weile nahm er ihr Gesicht zwischen die Hände und sah sie an. Er küsste ihre Wangen, ließ seinen Mund über ihren Hals zu ihrem Dekolleté wandern. Als seine Lippen ihr Schlüsselbein berührten, lief ihr ein Schauer über den Rücken, und sie zuckte kurz zusammen.

»Deine Haut ist so zart«, flüsterte er. Dann nahm er sie an der Hand und führte sie ins Wohnzimmer. Während er ihr tief in die Augen schaute, knöpfte er langsam ihre Bluse auf. Sie halfen sich gegenseitig, sich ihrer Kleidung zu entledigen, und schmiegten sich aneinander.

In diesem Moment dachte sie nicht mehr an ihre Fragen, an den Wasserschaden oder an die Zukunft. Der Augenblick war zu süß, und ihre Wangen glühten, als sie ihren nackten Körper an seinen presste. Zärtlich drückte sie ihn auf die Couch und setzte sich auf ihn. Beide schlossen die Augen und genossen die Momente, in denen sie eins wurden.

18.

Sie zog sich gerade auf der Couch sitzend die Schuhe an, als er sie von hinten noch halb liegend umarmte. Lächelnd blickte sie ihn an. »Ich mag deine traurigen Augen«, sagte sie.

Er setzte sich etwas auf und blickte sie fragend an. »Ich habe keine traurigen Augen.«

»Doch, natürlich. Die traurigsten Augen, die ich je gesehen habe.«

»Das hat mir noch nie jemand gesagt.«

»Vielleicht hat dir noch nie jemand so richtig in die Augen gesehen.«

Er seufzte und senkte den Blick. Hatte sie mit ihrer Aussage etwas in ihm ausgelöst? *Ich Idiotin*, dachte sie. »Habe ich dich irgendwie verletzt?«

Lasse schwieg eine Weile und sah sie dann an. »Du weißt ja bereits, dass ich auch schon einmal verheiratet war. Ihr Name war Katrin.«

»War?«, fragte Helene leise.

Er nickte. »Sie ist vor vier Jahren gestorben, in der dreiundzwanzigsten Schwangerschaftswoche.«

»Bei der Geburt?«

Er schüttelte den Kopf. »Sie hatte eine Hirnblutung.«

Helene hielt seine Hand fest. Vor Mitleid liefen ihr Tränen die Wangen hinunter.

»Wir hatten schon das Kinderzimmer eingerichtet, der Kinderwagen war bestellt, der Name ausgesucht. Doch auch das Kind hat es nicht überlebt.«

Sie wollte etwas Tröstendes sagen, spürte jedoch instinktiv, dass jedes Wort in diesem Moment zu viel war.

»Ein Teil von mir ist damals auch gestorben. Jeder Tag danach war eine Qual. Zur Ablenkung habe ich mich in die Arbeit gestürzt.«

Sie streichelte seine Wange.

»An dem Tag, an dem du in mich reingefahren bist, wäre ihr vierzigster Geburtstag gewesen. Jedes Jahr backe ich ihr an diesem Tag einen Kuchen. Und dann kommst du und rüttelst mich aus meiner Nostalgie.« Er hielt einen Moment inne, und Helene spürte, dass er sich sammeln musste.

»Eigentlich wohnten wir in Hamburg«, fuhr er schließlich fort, »doch Katrin liebte dieses Kaff. Nur wegen ihr sind wir hierhergezogen.«

»Warum bist du danach nicht zurück nach Hamburg?«, fragte sie ihn.

»Ich konnte irgendwie nicht weg. Hier fühlte ich mich ihnen näher. Meine Mutter war eine große Stütze in dieser Zeit. Sie war jeden Tag für mich da und half mir, weiterzuleben. Bis sie eines Tages sagte: ›Jetzt ist Schluss mit der Trauer, du musst wieder leben, dir eine neue Frau suchen.‹ Katrin war gerade mal ein Jahr tot, und sie wollte mich schon wieder mit anderen Frauen verkuppeln. Das habe ich ihr bis heute nicht verziehen.«

Helene wollte ihm so gern sagen, dass Inga es bestimmt gut gemeint hatte. Sie war seine Mutter und wollte ihn einfach wieder glücklich sehen. Manchmal war es jedoch besser zu schweigen, und so blieb sie still.

»Trauerst du noch?«, fragte sie ihn nach einer Weile.

Er zuckte mit den Schultern. »Trauer und Einsamkeit sind meine treuen Begleiter geworden.« Er seufzte. »Wie du siehst, sind Männer ab vierzig in der Regel tatsächlich oft Mängelexemplare.«

Helene rang sich ein Lächeln ab. »Du bist ein süßes Mängelexemplar«, erklärte sie und gab ihm einen Kuss.

Ihr Telefon piepste. Inga fragte per Textnachricht, ob sie bald zurückkommen werde.

Irgendwie will Simon zur Mama.

Ich komme, antwortete Helene.

»Ich muss zurück«, sagte sie zu Lasse. »Danke, dass du mir deine Geschichte erzählt hast.«

»Was wird aus unserem Essen?«

»Es tut mir leid. Wir holen das nach, versprochen.«

Er nickte.

Sie küsste ihn noch einmal. Er stand auf und begleitete sie zur Tür.

»Komm doch morgen zum Mittagessen in der Pension vorbei«, schlug Helene vor.

»Ja, warum eigentlich nicht?« Lasse lächelte.

Draußen schien die Sonne, und wie immer wehte eine angenehm steife Brise vom Meer. Aufgewühlt und glücklich streckte Helene ihr Gesicht der Sonne entgegen und ließ die Strahlen ihre Nase kitzeln. Sie war verliebt.

Alles andere ließ sich bestimmt auch lösen. Lasse hatte sich ihr geöffnet. Das war die Hauptsache. Es war die Voraussetzung für eine richtige Beziehung. Sie schwang sich aufs Fahrrad und fuhr zurück zur Pension.

Dort angekommen, hörte sie Simon schon von draußen im Haus weinen.

»Was ist denn passiert?«, fragte sie, als sie die Küche betrat, von wo das Geschrei kam.

Inga wischte sich den Schweiß von der Stirn. Simon lag auf dem Küchenboden und schrie sich in Ekstase. Er war schon ganz rot im Gesicht.

»Die beiden haben sich gestritten. Ich weiß nicht genau, was vorgefallen ist. Ich habe ein bisschen geschimpft, und dann begann er zu weinen und sich auf dem Boden zu wälzen«, berichtete Inga.

Helene setzte sich zu ihrem Sohn und versuchte, mit ihm zu sprechen. Doch er schrie weiter und schlug um sich. Ab und zu passierte das, wenn er gestresst war. Vor allem in den Monaten nach der Trennung war es verstärkt aufgetreten. Dann hatten die Trotzanfälle nachgelassen, sowohl in der Häufigkeit als auch in der Intensität. Und hier in Süderwiek war Simon bislang so entspannt gewesen, dass sie gar nicht mehr vorgekommen waren. Lag es an ihren Umzugsplänen? Verstand er doch mehr, als sie dachte?

Helene blieb neben ihm sitzen, bis er sich nach ungefähr zehn Minuten beruhigt hatte. Als wäre nichts vorgefallen, fragte er seine Mutter: »Wo warst du?«

Es war ihr früher schon aufgefallen, dass diese Anfälle ganz plötzlich enden konnten.

»Ich war kurz bei Lasse«, sagte sie.

»Ist das mein neuer Papa?«, fragte er ernst.

»Nein, du hast schon einen Papa – Micha. Lasse ist ein guter Freund.«

Simon war damit erst mal zufrieden. Doch gerade als Helene aufstehen wollte, hängte er sich an ihr Hosenbein. »Geh nicht weg, Mama. Bleib hier.«

Sie nahm ihn hoch. »Natürlich gehe ich nicht weg, mein Schatz. Ich bleibe bei euch, bis ihr erwachsen seid.«

Sie drückte ihn an sich. Unsicherheit erfasste sie. War das, was sie vorhatte, auch gut für die Kinder? Oder handelte sie egoistisch?

Johanna saß im Kaminzimmer auf der Couch und lauschte einem Hörbuch. Helene setzte sich mit Simon auf den Sessel neben dem Fenster. Er stand nur kurz auf, um seine beiden Dinofiguren zu holen, dann sprang er zurück in den Schoß seiner Mutter.

Inga ging unruhig im Zimmer auf und ab. »Wie ist es gelaufen?«, flüsterte sie.

Sofort schoss Helene die Röte ins Gesicht, was Inga offensichtlich bemerkte, denn sie lächelte.

»Es war …«, setzte sie an und räusperte sich, »… gut. Er hat mir von seiner Vergangenheit erzählt. Von dem, was mit seiner Frau passiert ist.«

»Das überrascht mich. Er redet nie darüber. Du musst ihm etwas bedeuten.«

»Meinst du?«

Inga zuckte mit den Schultern und nickte. »Ich glaube schon. Als ich versuchte, ihn davon zu überzeugen, nicht mehr wie ein Zombie durchs Leben zu laufen, bekamen wir Streit. Und der dauert leider bis heute an.« Nach einer kurzen Pause sprach sie weiter. »Wenn dein eigenes Kind sich nicht mehr am Leben erfreut, ist das unglaublich schmerzhaft. Doch er ist so stur. Leider war unser Verhältnis schon vorher nicht so herzlich. Ich habe in der Vergangenheit viele Fehler gemacht. Ich habe dir ja von der Weltreise erzählt, die ich unternommen habe. Da war Lasse schon auf der Welt. Ich brauchte Zeit für mich, um mein Leben neu zu ordnen. Das dachte ich zumindest. Ich habe ihn fast zwei Jahre bei einer Freundin gelassen. Da war er noch ganz klein.«

»Oh …«, sagte Helene.

»Ja … das waren andere Zeiten damals. Es war normal, dass Eltern mehr arbeiteten und sich weniger um ihre Kinder kümmerten als heute. Und auch, dass Kinder bei Verwandten aufwuchsen, kam häufiger vor. Ich hatte eine gute Freundin im Ort, Hilde, die leider vor einigen Jahren gestorben ist. Sie hat früh geheiratet und hatte damals bereits zwei Kinder, ein normales, geregeltes Leben. Nicht wie ich. Sie hat es selbst angeboten, Lasse eine Weile bei sich aufzunehmen. Sie dachte sicher, der Junge wäre bei ihr besser aufgehoben. Also bin ich allein losgezogen. Aber im Nachhinein betrachtet war das natürlich ein Fehler. Lasse hatte ganz sicher eine schöne Zeit mit Hildes Kindern, die für ihn so eine Art Cousine und Cousin waren. Aber unser Verhältnis war nach meiner Rückkehr nie wieder so eng wie davor.«

Inga dachte einen Moment lang nach. Dann fragte sie: »Habt ihr über die Pension gesprochen?« Wieder merkte Helene, wie ihre Ohren glühten. »Deiner Gesichtsfarbe nach zu urteilen, habt ihr wohl auch noch andere Dinge diskutiert …«, meinte sie dann schmunzelnd.

Helene sah sie mit großen Augen an und kicherte vor Verlegenheit wie ein Teenager, den man beim Knutschen erwischt hat. »Inga!«, mahnte sie und zeigte auf die Kinder.

»Oh, oh, verstehe …« Um das Thema nicht vor den Kindern zu besprechen, versuchte sie, mit den Augen entsprechende Andeutungen zu machen. »Also, ist es das, was ich denke? Unglaublich!«

»Was ist unglaublich?«, fragte Johanna, die offensichtlich gerade am Ende ihres Hörbuchs angekommen war.

»Nichts Besonderes, wir reden über die Renovierung der Pension«, wiegelte Helene ab.

»Und warum kicherst du, Mama, und Inga verdreht die Augen?«

»Ich mache Augenübungen, weil ich meine Brille nicht auf habe«, versuchte Inga, die Situation zu retten.

Jetzt lachten beide, Inga und Helene.

»So, ich bereite dann mal das Abendessen vor«, sagte Inga ausweichend.

Als die Kinder später eingeschlafen waren und Helene die Treppe hinunterging, kam Inga sofort zur Sache. »Du hast es also wirklich geschafft, meinen Sohn zu verführen?«

»Verführen? Er war wie ein hungriger Tiger.«

Jetzt wehrte Inga mit der Hand ab. »So viele Details möchte ich gar nicht wissen. Dann seid ihr in einer Art Beziehung?«

»Das hoffe ich doch!«, antwortete Helene und konnte nicht anders, als wieder verliebt zu lächeln.

»Was sagt er zur Pension, wird er uns helfen?«

»Bestimmt«, sagte Helene selbstsicher.

»Du und dein Optimismus … Er ist mein Sohn, ich liebe ihn, aber er ist auch ein knallharter Geschäftsmann.«

»Ich habe ihn für morgen zum Essen eingeladen, dann können wir das Thema ansprechen.«

»Du hast ihn hierher eingeladen, und er kommt tatsächlich?«

»Jap«, erwiderte Helene. Dann ging sie ins Kaminzimmer. »Komm mal mit, Inga, ich habe etwas in der Scheune gefunden.«

Neugierig folgte die Freundin ihr. Stolz präsentierte Helene ihr das Schwarz-Weiß-Foto mit der Pension und dem Segelboot. Sie hatte es aus der Scheune geholt und hier abgestellt, bevor sie zu Lasse gefahren war.

»Guck mal. Das hängen wir in den Flur. Der ist so trostlos, seit wir ihn leer geräumt haben. Dann hat er gleich wieder etwas Charakter. Das ist doch ein tolles Bild.«

Inga sagte nichts. Sie wirkte wie versteinert.

»Ist irgendetwas?«, fragte Helene.

»Das stand noch in der Scheune?«, stammelte Inga.

Helene nickte. »Kennst du es denn nicht?«

»Ich war seit Jahren nicht in der Scheune. Du weißt doch, das war eins meiner Renovierungsprojekte, die im Sand verlaufen sind. Irgendwann war die Scheune so zugestellt … na ja.«

»Aber das Bild müsstest du doch kennen? Hast du es nicht rahmen lassen?«

Inga seufzte. »Ich habe damals einige Bilder beim Antiquitätenhändler im Ort rahmen lassen. Ich wollte eine Bilderwand mit Erinnerungen in der Scheune gestalten und habe ihm eine Kiste mit alten Fotoabzügen gegeben. Aber an das Foto kann ich mich gar nicht mehr erinnern. Schaff es bitte weg«, bat Inga.

»Gefällt es dir denn nicht? Es ist doch toll, so ein historisches Zeugnis mit Bezug zum Haus hier.«

Doch Inga drehte sich weg und verließ den Raum. »Ich muss mich ausruhen«, murmelte sie. »Es war ein langer Tag.«

Helene sah ihr irritiert hinterher. Sie betrachtete das Bild noch einmal. Was hatte bei Inga bloß diese Reaktion ausgelöst? Abgesehen von dem Segelboot sah alles so aus wie auch heute noch.

Bevor sie selbst ins Bett ging, brachte sie das Bild zurück in die Scheune. Es war kurz vor neun und immer noch recht hell. Auf dem Weg zurück zum Haus sah sie zum Strand und hielt inne. Unten am Wasser stand Inga und starrte aufs Meer.

Die Szene erinnerte Helene an neulich, als sie Inga schon einmal beobachtet hatte, wie sie nachdenklich auf die See blickte.

War das ihr Rückzugsort, wenn sie nachdenken wollte? Oder wenn sie aufgebracht war? Hatte das Foto sie so sehr aufgewühlt?

Helene hatte den Eindruck gehabt, dass Inga sich ihr heute geöffnet hatte. Doch nun fragte sie sich, ob die zerrüttete Beziehung zu ihrem Sohn wirklich das einzige Geheimnis war, das Inga mit sich herumtrug.

19.

Inga

1967

Die nächsten Tage besuchte Inga ihre Mutter, ging mit ihrem Vater zur Bank und kümmerte sich um den Haushalt. Sie hatte das Gefühl, in einer Art Schwebezustand zu sein. Sie redete mit dem Bankberater, der sie anscheinend sympathisch fand. Immerhin räumte er ihnen drei Monate Zeit ein, um das Haus abzulösen. Doch das war nur eine Gnadenfrist. Woher sollten sie denn so schnell so viel Geld bekommen? Es hätten auch drei Jahre sein können und es wäre genauso hoffnungslos gewesen.

Jetzt verstand sie die Verzweiflung ihrer Mutter. Mit ihrem Vater sprach sie nur das Nötigste. Ihre Mutter wollte ihren Mann gar nicht sehen. Inga merkte, dass er sehr darunter litt, doch die Wut ihrer Mutter auf ihn war einfach zu groß. Ihre Mutter war mittlerweile in die Nervenklinik nach Breklum verlegt worden. Sooft es ging, nahm Inga den Bus dorthin, um sie zu besuchen.

Ihre einzigen Ankerpunkte waren Hilde und Jasper. Mit Jasper traf sie sich fast täglich nach der Arbeit.

»Du kannst dich nicht für deine Eltern aufopfern«, sagte er eines Nachmittags zu ihr. »Außerdem denke ich, dass es etwas Gutes hat, wenn du mit mir nach Hamburg ziehst. Dann können sie sich dort auch eine kleine Wohnung mieten und kommen vielleicht besser über die Runden.«

»Vielleicht hast du recht. Meine Mutter erträgt meinen Vater derzeit aber nicht. Sie möchte auch nicht nach Hause. Am liebsten würde sie in der psychiatrischen Klinik bleiben und sich dauerhaft mit Beruhigungsmitteln vollstopfen lassen. Dabei sagen die Ärzte, dass sie wohl bald entlassen wird. Doch was würde passieren, wenn sie mit meinem Vater in einer kleinen Wohnung zusammengepfercht wäre?«

»Vielleicht sollte sie sich von deinem Vater trennen«, schlug Jasper vor.

»Du meinst … sich scheiden lassen?« Der Gedanke klang so abwegig für Inga. Natürlich hatte sie den Begriff Scheidung schon einmal gehört. In Illustrierten hatte sie von Filmstars gelesen, die mehrmals verheiratet gewesen waren. Doch wer aus der Generation ihrer Eltern hatte sich je scheiden lassen? Sie dachte einen Moment nach. Aus dem Dorf fiel ihr niemand ein. Das Stigma wäre riesig gewesen.

»Ich glaube nicht, dass das für sie in Betracht kommt«, meinte Inga. »Für sie heißt es ganz sicher: bis dass der Tod uns scheidet.«

»Aber was willst du jetzt machen?«

Sie zuckte niedergeschlagen mit den Schultern. »Ich wüsste auch nicht, was ich mit den Jungs machen sollte …«

Jasper überlegte, wie er sie aufbauen konnte. Dann strahlte er plötzlich. »Wenn meine Musik uns reich gemacht hat, kaufen wir ihnen ein Haus. Das gehört dann dir, und dein Vater kann es nicht verspielen.«

Sie versuchte zu lächeln, doch es gelang ihr nicht.

»Wie kann ich dich wieder zum Lächeln bringen?« Er sah sie an. »Wenn du nicht lächelst, ist es, als ob die Sonne hinter den Wolken verschwunden wäre.«

»Wie soll ich in meiner Situation denn bloß lächeln?«

»Es wird alles gut, mach dir keine Sorgen.«

Sie wollte ihm glauben. Und sie war doch eigentlich noch jung und voller Leben.

»Der Agent hat sich gemeldet, in einigen Wochen kann ich nach Hamburg kommen. Er kann mir sogar eine kleine Wohnung besorgen. Ich werde gutes Geld verdienen, und wenn du noch eine Stelle als Schneiderin findest, dann können wir genug sparen, um nach Amerika zu gehen.«

Inga hatte ihren Kopf an seine Schulter gelehnt. Sie roch sein Aftershave, das beruhigte sie.

Sie spazierten durch eine kleine Allee. Die herbstliche Sonne schien, während die roten und gelben Blätter auf den Boden fielen, als würden sie den Weg für sie vorbereiten. Jetzt lächelte Inga doch noch.

* * *

Als sie am nächsten Tag ihre Mutter in der Klinik besuchte, strahlte diese sie beim Betreten des Zimmers an. Sie stand bereits angezogen und frisch frisiert am Fenster. »Moin, mein Schatz. Wie geht es dir?«

Sie begrüßten sich mit einem flüchtigen Kuss. Ihre Mutter lächelte ungeduldig und schien ihr unbedingt etwas erzählen zu wollen.

»Was ist passiert?«, fragte Inga.

Ihre Mutter atmete tief durch. »Weißt du, wer mich heute Vormittag besucht hat?«

Erst jetzt fiel Inga ein großer Blumenstrauß auf, der auf dem Nachttisch stand. Sie schüttelte den Kopf. »Du wirst es mir sicher gleich sagen.«

»Herr Hansen.«

Inga sah sie überrascht an. *Svens Vater?* »Warum besucht der dich denn?«

»Das ganze Dorf weiß mittlerweile Bescheid«, seufzte ihre Mutter. »Egal, Erna und ich waren ja vor ihrem Tod befreundet, nur hatte sie es – möge sie in Frieden ruhen – besser getroffen als ich.«

Erna hatte aus ärmlichen Verhältnissen gestammt, das wusste Inga, und sie hatte sich den wohlhabenden Mann ausgesucht, obwohl er nicht wirklich gut aussah. Sein Sohn hingegen kam zum Glück nach seiner Mutter. Sven hatte ihre ebenmäßigen Gesichtszüge und blonden Haare geerbt. Sein Vater hatte schon als junger Mann nur wenige Haare gehabt, mittlerweile war da nur noch ein dünner Haarkranz rund um eine spiegelnde Glatze.

»Als ich als Haushaltshilfe bei ihm gearbeitet habe, habt ihr Kinder immer so schön miteinander gespielt.«

»Das stimmt«, erinnerte sich Inga. »Und nun hat dir der Senior einen schönen Blumenstrauß gekauft.«

Ihre Mutter lächelte. »Nicht nur das, er hat mir auch noch Pralinen mitgebracht. Und Saft. Damit ich schnell wieder auf die Beine komme.«

»Wie nett von ihm.«

Ihre Mutter strahlte. »Sie sind eine feine Familie. Eine sehr feine Familie.«

Inga nickte nur.

»Und wir haben ein bisschen über unsere Kinder gesprochen, und er erzählte, wie sehr dich Sven mag. Er würde dich sofort heiraten, meinte sein Vater.«

Inga verdrehte die Augen.

»Und er sagte auch, wenn du seine Schwiegertochter wärst, dann wären wir eine Familie, und er würde das Haus für uns ablösen.«

Sie starrte ihre Mutter an. »Wie meinst du das?«

»Wenn du Sven heiraten würdest, könnten wir das Haus behalten«, verdeutlichte ihre Mutter.

In Ingas Ohren begann es zu summen. »Weil dein bekloppter Mann das Haus verspielt hat, soll ich Sven heiraten? Bin ich etwa ein Stück Vieh, das man an den Meistbietenden verkauft?«

Ihre Mutter versuchte, ihr übers Haar zu streicheln, doch Inga drehte den Kopf weg. »Beruhige dich. Nein, natürlich nicht. Du kannst heiraten, wen du möchtest. Das war wahrscheinlich auch nur so dahingeredet ...«, murmelte ihre Mutter, und damit war das Strahlen in ihren Augen auch schon wieder erloschen. »Ich hab dem alten Hansen gleich mitgeteilt, dass du mit Jasper zusammen bist.«

Inga sagte nichts mehr. Kurze Zeit später verabschiedete sie sich bereits wieder von ihrer Mutter.

Bevor sie ging, fragte sie eine Krankenschwester noch nach dem behandelnden Arzt, um mehr über die bevorstehende Entlassung zu erfahren.

Wenige Minuten später kam eine junge Ärztin auf sie zu. »Susanne Fröhlich«, stellte sie sich vor. »Ich betreue Ihre Mutter.«

»Wie geht es ihr?«, fragte Inga.

»Hier geht es ihr im Moment gut, und nach ihrem jetzigen Zustand zu urteilen, könnte sie in den nächsten Tagen schon entlassen werden. Die Frage ist nur, was passiert, wenn sie wieder zu Hause ist, in ihrer alten Umgebung.«

»Die Situation hat sich leider nicht verbessert, im Gegenteil. Meine Familie muss demnächst aus unserem Haus ausziehen. Und wir haben bislang noch nicht einmal eine Wohnung gefunden.«

Die Ärztin hörte zu und nickte verständnisvoll, während sie die Hände in den Taschen ihres weißen Kittels vergrub. »Ihre Mutter hat mir von Ihrem Vater erzählt. Menschen mit Spielsucht können nicht einfach damit aufhören. Leider schaffen es die wenigsten, aus der Sucht rauszukommen. Das bedeutet, es ist nur eine Frage der Zeit, bis die Schulden sich weiter anhäufen. Dann ist die Gefahr groß, dass dasselbe wieder passiert und Ihre Mutter dieses Mal mehr Erfolg mit ihrem Versuch hat.«

Inga wurde blass. »Sie meinen, mein Vater wird nicht aufhören?«

Die Ärztin schüttelte den Kopf. »Er müsste selbst eine Therapie machen, aber dazu sind die meisten nicht bereit.«

»Sie meinen, er wird immer wieder alles verspielen?«

Die Frau zuckte mit den Schultern. »Nur, wenn ihm Mittel zur Verfügung stehen.«

»Vielleicht könnte man ein eigenes Bankkonto für meine Mutter anlegen, auf das sein Lohn eingezahlt wird, und meine Mutter verwaltet das Geld, was meinen Sie?«

Die Ärztin seufzte. »Das würde aber nur funktionieren, wenn Ihr Vater das Konto für Ihre Mutter anlegt und alles in die Wege leitet. Und er bestimmt als Mann auch noch in anderen Dingen des Alltags über seine Frau. Er könnte ihr sogar verbieten, arbeiten zu gehen, wenn er das wollte. Wobei ich nicht sicher bin, ob Ihre Mutter überhaupt sofort wieder in der Lage wäre, ihrer Arbeit nachzugehen.« Sie legte eine Pause ein, dachte noch einmal nach. »Ich kenne Ihren Vater nicht. Aber aus Erfahrung weiß ich, wie schwer es für einen Spieler ist, einzusehen, dass er wirklich ein Problem hat. Das kann Jahre dauern.«

Inga hörte entsetzt zu. »Wie soll meine Mutter das bloß schaffen? Kann sie denn wenigstens noch ein bisschen in der Klinik bleiben?«

»Noch ein, zwei Wochen. Aber wir können sie auch nicht ewig hierbehalten.«

Niedergeschlagen verabschiedete sich Inga von der jungen Ärztin, die ihr mitleidig hinterhersah.

Der Bus hatte Verspätung. Als sie zu Hause ankam, war es schon dunkel. Ihr Vater kümmerte sich wortlos um den Haushalt, auch wenn man sah, dass ihm das nicht besonders gut gelang. Er war völlig überfordert mit seinen pubertierenden Söhnen, die sich pausenlos schlugen und beschimpften. Das Putzen und Waschen hatte er völlig vernachlässigt. Er kam von der Arbeit, und dann kochte er schnell etwas. In der Spüle türmten sich die schmutzigen Töpfe, der Tisch war vollgestellt. Ihre Mutter würde wahrscheinlich einen Nervenzusammenbruch erleiden, wenn sie nach Hause kam. Inga hatte kaum Zeit, sich zwischen ihrer Arbeit und den Besuchen bei ihrer Mutter auch noch um den Haushalt zu kümmern.

Was sollte sie bloß machen? Kraftlos ließ sie sich ins Bett fallen. Sie träumte von Sven und Jasper, dass sie beide gleichzeitig heiratete, während die Bänke der Kirche abmontiert wurden, sodass die Gäste aufstehen mussten und dem vor dem Altar stehenden Brautpaar immer näher kamen. Erschöpft wachte sie auf. Es war noch mitten in der Nacht.

War Sven wirklich der einzige Ausweg? Was würde passieren, wenn sie mit Jasper nach Hamburg ging? Was, wenn die Vermutung dieser jungen Ärztin stimmte und ihr Vater weiter alles verspielte, bis ihre Mutter vor lauter Verzweiflung einen erneuten Versuch unternahm, sich das Leben zu nehmen? Und wenn dann keiner da war, um sie zu retten? Was würde aus ihren Brüdern werden?

Aber vielleicht würde Jasper ja sehr bald viel Geld verdienen, und dann konnte sie ihre Familie unterstützen.

Am Ende der Nacht gestand sie sich ein, dass Letzteres bloß Träumereien waren.

Deshalb lief sie am nächsten Tag schnurstracks zu Svens imposantem Reetdachhaus am Deich. Er selbst war fast immer dort zu finden, wo er seiner Leidenschaft, dem Bootfahren, nachging. Das Haus stand in direkter Nähe zum Strand. Schon als Kinder hatten sie dort gern Verstecken gespielt. Svens Vater nutzte das Haus hingegen kaum noch. Er besaß noch ein Haus im Nachbarort. Seit seine Frau gestorben war, verbrachte er die meiste Zeit dort. In den letzten Jahren hatte er immer neue Bauernhäuser aufgekauft und vermietete diese an die jährlich immer größer werdende Zahl von Touristen. Sven, das einzige Kind und der Erbe all dieser Besitztümer, musste sich um die Zukunft keine Sorgen machen. Es reichte, wenn er seinem Vater ab und an bei den Vermietungen half. Das Haus hinter dem Deich hatte der Vater ihm sogar schon übertragen.

Ihre Vermutung war richtig, Sven war da. Vor der alten Scheune hatte er ein kleines Segelboot aufgebockt, um daran zu arbeiten. Es war vielleicht vier oder fünf Meter lang, die Außenwand war aus wunderschönem braunem Eichenholz gefertigt.

Sven schliff gerade an Deck etwas ab. Da es sehr warm war, trug er nur einen leichten Pullover, und die blonden Strähnen fielen ihm lässig ins Gesicht. Er sah gut aus, das stimmte schon. Irgendwie hatte sie vorher nie so recht darauf geachtet. Vielleicht, weil sie ihn schon als Kind gekannt hatte? In seiner Gegenwart spürte sie keinerlei körperliche Anziehung, wie das bei Jasper der Fall war. Schon im ersten Augenblick, als sie Jasper in der Schule beim Gitarrenspiel gesehen hatte, war es um sie geschehen gewesen. Für sie war es tatsächlich Liebe auf den ersten Blick. Diese Aura, die Jasper umgab, spürte sie bei Sven nicht. Aber sie musste zugeben – er sah gut aus.

»Moin, Inga«, sagte Sven erfreut, als er sie entdeckte. »Was machst du denn hier?« Er musterte sie kurz, ließ seinen Blick über ihren gelben Wollpulli und ihre hellblaue Lieblingsschlaghose gleiten.

»Ich möchte mit dir reden«, sagte sie.

Sofort ließ er das Schleifwerkzeug stehen, stieg vom Boot herunter und machte ein paar Schritte auf sie zu. »Na, dann lass uns auf die Terrasse gehen. Möchtest du einen Tee?«, erkundigte er sich etwas unsicher.

»Nein, danke, und ich will auch nicht um den heißen Brei herumreden.«

Erwartungsvoll sah er sie an.

»Weißt du, dass dein Vater bei meiner Mutter in der Klinik war und ihr mitgeteilt hat, dass er unser Haus ablösen würde, wenn ich dich heirate?«

Er räusperte sich. »Nein, das hat er mir nicht erzählt. Es ist aber richtig, dass ich ihm gesagt habe, du wärst die Einzige, die ich sofort heiraten würde. Und deinen Eltern würde ich selbstverständlich helfen, sie wären ja dann sozusagen Familie. Aber ich will dich natürlich zu nichts zwingen ...«

Sie sah ihn an. »Ich bin mit Jasper zusammen, und wir wollen bald gemeinsam nach Hamburg ziehen.«

»Dann wünsche ich dir viel Glück«, erwiderte er mit einem etwas eingefrorenen Lächeln.

Inga biss sich auf die Lippe.

»Ich muss dann mal weiterarbeiten«, sagte er, ganz offensichtlich verletzt und enttäuscht.

»Liebst du mich wirklich?«, fragte Inga, als er bereits wieder in Richtung seines Bootes gegangen war.

Er drehte sich um. »Schon seit wir Kinder waren. Deshalb würde ich dich ohne Zögern auch sofort heiraten. Für mich hat es schon immer nur dich gegeben.«

Solch eine klare Aussage, solch eine deutliche Liebeserklärung hatte sie nicht erwartet.

Er wandte sich wieder seinem Segelboot zu, und Inga ging nachdenklich nach Hause.

20.

Helene

Helene war nervös. Sie fühlte sich, als wollte sie ihren Eltern den ersten Freund vorstellen. Obwohl Lasse Ingas Sohn war, drehte sich ihr Magen vor Aufregung. In der Küche roch es nach überbackenem Käse. Inga machte Lasagne. Sie hatte Helene erzählt, dass das früher Lasses Lieblingsessen gewesen war. Sie war gerade dabei, die Form aus dem Ofen zu holen, als es an der Tür klingelte.

»Ich mache auf!«, rief Helene.

Doch Simon und Johanna rannten schon um die Wette an ihr vorbei. Kurz vor dem Ziel schubste Johanna ihren kleinen Bruder etwas zur Seite, sodass sie die Tür öffnen konnte. Lasse hatte in der einen Hand eine Flasche Wein, in der anderen zwei Flaschen Limonade.

Simon bekam wegen der ungerechten Behandlung durch seine Schwester einen Schreikrampf, und Helene wusste nicht, ob sie zuerst den etwas verdutzten Lasse begrüßen oder mit Johanna schimpfen sollte. Stattdessen ging sie zu Simon, der vor Wut um sich schlug.

»Simon möchte immer die Tür aufmachen, aber ich wollte auch mal die Erste sein«, erklärte Johanna die Situation.

Lasse lächelte. »Komme ich ungelegen?«

»Ach was, das ist der normale Wahnsinn.« Helene lächelte zurück. »Komm rein, deine Mutter hat eine leckere Lasagne gezaubert.«

Sie standen im Flur, während Lasse seine Jacke auszog. Helene versuchte, Simon vorsichtig zu trösten. Zum Glück beruhigte er sich schnell, doch Helene musste ihn tragen.

»Es riecht hier tatsächlich wie in meiner Kindheit.« Lasses Blick schweifte durch den Flur. »Und die Böden sehen wieder besser aus.«

»Ja, hier unten ist so weit alles wieder getrocknet. Im Obergeschoss laufen noch die Bautrockner in den Gästezimmern. Aber der Schaden im Erdgeschoss war zum Glück kleiner als zunächst befürchtet.«

»Das ist doch schon mal gut. Trotzdem fürchte ich, dass es über kurz oder lang nötig sein wird, auch die Böden im Erdgeschoss zu erneuern«, meinte er und deutete auf einige dunkle Flecken und Wölbungen auf dem Parkettboden.

»Ja.« Sie zuckte mit den Achseln.

»Eine große Aufgabe«, sagte er knapp, blickte wieder zu Helene und setzte dann ein optimistisches Lächeln auf. »Aber nicht für heute.«

»Wir werden in der Küche essen. Ich muss dich ja wohl nicht durchs Haus führen, du kennst dich hier besser aus als ich.«

»Wieso kennst du das Haus?«, wollte Johanna wissen.

»Weil ich Ingas Sohn und hier aufgewachsen bin.«

»Echt?« Ungläubig sah sie erst ihn und dann ihre Mutter an. »Stimmt das, Mama?«

Helene blickte Lasse lächelnd an und nickte.

»Aber warum wohnst du hier nicht mehr?«

»Ich bin erwachsen und hab meine eigene Wohnung.«

»Wir werden hier aber bald leben«, erklärte Johanna stolz. Und dann völlig übergangslos: »Hast du eigentlich auch einen Papa?«

»Ja, aber er ist leider vor meiner Geburt gestorben.« Lasse schienen Johannas Fragen nicht zu stören.

»Mein Papa ist auch nicht da.«

»Aber dein Papa lebt«, warf Helene ein. »Wir wohnen nur nicht zusammen.«

Johanna zuckte mit den Schultern. »Weil ihr euch nicht mehr liebt«, fügte sie trocken hinzu.

Helene seufzte. Sie öffneten die Tür zur Küche.

Inga stand am Tisch und sah ihnen aufgeregt entgegen. »Hallo!«, rief sie. »Schön, dass du da bist. Es gibt Lasagne, dein Lieblingsessen.« Sie schien sehr nervös zu sein.

Lasse nickte. »Hallo, Mama.« Auch das klang etwas unsicher. Weder umarmten noch küssten sich die beiden zur Begrüßung. Lasse stellte den Wein auf den Tisch. Dort standen bereits eine große Schüssel mit Salat und die wunderbar duftende Lasagne.

Als sie sich gerade setzen wollten, erklärte Johanna ihre gewünschte Sitzordnung: Lasse sollte neben seiner Mutter sitzen, ihm gegenüber Helene und die Kinder links und rechts von Helene. Nach einem kurzen Tischgebet, das die Kinder normalerweise abends sagten, begannen sie zu essen.

Helene betrachtete Lasse und seine Mutter und erkannte gewisse Ähnlichkeiten. Beide waren unsicher im Umgang miteinander, und Helene war froh, dass die Kinder dabei waren. Sie lockerten die Situation auf.

»Warum hast du keine Frau?«, fragte Johanna drauflos – sie aß bereits ihre zweite Portion Lasagne.

»Johanna!«, ermahnte Helene ihre Tochter. »Lass Lasse doch in Ruhe essen.«

»Es ist in Ordnung, sie ist ein neugieriges Mädchen.« Er sah wieder Johanna an. »Ich hatte eine Frau, aber sie ist vor ein paar Jahren gestorben.«

»Ah …«, sagte Johanna.

»Unser Hamster ist auch gestorben«, erklärte Simon.

Helene war das äußerst unangenehm, doch Lasse lächelte und nickte verständnisvoll. »War das schlimm für dich?«

»Nicht so sehr, wir haben dann einen anderen gekauft.«

»Wie war denn Lasse so als Kind?«, wollte Helene von Inga wissen, um das Thema zu wechseln.

»Er war immer ein toller Junge. Er liebte Lego, und später spielte er am liebsten Monopoly.«

»Das liebe ich auch«, bestätigte Johanna eifrig. »Lasse, wir sind uns sehr ähnlich.«

Alle lachten.

Nach dem Essen bestand Johanna auf einer Runde Monopoly mit Lasse, worauf er sich sogleich einließ. Die Stimmung war heiter. Simon spielte nebenher mit seinen Dinos.

Inga und Helene räumten währenddessen die Küche auf, und Inga meinte: »Ihr tut ihm richtig gut. So entspannt habe ich ihn seit Jahren nicht gesehen.«

Helene war glücklich und hatte das Gefühl, auf einen Schlag eine neue Familie bekommen zu haben.

Simon wurde langsam müde und drängte darauf, dass sie das langweilige Monopoly beendeten, um mit ihm Uno zu spielen.

Es war schon nach neun, als Helene beide Kinder ins Bett brachte. Lasse blieb währenddessen allein mit seiner Mutter im Erdgeschoss. Worüber sie sich wohl unterhielten?

Als Helene nach einer halben Stunde zurück ins Kaminzimmer kam, unterbrachen Lasse und Inga abrupt ihr Gespräch.

»Störe ich?«

»Nein, nein ...«, sagte Lasse. Er hielt ein Glas Wein, das Inga ihm wohl gerade eingeschenkt hatte. Sie hatte noch die Weinflasche in der Hand.

Nach dem Wasserschaden hatten sie in diesem Raum behelfsmäßig ein paar Stühle aufgestellt – für so lange, bis sie sich entschieden hatten, ob sie eine neue Couch kaufen würden. Doch die beiden hatten nicht Platz genommen, sondern standen sich gegenüber.

»Überhaupt nicht. Wir haben gerade darüber gesprochen, wie wenig sich die Pension in den letzten Jahrzehnten verändert hat«, erklärte Inga. »Ich habe meinem Sohn gerade versucht zu erklären, wie schwierig es ab einem gewissen Alter ist, sich auf Veränderungen einzustellen. Man möchte eher behalten und konservieren. An der Zeit festhalten.«

»Das habe ich ja verstanden«, meinte Lasse.

Helene nickte. Sie war sich allerdings nicht sicher, ob das wirklich alles war, worüber die beiden gesprochen hatten. Sie hatten jedenfalls sehr aufgewühlt geklungen, als Helene die Treppe heruntergekommen war. Sie wusste zunächst nicht, wo sie sich hinsetzen sollte, wählte dann aber einen Stuhl den beiden gegenüber. Nun setzten sich auch Inga und Lasse.

»Sie schlafen endlich«, sagte Helene.

Inga stellte die Flasche auf den Boden und nahm ihr eigenes Glas in die Hand. Lasse und Inga hielten sich beide an ihren Weingläsern fest, als wären sie Rettungsanker. Helene vermutete, dass dies kein besonders gutes Zeichen war.

»Jetzt können wir endlich Erwachsenengespräche führen«, fügte Helene hinzu. Sie lächelte und hoffte, so das Eis zu brechen. »Oh, Ingas guter Wein, lecker!«, sagte sie.

Sie sah, dass Inga für sie ein drittes Glas bereitgestellt hatte, das in Ermangelung eines Tisches ebenfalls auf dem Boden stand. Sie goss sich Wein ein. »Entschuldige, Lasse, dass die Kinder vorhin so nachgebohrt haben.«

Er lächelte. »Das ist völlig in Ordnung. Sie haben die in ihren Augen wichtigen Fragen gestellt. Deine Kinder sind wirklich klasse.« Er sah sie an.

»Danke.« Eine Mutter konnte nicht oft genug zu hören bekommen, dass ihre Kinder toll waren und sie somit doch nicht alles falsch gemacht hatte.

Inga machte einen nervösen Eindruck auf Helene. Wollte sie etwa das Thema Kredit ansprechen?

Lasse schien das zu bemerken und kam ihr zuvor: »Meine Mutter hat mir von euren Plänen erzählt, und du hattest es ja auch schon angesprochen, Helene.« Er sah sie liebevoll an. »Ich finde es stark, dass du mit meiner Mutter der Pension zu neuem Glanz verhelfen möchtest. Aber, Mama, bitte nimm das jetzt nicht persönlich, wie willst du als Rentnerin solch ein Vorhaben realisieren?«

»Wo ein Wille ist, da ist auch ein Weg«, antwortete Helene an Ingas Stelle. Sie versuchte, selbstsicher zu wirken.

»Du hast zwei kleine Kinder und bist alleinerziehend. Und meine Mutter hat das früher fabelhaft gemacht, doch in den letzten Jahren backt sie am liebsten nur noch Kuchen, statt die Pension professionell zu führen.« Ingas Wangen glühten. Sie wollte ganz offensichtlich etwas sagen, schwieg dann aber doch. »Ich habe meiner Mutter bereits viel Geld geliehen«, sagte Lasse, der sich jetzt wieder an Helene gewandt hatte. »Und jetzt müsste ich erneut investieren.«

»Du würdest es zurückbekommen«, murmelte Inga leise.

Lasse sah sie ernst an. »Das hast du die letzten Male auch gesagt.«

»Diesmal wäre ich da, um mich um die bürokratischen Dinge zu kümmern«, erklärte Helene.

»Helene, dein Engagement ist wirklich lobenswert, aber meine Mutter hat sogar vergessen, eine existenziell wichtige Versicherung abzuschließen, und deshalb soll ich jetzt erneut in die Bresche springen?«

Inga seufzte.

Ihr Sohn tat es ihr nach. »Sosehr ich euch beide mag – ich kann nicht, es ist einfach zu viel Geld.«

»Wir würden es nach und nach abbezahlen«, versuchte es Helene erneut.

»Wenn es gut läuft. Aber was, wenn etwas vorfällt und ihr den Laden zumachen müsst?«

»Ich habe immer noch meinen alten Job, den werde ich nicht aufgeben, bis die Pension wieder aus den roten Zahlen raus ist.«

»Du willst dich neben deinem eigentlichen Job noch um die Pension und um deine Kinder kümmern?« Er sah sie ungläubig an, und selbst Helene wurde in diesem Moment bewusst, dass sie sich da sehr viel vorgenommen hatte.

»Inga wird mir mit den Kindern helfen, wenn ich in der Pension zu tun habe, und ich kümmere mich um die Kinder, wenn sie zu tun hat. Außerdem gehen sie ja zwischendurch in die Schule und in die Kita.«

»Mutter, das ist nicht persönlich gemeint, aber du bist über siebzig, du kannst nicht mehrere Stunden am Tag arbeiten und dich danach auch noch um zwei kleine Kinder kümmern.«

»Natürlich kann ich das«, protestierte Inga.

Lasse seufzte und verdrehte die Augen.

»Damit willst du sagen, dass du deiner Mutter beziehungsweise uns keinen weiteren Kredit gibst.« Helene versuchte, ganz ruhig und freundlich zu bleiben. Sie konnte es ihm nicht übel nehmen.

Er biss sich auf die Lippe und nickte. »Das ist richtig.«

»Ich verstehe dich. Aber vielleicht kann ich einen Kredit aufnehmen …«, überlegte Helene laut.

»Helene, das ist doch Quatsch. Die Pension gehört dir nicht, das ist ein Fass ohne Boden. Bitte mach das nicht. Miete dir ein nettes Häuschen hier, arbeite weiter in deinem Job und genieße das Leben.«

Sie sah ihn traurig an. »Inga, würdest du uns kurz allein lassen?«, bat Helene.

Inga nickte und verließ den Raum.

Helene stellte ihr Glas auf dem Boden ab und setzte sich auf den Stuhl direkt neben Lasse.

»Helene, es tut mir leid, dass ich euch mit der Pension nicht helfen kann … Und Nein zu sagen, fällt mir nicht leicht, denn ich mag dich, sehr sogar«, sagte Lasse.

»Ich möchte auch nicht über die Pension sprechen, sondern über uns. Ich mag dich auch. Aber ich möchte von dir wissen, ob die letzten Begegnungen mit mir für dich nur ein kleines Abenteuer waren oder ob du dir eine Zukunft mit mir vorstellen kannst«, sprach sie es ganz direkt an.

Lasse sah sie erschrocken an. »Natürlich war das kein Abenteuer mit dir.« Er machte eine Pause und sah in die Ferne. »Es war etwas Besonderes«, sagte er leise.

»Ich verstehe deine Entscheidung bezüglich der Pension und respektiere sie. Du sagst, ich soll mir eine kleine Wohnung mieten, falls ich hier leben möchte. Siehst du dich in diesem Bild auch irgendwo?«

Lasse biss sich auf die Lippen. »Kommt diese Frage nicht etwas früh? Wir haben uns doch nur ein paarmal getroffen und sollten nichts überstürzen.«

»Natürlich werden wir nichts überstürzen, wir sind keine achtzehn mehr, aber ich möchte wissen, ob du es ernst meinst mit mir.«

»Du möchtest wegen mir hierherziehen?«, fragte er.

»In erster Linie wollte ich hierherziehen, um mit Inga in der Pension zu arbeiten. Ich mag meinen alten Job nicht, und die Arbeit mit Inga hier erfüllt mich. Doch darüber wollte ich nicht unbedingt sprechen.«

Er sah sie fragend an.

»Du hast bestimmt bemerkt, dass ich …« – sie seufzte und errötete leicht – »… mich in dich verliebt habe.« Sie atmete tief aus und fühlte sich erleichtert, weil sie es endlich laut ausgesprochen hatte.

»Und wenn es zwischen uns nicht klappt?«

Sie zuckte mit den Schultern. »Das Leben ist ein immerwährendes Risiko.«

»Ich möchte nicht verantwortlich sein, wenn es nicht klappt«, sagte er.

»Das wärst du auch nicht. Und keine Angst, ich möchte dich nicht gleich heiraten und bei dir einziehen. Ich möchte nur wissen, ob du eine Beziehung mit mir eingehen möchtest.«

»Ja, ich fühle mich auch zu dir hingezogen, aber …« Er schaffte es nicht, den Satz zu beenden, und starrte gedankenverloren vor sich hin.

Sie stand auf und verabschiedete sich mit den Worten: »Ich wüsste gern, was du empfindest und was das Aber bedeutet.« Sie sah ihn an. »Vielleicht teilst du es mir mit, sonst … war es nur eine schöne Urlaubsromanze.« Sie nickte stumm, ging hinaus und lief die Treppenstufen hinauf in den ersten Stock. Als sie an ihrer Zimmertür ankam, hörte Helene, wie die Haustür zuschlug. Sie spürte, dass Lasse noch nicht bereit für eine neue Beziehung war – oder einfach nicht mit ihr. Tränen stiegen ihr in die Augen. Das Glück war zum Greifen nahe gewesen, und jetzt löste sich alles auf.

Als sie sich gegen drei Uhr morgens immer noch unruhig im Bett wälzte, stand sie auf. Vielleicht konnte sie ein Buch lesen oder einen Tee trinken.

Sie ging die Treppe hinunter. In der Küche brannte Licht. Inga lehnte an der Fensterbank und blickte hinaus in den klaren Sternenhimmel.

»Kannst du auch nicht schlafen?«, fragte Helene.

»Dieses schöne Kapitel meines Lebens ist zu Ende. Ich muss mir jetzt einfach eingestehen, dass ich eine alte Frau bin, die bald in einer unpersönlichen, schicken Seniorenwohnung leben und sich mittags mit den anderen Alten zu Kaffee und Kuchen treffen wird.«

Helene stellte sich neben sie. »Und ich gehe zurück in mein altes Leben.«

Inga nahm ihre Hand. »Bitte, nimm das, was Lasse gesagt hat, nicht persönlich. Gestern Abend, als du die Kinder ins Bett gebracht hast, habe ich mit ihm über dich gesprochen. Ich habe ihm gesagt, dass er nicht zu sehr an der Vergangenheit festhalten soll, damit ihm die Zukunft nicht entgeht. Ich glaube, er ist hin- und hergerissen. Er hat sich damals geschworen, Katrin nicht zu ersetzen. Wahrscheinlich wurde aus diesem in dem Moment gut gemeinten Schwur irgendwann eine Entschuldigung, um keine Risiken mehr eingehen zu müssen. Eine Art Schutz, um nicht noch einmal verletzt zu werden. Es war eine sehr traumatische Zeit für ihn.« Sie seufzte. »Dabei hätte sich Katrin sicher gewünscht, dass er wieder glücklich wird. Aber für dich ist er weiter aus seinem Schutzpanzer herausgekrochen als jemals in den letzten Jahren.«

Helene wusste nicht, was sie darauf entgegnen sollte. Die Gedanken rasten in ihrem Kopf. Aber ihr war klar, dass es für sie und Lasse keine Zukunft geben würde.

»Lasse wirkt sehr selbstbewusst«, sagte Inga. »Doch tief in seinem Innern ist er ein sehr sensibler Mann, wie sein Vater.«

21.

Inga

1967

Die Tage nach der Unterhaltung mit Sven verbrachte Inga in einer Art fiebrigem Zustand. Sie meldete sich krank, wollte niemanden sehen.

Am Morgen des dritten Tages klopfte ihre Mutter an ihre Zimmertür.

»Mutti! Was machst du denn hier? Ich dachte, du kannst noch in der Klinik bleiben.«

»Ich kann euch hier doch unmöglich alleinlassen. Weder du noch Papa schafft den ganzen Haushalt.«

»Wie bist du überhaupt hierhergekommen?«, fragte Inga, die immer noch ihren Pyjama trug.

Ihre Mutter lächelte. »Mit einem Taxi, das zahlt alles die Krankenkasse.«

»Du hättest noch in der Klinik bleiben sollen.«

»Dort sind doch nur Verrückte. Es war ganz nett, sich dort ein paar Tage auszuruhen, aber mir geht es wieder gut. Das fanden auch die Ärzte.«

In einer Hand trug sie ihren verschlissenen braunen Lederkoffer, in der anderen hielt sie ihre alte grüne gehäkelte Einkaufstüte. »Schau mal. Ich habe Obst und Saft dabei. Das habe ich gesammelt vom Mittagessen und den Besuchen.« Sie drückte Inga die Tasche in die Hände.

»Das solltest du doch selbst essen und trinken.«

»Ich hatte genug zu essen, wie in einem Hotel.« Sie stellte den Koffer ab. »Das ist für euch Kinder.«

Gemeinsam gingen sie in die Küche.

»Hier hat wohl, seit ich weg bin, niemand geputzt«, vermutete ihre Mutter, tauschte ihren Mantel gegen den Arbeitskittel und begann sofort, die Küche aufzuräumen.

»Mutti, willst du nicht erst mal den Koffer auspacken? Ich kann das später auch machen.«

»Der Koffer hat Zeit. Sag mal, musst du heute eigentlich nicht arbeiten?«

»Ich habe mich krankgemeldet.«

Sie sah ihre Tochter besorgt an. »Was ist mit dir, Kind?«

»Ach, nichts, ich bin nur etwas erkältet.« Inga räusperte sich. »Ich koche uns mal einen Tee.«

Während ihre Mutter räumte und putzte, sagte sie eher beiläufig: »Wir müssen uns um eine Wohnung kümmern. Viel Zeit bleibt uns doch hier nicht mehr.«

»Ich habe mich schon umgehört«, erklärte Inga und nahm sich ein Geschirrtuch, um beim Abwasch zu helfen.

»Die Miete darf nicht zu hoch sein.«

»Ich habe drei Inserate in der Zeitung gesehen. Aber ich habe nicht nur hier gesucht. In Husum, Garding und auch in Tönning gäbe es vielleicht eine kleine Wohnung.«

»Garding und Tönning? Das ist doch viel zu weit weg! Da müsste sich dein Vater eine neue Arbeit suchen. Und wir können uns bestimmt nicht mehr als eine Zweizimmerwohnung leisten.«

Inga atmete tief ein. Sie würde es ihrer Mutter jetzt einfach sagen. »Mutti, ich würde nicht mitkommen, sondern mit Jasper nach Hamburg ziehen. Er hat dort eine Arbeit gefunden.«

»Aha …«, sagte ihre Mutter scheinbar gleichgültig.

»Dann würde eine Zweizimmerwohnung für euch reichen.«

»Wenn dein Vater die Miete nicht auch noch verspielt.« Ihre Mutter versuchte zu lachen und scheiterte kläglich. Sie schien nicht mehr die Frau zu sein, die sie vor ihrem Klinikaufenthalt gewesen war. Diese Ironie passte nicht zu ihr.

»Wollt ihr heiraten?«, wollte ihre Mutter wissen.

Inga nickte. »Noch nicht, aber irgendwann.«

»Ihr wollt also in wilder Ehe leben?« Es klang leicht sarkastisch.

»Wir müssen uns erst in Hamburg zurechtfinden, und dann werden wir auch heiraten«, betonte sie.

»Das klingt sehr vielversprechend. Nicht, dass es dir ergeht wie mir und am Ende nur leere Versprechungen auf dich warten.« Frustriert schrubbte sie die schmutzigen Töpfe, die sich im Spülbecken türmten.

»Quatsch! Jasper liebt mich.«

»Noch. Aber als Musiker werden sich ihm viele hübsche Frauen anbieten.«

»Mutti, hör doch auf, immer alles so negativ zu sehen.«

Unerwarteterweise begann ihre Mutter zu weinen. »Entschuldige bitte, du kannst nichts für unsere Misere. Im Gegenteil, du hilfst mir, wo du kannst, und ich meckere nur herum. Es tut mir leid.«

Sie setzten sich an den mittlerweile aufgeräumten Tisch, um ihren Tee zu trinken.

»Hauptsache, du wirst glücklich.« Ihre Mutter wischte sich die Tränen weg.

Kurz darauf kam ihr Bruder Claus zurück. Er drückte seine Mutter fest an sich.

»Ich mache dir einen Grießbrei mit Apfelmus.« Sie gab ihm einen Kuss auf das blonde Haar. Er lächelte.

»Der Papa kann nicht kochen«, meckerte Claus.

»Ich hole ein Glas Apfelmus aus dem Keller«, sagte die Mutter und verließ die Küche.

Claus zog einen Brief aus seinem Schulranzen und gab ihn Inga. »Ich hab Mist gebaut«, flüsterte er.

Ernst sah ihn seine Schwester an. »Was für Mist?«

»Ich hab in der Jungentoilette geraucht und Bier getrunken.«

»Was?«, rief Inga. »Spinnst du? Dafür können sie dich von der Schule verweisen!«

Er zuckte mit den Schultern. »Bitte erzähle es nicht Mutti.«

»Willst du sie ins Grab bringen?«

Er schüttelte den Kopf.

»Dann hör auf, so einen Blödsinn zu machen.«

Sie öffnete den Brief. Darin stand, dass ihre Eltern am nächsten Tag zum Rektor kommen sollten. Inga beschloss, selbst zum Gespräch zu gehen. Schließlich war sie auch dort zur Schule gegangen und kannte den Schulrektor. Er hatte sie immer gemocht, weil sie eine gute Schülerin gewesen war. Sicherlich würde sie ihn beschwichtigen können.

Doch was würde noch alles passieren? Wie würde es werden, wenn sie weg war? Wie sollte das alles laufen? Würde ihre Mutter es schaffen?

Gegen Abend kam ihr Vater zurück. Er lächelte unsicher, als er seine Frau sah. »Moin, Gisela, was für eine Überraschung!«

Sie begrüßte ihn mit einem kalten Blick. »Moin, Helmut. Warum Überraschung? Ich will noch die letzten Tage in diesem Haus verbringen, das ich mitgebaut habe, bevor wir obdachlos werden.«

Er sah zu Boden. »Was willst du von mir? Dass ich mich umbringe?«, fragte er ohne jegliche Gefühlsregung.

»Hört auf, ihr zwei, hört auf! Ihr habt drei Kinder, reißt euch zusammen!«, mahnte Inga.

Zu ihrem Erstaunen begann ihr Vater zu weinen. So hatte sie ihn noch nie gesehen.

»Es tut mir leid, ich bin ein Tier. Ich habe euch alle zugrunde gerichtet. Ich dachte, ich gewinne so viel Geld, dass es uns besser geht. Stattdessen mache ich uns kaputt. Ich wünsche mir, ich wäre tot.« Er sank auf einen Stuhl, saß da wie ein kleines Kind und schluchzte und schluchzte.

Inga und ihre Mutter standen hilflos daneben.

»Ihr seid mein Leben. Ich möchte nicht, dass ihr wegen mir leidet. Soll ich weggehen, damit es euch besser geht?« Er sah die beiden Frauen an, als erwartete er tatsächlich eine Antwort von ihnen.

Es schmerzte Inga, ihren Vater so zu sehen. Den Mann, der ihr das Fahrradfahren beigebracht und sie getröstet hatte, wenn sie sich das Knie aufgeschlagen hatte.

Ihre Mutter war unfähig, zu reagieren. Schweigend ließ sie ihren Tränen freien Lauf.

Ihre Familie war kaputt, und Inga wusste nicht, wie sie je wieder heil werden sollte.

Am nächsten Tag ging Inga wieder zur Arbeit, sie konnte nicht länger zu Hause bleiben.

Um zwölf Uhr stand Jasper vor der Schneiderei. Er hatte Brote dabei, sorgfältig in Butterbrotpapier verpackt. Sie betrachtete ihn durch die Gardine. Er trug einen olivgrünen Parka und seine Lieblingsjeans. Sie war alt und hatte keinen Schlag – dabei gab es mittlerweile kaum noch Hosen ohne. Er sah so süß aus mit seinem jungenhaften Gesicht, und ihr wurde ganz warm ums Herz. Mit ihm wollte sie auch in zehn Jahren noch zusammen sein, ging ihr in diesem Moment durch den Kopf.

Sie rannte hinaus auf die Straße und küsste und umarmte ihn.

»Es sind nur einfache Wurstbrote, nichts Besonderes«, sagte er lachend.

Sie gingen zu ihrer Lieblingsbank gegenüber der Schneiderei und setzten sich. Er gab ihr eins der Brote.

»Ich habe dich vermisst«, flüsterte sie, während sie sich an ihn schmiegte.

»Ich dich auch«, erwiderte er und küsste ihren Scheitel. »Hast du mit deinen Eltern gesprochen?«

Sie nickte.

»Super. Wir können schon Ende des Monats nach Hamburg. Roman hat mir eine Einzimmerwohnung besorgt. Die ist zwar klein, aber wir sind ja nur zu zweit. Er meint, die Vermieter sind entspannt und stellen nicht viele Fragen. Solange ich die Miete pünktlich zahle, ist es ihnen egal, wer mit mir zusammen in der Wohnung lebt.«

Sie lächelte. »Das klingt gut. Ich muss aber meinen Eltern vorher noch mit ihrem eigenen Umzug helfen.«

Jasper wirkte enttäuscht. Er steckte sich eine blonde Strähne hinters Ohr und kratzte sich am Hinterkopf. »Klar, ich verstehe. Würdest du dann nachkommen?«

Sie zwang sich zu einem Lächeln. »Ja, sobald alles organisiert ist, komme ich nach.«

Jasper umarmte sie. »Ab dann werden wir jeden Tag gemeinsam verbringen. Ohne dich bin ich in Hamburg verloren.«

Sie umarmte ihn.

* * *

Inga stand mit ihren Eltern in der kleinen Wohnung. Diese befand sich im Souterrain und war dementsprechend dunkel. Sie bestand aus einer kleinen Küche, einem Wohnzimmer und einem einzigen kleinen Schlafraum.

Der Vermieter, ein Mann Ende fünfzig mit einem ansehnlichen Wohlstandsbauch, musterte sie misstrauisch. »Wie viele seid ihr denn?«

»Fünf Personen«, antwortete ihre Mutter, während sie sich umsah.

»Nein, nur vier; ich werde nicht mit einziehen«, beschwichtigte Inga den Mann.

Sie merkte, dass ihre Mutter nicht glücklich über die Aussicht war, hier den Rest ihres Lebens zu verbringen. Verständlich. Denn die Tapeten an der Wand waren alt und vom Tabak vergilbt. Es roch nach Bratfett und Zigaretten. Und der Holzboden war in der ganzen Wohnung stark verschmutzt und zerkratzt.

»Unsere Saisonarbeiter haben hier geschlafen«, erklärte der Mann.

»Wo ist denn die Toilette?«, fragte Inga.

»Draußen im Flur.«

»Wo ist eigentlich Ihr Mann?«, wollte der Vermieter jetzt wissen.

»Der arbeitet.«

»Meine Eltern arbeiten beide. Sie sind anständige Leute, die pünktlich die Miete bezahlen werden«, erklärte Inga.

Er nickte, das schien seine Hauptangst gewesen zu sein. »Das ist gut«, antwortete er.

»Aber die Wohnung ist in einem sehr schlechten Zustand. Da müssten sie uns einen Mietnachlass geben für die ersten Monate.« Inga runzelte die Stirn.

»Darüber lässt sich reden.« Der Mann war Schweinezüchter und hatte die Wohnung immer wieder an Gastarbeiter vermietet. Von der Küche ging eine Tür zum Garten ab. Ein paar Stufen führten dort hinunter. »Den könnt ihr nutzen«, meinte der Vermieter.

Der Garten war das einzig Schöne an der Wohnung. Doch auch er war sehr vernachlässigt worden.

»Die nehmen wir wohl«, seufzte ihre Mutter resigniert.

»Gut. Ihr könnt sofort einziehen«, erklärte der Mann und lächelte.

Inga und ihre Mutter verabschiedeten sich.

Sobald sie wieder an der Bushaltestelle standen, begann ihre Mutter zu weinen. »So tief sind wir gesunken, dass ich in meinem Alter noch in ein solch dreckiges Loch ziehen muss. Wie konnte er mir das bloß antun?« Sie weinte die ganze Fahrt nach Hause und wollte sich einfach nicht beruhigen.

Inga war verzweifelt. Als sie zu Hause angekommen waren, begann ihre Mutter zu packen. Die Worte der Ärztin dröhnten permanent in Ingas Kopf. *Dann ist die Gefahr groß, dass dasselbe wieder passiert und Ihre Mutter dieses Mal mehr Erfolg mit ihrem Versuch hat.*

Sie konnte den elenden Zustand ihrer Mutter nicht länger mit ansehen. Daher verließ sie das Haus und lief zum Strand, ihrem Lieblingsort.

Dort sammelte sie Steine und Muscheln und warf sie vor Zorn über ihre Hilflosigkeit ins Meer. Dabei schrie sie all ihre Wut, ihren Frust und ihre Trauer hinaus. Ihre Mutter würde in dieser Wohnung eingehen, wenn sie ihr nicht half, sie wenigstens ein bisschen auf Vordermann zu bringen und den Garten herzurichten. Ihre Ankunft bei Jasper in Hamburg würde sich also weiter verschieben.

Er war bereits abgereist, es war kein großer Abschied gewesen. »Du kommst ja bald, bis dahin richte ich unsere Wohnung schon mal ein wenig ein«, hatte er gesagt.

Inga liefen nun auch die Tränen übers Gesicht. Sollte sie doch abreisen und die Mutter, ihre ganze Familie ihrem Schicksal überlassen?

»Inga?«

Erschrocken drehte sie sich um. Es war Sven. Wie kam es, dass sie ihm immer in diesen schwierigen Momenten begegnete?

Diesmal stellte Sven keine Fragen, als er ihr verweintes Gesicht sah. »Na, komm her«, sagte er wie ein Vater, der sein Kind trösten möchte.

Das war genau das, was Inga in diesem Moment brauchte. Jasper war nicht da, und sie fühlte sich überfordert und allein. Sie legte ihren Kopf an seine Schulter und stellte sich vor, er wäre Jasper. Auch als er sie küsste, stellte sie sich Jasper vor.

»Inga, ich liebe dich und ich kann dir und deiner Familie helfen.«

»Aber ich liebe dich nicht ...«, flüsterte sie verzweifelt.

»Das wird kommen, wir sind uns so ähnlich. Wir lieben beide das Meer und haben schon unsere Kindheit miteinander geteilt.«

Aber ich liebe Jasper, protestierte alles in ihr.

Sie löste sich aus seiner Umarmung. »Danke, Sven«, murmelte sie. Dann ließ sie ihn stehen und ging zurück nach Hause.

Schon vor der Haustür hörte sie ihre Eltern streiten. Die Mutter, die dem Vater vorwarf: »Du bringst mich ins Grab!« Das Weinen des Vaters.

Sie hatte den Schlüssel bereits ins Schloss gesteckt, doch der Gedanke, hinein zu ihrer verzweifelten, depressiven Mutter und dem hilflosen Vater zu gehen, erschien ihr unzumutbar.

Sie kehrte um und lief wieder zum Strand. In Svens Haus brannte Licht. Kurz entschlossen klingelte sie. Ein überraschter Sven öffnete ihr die Tür.

»Möchtest du mich wirklich heiraten?«, fragte sie ihn ohne Umschweife.

Er nickte. »Ja, natürlich.«

»Dann komme ich jetzt rein und werde deine Frau, aber du musst mir versprechen, dass du meinen Eltern das Geld für ihr Haus gibst.«

»Das mache ich.«

Sie biss sich auf die Lippen und betrat das Haus. Hinter ihr schloss Sven die Tür.

22.

Helene

Wie als Bestätigung, dass ihre Zeit in Süderwiek sich dem Ende zuneigte, meldete sich die Autowerkstatt am nächsten Morgen telefonisch bei Helene. Der Mechaniker hatte endlich das Auto repariert, und sie konnte es abholen. Während sie mit dem Bus in den Nachbarort fuhr, drehten sich ihre Gedanken im Kreis. Doch sosehr sie sich auch den Kopf zerbrach: Es war klar, dass es keinen Grund für sie gab, ihren Aufenthalt hier noch zu verlängern, wenn Inga die Pension aufgab und Lasse sich ihr gegenüber nicht öffnen konnte. Sie konnte ihn sogar ein bisschen verstehen. Was ihm widerfahren war, war ein Trauma, das man nicht mal eben so hinter sich lassen konnte.

Als sie auf der Rückfahrt aus der Ferne den Deich sah, wurde sie noch schwermütiger. War dies das letzte Mal, dass sie zurück in diesen Ort fuhr, der ihr schon so etwas wie eine Heimat geworden war?

Sie steuerte nicht direkt auf die Pension zu. Da die Kinder bei Inga gut betreut waren, entschloss sie sich kurzerhand, in der Nähe des Deiches zu parken und einen Spaziergang zu unternehmen, um ihre Gedanken zu sortieren. Vielleicht war das schon die letzte Gelegenheit, die sie allein dazu hatte.

Als sie auf dem Deich ankam, verhüllte eine graue Wolkendecke den sonst so strahlenden Himmel. Nur hin und wieder entstand zwischen den Wolken ein kleines Loch, durch das einige Sonnenstrahlen durchbrechen konnten und gleißend zur Erde fielen. Als ob sie den Sand berührten. Es wirkte fast übernatürlich. Dorthin wollte sie, zu den Sonnenstrahlen, den hellen Flecken hinterher. Also lief sie los, den Deich entlang. In der Hoffnung, einen Fleck zu erwischen, wo die Sonne durchkam.

Vieles war noch so unklar. Sie dachte über ihre Begegnungen mit Lasse nach. Das letzte Mal hatte er sich ihr geöffnet. Jedes einzelne Treffen erschien vor ihrem inneren Auge. Sie fühlte sich unglaublich zu ihm hingezogen. Warum war alles so kompliziert? Dann dachte sie an die Pension. Wahrscheinlich war der Traum ausgeträumt, diese zusammen mit Inga wieder zu neuem Leben zu erwecken. Eine letzte Hoffnung gab es zwar, aber sie hatte Zweifel. Lasse war eigentlich sehr klar gewesen.

Waren es dann wirklich schon die letzten Tage hier?

Sie fühlte sich hin- und hergerissen. Der Himmel spiegelte sehr gut ihren Gemütszustand wider, umso mehr wollte sie zu den Sonnenstrahlen.

Sollte sie trotzdem hierherziehen, auch wenn es weder mit Lasse noch mit der Pension klappte? Ihren Kindern eine weitere Veränderung zumuten? Was, wenn sie hier nicht glücklich würden?

Sollte sie einfach eine kleine Wohnung im Ort mieten? Vielleicht nicht gleich, aber zum Beispiel nächstes Jahr? Aber das waren nur Hirngespinste, was sollte sie denn arbeiten, wenn sie nicht in der Pension einstieg? Ewig im Homeoffice von hier aus ihren Job im Süden zu machen, schien auch keine Lösung zu sein. Sie sah nun, dass die grauen Wolken etwas weiter hinten tatsächlich aufhörten, und wollte dorthin laufen. Weg von der tristen Gegenwart.

Am Horizont erkannte Helene den Leuchtturm. Ihr fiel auf, dass sie ihn bisher nur aus der Ferne gesehen hatte. Er war zwar in einem der Prospekte und auf einigen Postkarten abgebildet, doch sie hatte es in der gesamten Zeit ihres Aufenthaltes noch nicht dorthin geschafft. Das wollte sie jetzt nachholen. Auf dem Weg lieferte sie sich eine Art Wettrennen mit den Wolken.

Sie brauchte eine halbe Stunde, bis sie ihn endlich erreicht hatte. Zu ihrer Überraschung sah er nicht so schön aus wie auf den Postkarten. Je näher sie kam, desto klarer konnte sie erkennen, dass das Gebäude in die Jahre gekommen war. Der Turm war aus Backstein gemauert und weiß angestrichen. In der Mitte befand sich ein breiter roter Streifen, allerdings war die Farbe schon lange nicht mehr erneuert worden. Das Laternenhaus auf der Leuchtturmspitze schien aus Messing zu sein. Jedenfalls war es komplett von Grünspan überzogen. Trotzdem war es schön hier. Wunderschöne Rosensträucher blühten um den Turm herum. Eine alte Bank stand dazwischen. Sie betrachtete die Tür. Sie war offenbar vor einem halben Jahrhundert das letzte Mal erneuert worden. Jetzt war sie mit Graffiti beschmiert.

Helene setzte sich auf die Bank und beobachtete, wie die grauen Wolken langsam wegzogen. Wie schön, dass hier die Sonne schien.

In der Ferne hörte sie Menschen sprechen. Die Stimmen kamen näher, und dann stand plötzlich die Bäckerin aus dem Dorf vor ihr. In einiger Entfernung war ihr männlicher Begleiter auf dem Weg stehen geblieben und sah sich anscheinend etwas am Wegrand an.

»Moin«, rief Helene freundlich.

»Moin«, entgegnete Emma erfreut. »Helene! Das ist eine Überraschung.«

»Wieso?«

»Ach, hier am Leuchtturm ist meist nicht viel los.«

»Ist das hier nicht ein Touristenmagnet?«

»Nicht wirklich. Unser Turm ist nicht so schön wie andere, die noch in Betrieb sind oder schön restauriert wurden, sodass sie auf jedem Touristenprospekt abgedruckt sind.«

»Mir gefällt es hier. Shabby Chic!«

Emma lachte. »Hast du einen schönen Urlaub?«

»Wunderschön«, antwortete Helene. »So schön, dass ich am liebsten bleiben würde. Ich habe sogar überlegt, hierherzuziehen.«

Emma lächelte. »Ich finde es hier in Süderwiek auch am schönsten.«

»Na ja«, hörte sie eine Männerstimme. Emmas Begleiter kam jetzt zu ihnen und stellte sich neben Emma. In der Hand hielt er ein paar Muscheln, die er wohl gesammelt hatte.

»Na klar, du findest es überall schön, außer hier«, sagte Emma zu ihm.

»Das stimmt nicht ganz«, erwiderte er ernst.

»Das ist mein Bruder David.«

Helene begrüßte ihn.

»David war froh, als er mit achtzehn von hier wegziehen konnte«, erklärte Emma.

»Versteh mich nicht falsch«, sagte David zu Helene. »Die Natur finde ich wunderbar, ich liebe auch das Meer. Aber manchmal habe ich den Eindruck, dass eine geringe Einwohnerzahl auch das Denken engstirniger macht.«

»Jetzt gehst du zu weit«, widersprach seine Schwester bestimmt. »Helene überlegt sogar, hierherzuziehen.«

»Tatsächlich!«, rief er erstaunt.

»Na ja, ich habe darüber nachgedacht. Es wäre schön, aber in der Realität reise ich in wenigen Tagen wieder zurück in den Süden.«

»Süddeutschland ist schön. Aus welcher Gegend kommst du?«

»Ein kleiner Ort bei Mannheim.«

»Schön, ich habe eine Weile in Speyer gelebt«, erwiderte er.

»Das ist nicht weit weg.«

»Dort gibt es viele Flüsse, wirklich schön. Ich mag die Gegend.«

»Aber das Meer ist trotzdem anders – größer, weitläufiger«, wandte Emma ein.

»Das Meer ist etwas Besonderes«, stimmte Helene zu und blickte durch die blühenden Büsche zur See hinüber.

»Das stimmt natürlich«, sagte David.

»Deshalb ist mein Bruder kein Bäcker, sondern Meeresbiologe geworden«, erklärte Emma und legte ihrem zwei Köpfe größeren Bruder einen Arm um die Hüfte.

»Der beste Beruf«, sagte er und nickte.

»Meeresbiologe?«, fragte Helene. »Und was hast du dann in Süddeutschland gemacht?«

»Ich habe ein Praktikum im Sea Life absolviert. Ich war an einem Zuchtprogramm für bedrohte Rochenarten beteiligt.«

»Also kommst du doch nie von der See weg«, stellte Helene fest.

»Da hast du recht. Wir stammen halt aus einer alten Nordseefamilie.« Er zuckte mit den Schultern.

»Stimmt«, pflichtete Emma ihm bei. »Unsere Familie lebt schon seit Ewigkeiten hier im Ort. Einer unserer Vorfahren war sogar Leuchtturmwärter.«

»Echt? Wie spannend!«, sagte Helene.

Emma blickte zur Leuchtturmspitze empor. »Die Gemeinde bemüht sich seit Jahren, dieses wunderschöne Gebäude zu restaurieren und dann vielleicht an Künstler zu vermieten. Es ist sehr schade, dass es so verkommt.«

Helene hörte ihnen aufmerksam zu. »Und wie ist der aktuelle Stand?«, fragte sie.

»Es wird gerade geprüft. Der Gemeinderat hofft auf eine Bewilligung von Fördergeldern vom Land, dann könnte der Turm in ein bis zwei Jahren genutzt werden.«

»Klingt nach einem tollen Projekt.«

»Du siehst, auch hier oben in unserem kleinen Ort ist immer etwas los.« Emma zwinkerte Helene zu. »Ich würde mich jedenfalls sehr freuen, dich hier bald als Nachbarin zu begrüßen.«

»Das ist sehr nett.« Es tat gut, zu hören, dass sie hier weiterhin willkommen war.

»Ich gehe schon mal vor«, meinte David und verabschiedete sich von den Frauen. Sie sahen ihm hinterher.

»Mein Bruder. Geht immer seinen eigenen Weg.«

»Eigentlich gut«, fand Helene.

»Stimmt, wenn ich bedenke, wie schüchtern er als Kind war.«

»Die Männer hier im Ort scheinen wohl eher von der zurückhaltenden Sorte zu sein«, bemerkte Helene.

»An wen denkst du da? An Lasse?«

Helene fühlte sich überrumpelt. »Woher weißt du …?«

»Das ist der Nachteil eines kleinen Ortes.« Emma lächelte. »Ich habe euch neulich am Hafen gesehen, als ihr mit dem Segelboot zurückgekommen seid. Deswegen habe ich jetzt einfach mal ins Blaue geschossen … Ich kenne Lasse schon sehr lange, er ist nett. Doch das Leben hat ihm übel mitgespielt. Früher war er sehr viel lebensfroher. Aber vielleicht schaffst du es, den alten Lasse wieder zum Vorschein zu bringen.«

»Ich weiß nicht«, erwiderte Helene.

»Er hat sich zu sehr zurückgezogen seit Katrins Tod. Wenn ihn jemand da rausholen kann, dann du. Letztens am Hafen wirkte er jedenfalls glücklich und entspannt. Schließlich kann man nicht ewig trauern, das Leben ist doch viel zu kurz. Und ich sage nur eins: In den letzten Jahren wäre es undenkbar gewesen, dass man Lasse mit einer Frau auf seinem Boot gesehen hätte. Das hast du auf jeden Fall schon mal geschafft. Ich glaube, du unterschätzt die Wirkung, die du auf ihn hast.«

»Vielleicht. Und dennoch kann man die Einsicht, dass man nicht ewig trauern kann, niemandem aufzwingen.« Helene zuckte mit den Schultern.

»Stimmt. Wie auch immer, ich finde, dies ist ein schöner Ort. Und man kann hier auch glücklich leben. Ich bin der lebende Beweis dafür.«

Helene lächelte.

Zurück in der Pension, checkte sie Ingas E-Mails. Einige Handwerker hatten Angebote für die Reparaturarbeiten geschickt. Doch die Preise waren allesamt so hoch, dass sie keine andere Wahl hatten, als dankend abzulehnen.

Nachmittags war sie mit den Kindern bei Clara eingeladen. Während die Kinder miteinander spielten, vertraute Helene sich ihrer neuen Freundin an.

»Ich weiß nicht, ob ich hierbleiben soll«, erklärte sie. »Die Geschichte mit Lasse war nur ein schöner Traum. Ebenso die Idee, dass ich in die Pension einsteigen könnte.«

»Du solltest auf jeden Fall im Sinne aller Beteiligten, für Inga und natürlich auch für die Kinder, möglichst schnell klare Verhältnisse schaffen«, fand Clara.

»Ja, ich weiß …« Helene seufzte.

»Bei euch im Süden fängt die Schule doch auch bald wieder an.«

Helene nickte. »Ja. Ich muss unbedingt mit Inga sprechen. Und ich muss auch wieder arbeiten. Mein Chef hat mir noch eine Woche unbezahlten Urlaub gewährt, weil mein nächstes Projekt erst danach anläuft. Und Inga ist bereit, mich kostenlos in der Pension wohnen zu lassen, solange ich ihr helfe. Aber ewig kann ich so nicht weitermachen.«

* * *

Abends, als die Kinder im Bett waren, setzte sie sich mit Inga bei einem Glas Wein zusammen.

»Inga, wir müssen reden ...«, fing sie an. Doch sie hatte Schwierigkeiten, die richtigen Worte zu finden.

»Du musst wieder zurück nach Süddeutschland«, sagte Inga, die offensichtlich merkte, was in ihrer Freundin vor sich ging.

»Ich sehe mittlerweile keinen richtigen Grund mehr, hierzubleiben. Oder willst du doch für die Pension kämpfen?«

»Ach, ich habe so viel gekämpft in meinem Leben. Jetzt bin ich müde«, erwiderte Inga traurig.

»Johanna muss bald wieder in die Schule ... und mit Lasse ... Nun, ich habe dir ja schon erzählt, wie es mit ihm ausgegangen ist. Mir ist klar geworden, dass es für uns keine gemeinsame Zukunft gibt. Egal, wie sehr er mich auch fasziniert.« Sie seufzte. »Ich glaube, ich müsste zu sehr um unsere Liebe kämpfen, wenn ich mit ihm zusammenkommen wollte. Mit der Gefahr, wieder verletzt zu werden. Und dafür habe ich ehrlich gesagt keine Kraft.« Sie staunte über sich selbst, dass sie sich Inga gegenüber öffnen und ihre Gedanken, die in den letzten Tagen so wenig greifbar gewesen waren, so klar formulieren konnte.

Inga schob ihren Stuhl näher an ihren und legte einen Arm um sie. »Ach, komm her. Das kann ich sehr gut verstehen. Wir hatten einen schönen gemeinsamen Traum, aber die Zeit dieser Pension ist einfach abgelaufen. Mach dir deswegen keine Gedanken; ich komme schon zurecht. Und ihr könnt ja trotzdem nächstes Jahr wieder nach Süderwiek kommen. Ich werde schon noch irgendwo in der Gegend sein.«

Helene merkte, wie ihr Tränen in die Augen schossen. Sie zog die Nase hoch.

Inga reichte ihr ein Taschentuch. »Und mit aussichtslosen Beziehungen kenne ich mich übrigens auch aus«, ergänzte Inga. »Nicht jeder findet den perfekten Partner und bleibt mit ihm zusammen. Und doch geht das Leben weiter. Helene, ich werde dir jetzt ein Geheimnis erzählen, über das ich noch nie mit jemandem gesprochen habe. Auch nicht mit Lasse.«

Helene sah sie fragend an.

»Diese Geschichte liegt schon bald fünfzig Jahre zurück … und sie belastet mich noch heute. Dabei dachte ich, dass ich das alles tief in meiner Erinnerung vergraben hätte. Aber durch das ganze Durcheinander der letzten Wochen … die Probleme mit der Pension, den neuen Streit mit Lasse … kam so vieles wieder hoch …« Sie stockte einen Moment und nahm einen tiefen Schluck aus ihrem Weinglas.

Dann begann Inga zu erzählen.

23.

Inga

1973

Endlich war es Frühling geworden. Die Bäume erblühten in ihrer ganzen Pracht, und die Sonne schien, wobei es immer noch bitterkalt war. Inga hatte ihre Haare zu zwei Zöpfen gebunden; die lange bunte Tunika fiel locker über ihren knielangen Jeansrock. Inga faszinierte die exotische, bunte Mode, die gerade angesagt war. Hier in der Gegend konnte man eine solche Tunika nirgendwo kaufen, aber sie hatte sich mit einem Schnittmuster selbst eine genäht und mit Batiktechnik gefärbt.

Sie war nun schon seit fast fünf Jahren mit Sven verheiratet. Arbeiten gehen musste sie seither nicht mehr. Und Sven wollte das auch gar nicht; sie waren nicht auf zusätzliches Geld angewiesen. Wichtiger war es ihm, dass sie sich um den Haushalt kümmerte. Doch für sich selbst nähte sie immer noch, was eine wunderbare Ablenkung zum sonst so tristen Alltag mit ihm war. Kinder hatten sie noch keine, auch wenn Sven wenig Zweifel daran ließ, wie sehr er sich einen Junior wünschte. Doch bisher waren alle Versuche, einen Stammhalter zu zeugen, gescheitert.

Nun genoss Inga die Sonne, heute war sie gut gelaunt. Viel zu lange war es dunkel und kalt gewesen. Sie lauschte dem frühlingshaften Vogelgezwitscher, während sie nach Hause lief. Die Natur erwachte, wo man hinsah, und dieser Optimismus übertrug sich auf sie. Im Tante-Emma-Laden hatte sie sich einige Reisemagazine und ein paar Lebensmittel gekauft. Der blaue Bus, der aus der Stadt kam, fuhr gerade an ihr vorbei und hielt an der einzigen Bushaltestelle des Dorfes.

»Moin, Inga!«, begrüßte sie eine Nachbarin.

Inga blieb kurz stehen und grüßte zurück. Während die Frau weiterlief, fuhr auch der Bus weiter. Inga blickte auf die andere Straßenseite zur Bushaltestelle und erschrak so sehr, dass ihr die Tasche mit den Einkäufen und den teuren Magazinen aus der Hand fiel. War der Mann, der dort gerade ausgestiegen war, wirklich Jasper? Seit damals … vor fünf Jahren … war er ihres Wissens kein einziges Mal ins Dorf zurückgekehrt. Sie wusste auch nicht, was zwischenzeitlich aus ihm geworden war. War er bereits ein erfolgreicher Musiker? Sie hatte nie wieder etwas von seinem Pseudonym, von Jo Peters, gehört.

Und jetzt stand er plötzlich auf der anderen Straßenseite. Neben ihm auf dem Boden lag eine abgetragene braune Leinentasche. Er hatte sich verändert, es war offensichtlich, dass er viel gesehen, viele Erfahrungen gesammelt hatte. Schon seine Kleidung stach hervor. Er trug einen braunen Ledermantel, dazu einen dünnen, glitzernden Schal. Die gepflegten blonden Haare fielen ihm in lockeren Wellen auf die Schultern. Jasper schien es geschafft zu haben, auch wenn er aus der Ferne auf Inga irgendwie müde und traurig wirkte.

Ihre Blicke trafen sich. Beide standen wortlos da und starrten sich an, während Autos und Fahrradfahrer an ihnen vorbeifuhren. Aus Ingas gehäkelter Einkaufstasche ergoss sich Sauerkirschsaft über die teuren Magazine. Das Glas mit den Kirschen hatte sie für den Milchreis gekauft, den sie heute kochen wollte. Doch all das war ihr in diesem Moment egal. Sie konnte ihren Blick nicht von ihm abwenden.

Schließlich war es Jasper, der seine Tasche nahm und zu ihr auf die andere Straßenseite kam. »Moin«, sagte er lässig.

»Hallo, Jasper«, hauchte sie. Sie fühlte ihre Beine kaum noch und hörte auch nicht, was er als Nächstes sagte. Es war, als würde sie die Kontrolle über ihren Körper verlieren. Alles drehte sich, und plötzlich wurde ihr schwarz vor Augen.

Irgendwann hörte sie Rufe, die aus weiter Ferne zu kommen schienen. »Inga, Inga, wach auf!«

Ihre Augenlider fühlten sich schwer an, und als sie es schließlich schaffte, sie zu öffnen, blickte sie direkt in Jaspers Augen.

»Inga, was ist los?«, fragte er besorgt.

Sie versuchte, sich aufzurichten.

Eine Frau blieb stehen. »Soll ich einen Krankenwagen rufen?«, fragte sie alarmiert.

»Nein, nein, ich denke, das wird schon wieder«, beruhigte Jasper sie. Er half Inga vorsichtig wieder auf die Beine und führte sie zur Bank an der Bushaltestelle.

»Hat dich mein Anblick so erschreckt, dass du in Ohnmacht gefallen bist?« Er versuchte zu lächeln, während er das sagte. Doch Inga konnte nicht an sich halten. Sie schluchzte hemmungslos. Jasper wusste nicht, was er machen sollte. Er versuchte, ihr die Tränen abzuwischen.

Sie hielt seine Hände fest und drückte sie gegen ihre glühenden, blassen Wangen. »Es tut mir so leid …«, stammelte sie.

Jasper zuckte mit den Schultern. »Das hoffe ich, schließlich ging es mir hundeelend, nachdem du mich einfach sitzengelassen und auch gleich einen anderen geheiratet hast.«

»Ich wollte …«, setzte sie erneut an, doch Jasper unterbrach sie.

»Es wühlt mich sogar jetzt noch auf.« Er sah ihr tief in die Augen. »Ich wollte am liebsten sterben.«

Inga konnte nicht aufhören zu weinen. Genau das hatte sie befürchtet. Sie hatte immer versucht, die Gedanken an Jasper wegzuschieben, um sich nicht vorstellen zu müssen, wie es ihm wohl ging.

»Ich habe mich gefragt, wie du mir so etwas antun konntest. Wie konntest du so grausam sein?« Seine Stimme klang fast gleichgültig, sodass es sie noch tiefer traf.

»Ich musste es tun!«, rief sie verzweifelt.

Jasper hob die Augenbrauen. »Du musstest Sven heiraten? Wer hat dich dazu gezwungen?«

Inga atmete tief ein und aus und versuchte, sich wieder etwas zu beruhigen. »In der damaligen Situation schien es mir der einzige Weg zu sein. Er hat versprochen, meinen Eltern das Haus zurückzukaufen, wenn ich ihn heirate.«

»Und es gab keinen anderen Ausweg, als jemanden aus solch einem materiellen Grund zu heiraten?«

Es klang so absurd, als er es aussprach. Sie hatte einen Mann geheiratet, den sie nicht liebte, nur damit ihre Eltern ihr Haus nicht verloren. »Ich hatte Angst, dass sich meine Mutter das Leben nimmt. Das war der Grund.«

Jasper sagte eine Weile nichts. Er wirkte wütend. »Du hättest es mir zumindest persönlich sagen können. Ich dachte, ich wäre dir egal.«

Sie hielt immer noch seine Hände. »Ich hatte nicht die Kraft dazu, nach Hamburg zu fahren, um es dir zu sagen, und auch nicht den Mut. Und irgendwann war ich mir nicht mehr sicher, ob ich dich unter der mir bekannten Adresse überhaupt noch finden würde.«

Jasper merkte, dass die Passanten sie beobachteten. Er fiel den Dorfbewohnern sofort als exotischer Fremder auf. »Hey, ich muss zu meinen Eltern. Mein Vater feiert seinen fünfzigsten Geburtstag, und die Leute gucken schon komisch.«

Sie nickte. »Danke.«

»Wofür?«, fragte er.

Sie zuckte mit den Schultern. »Dass du noch mit mir sprichst.«

»Du warst mal meine Sonne, da konnte ich dich nicht einfach auf der Straße liegen lassen.«

Dieser Satz reichte ihr. Er gab ihr Kraft. Jasper ging, aber sie blieb noch eine Weile auf der Bank sitzen. Auch als er schon lang außer Sichtweite war, sah sie ihm noch hinterher. An ihre Einkaufstasche dachte sie nicht mehr, stattdessen stand sie irgendwann auf und lief ziellos durch die wenigen Gassen des Dorfes und dann immer weiter durch die Dünenlandschaft. Lediglich eine Handvoll Schafe grasten auf einer Salzwiese in der Ferne. Sie wusste nicht, wie lange sie bereits gelaufen war, hatte jegliches Zeitgefühl verloren.

Doch auch wenn sie noch vor eineinhalb Stunden vor Schwäche ohnmächtig geworden war, hatte sie jetzt so viel Kraft, dass sie schnellen Schrittes wieder zurücklief. Sie musste unbedingt mit Sven sprechen.

Als sie nach Hause kam, hörte sie ihn in der Küche rumoren. Sven durchsuchte gerade den Kühlschrank.

»Moin, wo warst du denn so lange? Ich hab mir schon Sorgen gemacht.«

Als sie ihn sah, verließ sie plötzlich der Mut. »Ich war spazieren und hab die Zeit vergessen.«

»Kochst du uns noch etwas oder gibt es Reste von gestern?«

»Ich mache schnell Bratkartoffeln und Würstchen.«

»Schon wieder?«, murrte er, schloss den Kühlschrank und sah sie erwartungsvoll an. »Wolltest du nicht Milchreis machen?«

»Es gab im Laden keine Sauerkirschen.«
Er nickte und ging ins Wohnzimmer.

Schweigend aßen sie wenig später die heißen Bratkartoffeln, und Inga bemerkte, dass sie plötzlich alles an ihrem Mann störte. Wie er aß, wie er kaute, ja sogar, wie er sie anlächelte. Als er fertig war, stand er auf, ließ das Geschirr stehen und ging zurück ins Wohnzimmer auf die Couch.

Inga war der Appetit vergangen. Sie hatte sich zusammenreißen müssen, um in Svens Anwesenheit überhaupt einige Bissen herunterzubekommen. Jetzt räumte sie den Tisch ab. Sie hatte ihm sogar noch Milchreis gemacht, statt Kirschen hatte es selbst gemachtes Apfelmus dazu gegeben. »Mit Kirschen schmeckt er besser«, war sein einziger Kommentar dazu gewesen.

Während er noch eine Sportsendung sah, ging sie hoch ins Bett. Als Sven wenig später dazukam, tat sie so, als würde sie bereits schlafen. Gerade als sie hoffte, dass auch er schnell einschlafen würde, robbte er herüber auf ihre Seite des Bettes und begann sie zu küssen. »Ich habe dich vermisst«, murmelte er und wanderte mit seinen Händen unter ihr Pyjama-Oberteil.

»Ach, Sven, ich bin müde.«

Doch das war ihm egal. Obwohl ihm Inga ganz klar signalisierte, dass sie nicht mit ihm intim werden wollte, fummelte er unbeirrt weiter an ihr herum.

Bis sie ihn schließlich von sich stieß und schrie: »Ich möchte nicht!«

»Du möchtest seit Wochen nicht! Aber du bist meine Frau! Warum hast du mich eigentlich geheiratet?«

Sie sah ihn wütend an und wollte ihm ins Gesicht schreien, dass er den Grund doch ganz genau kenne. Doch sie biss sich auf die Zunge.

»Das hast du gut gemacht mit deiner Familie. Der Sex war okay, bis ich euch das Geld fürs Haus gegeben habe. Ich weiß, warum du mich geheiratet hast. Damit ich deiner Sippe das Haus kaufe«, sagte er.

»Aber du hast es angeboten!«, antwortete sie kalt.

»Weil ich dich liebe. Ich habe gedacht, dass du mich irgendwann auch lieben wirst«, antwortete er traurig.

Inga seufzte. »So können wir nicht weitermachen, Sven.«

Er hörte ihr nicht zu. »Ich habe verstanden, Inga. Du hast mir nur was vorgespielt, bis du dir sicher warst, dass alles in trockenen Tüchern war, und jetzt bin ich dir nicht mehr gut genug.«

»Wir sind doch beide unglücklich.«

»Das liegt nur an dir; du kannst auch anfangen, mich endlich zu lieben.« Nach einer Weile fügte er hinzu: »Oder möchtest du, dass deine Eltern ihr Haus wieder verlieren?«

Genau vor diesem Satz hatte sie sich seit Jahren gefürchtet. Er würde sie also unter Druck setzen. Sie wusste nicht, was sie darauf sagen sollte, fühlte sich machtlos. Es war ein Totschlagargument, das war auch Sven klar. Wütend drehte sie sich von ihm weg und zog sich die Decke bis zur Nase. Sie hörte, wie er seufzte und ins Bad ging.

Inga konnte nicht mehr einschlafen. Die Gedanken wirbelten wie ein Orkan durch ihren Kopf. Sie ging hinunter in die Küche und wartete, dass es endlich Tag werden würde.

»Guten Morgen, Schatz!«, rief Sven, als er einige Stunden später die Küche betrat. Er benahm sich, als wäre nichts geschehen. Das machte sie wütend.

»Ich gehe jetzt arbeiten und komme gegen vier wieder«, sagte er noch.

»Bis später«, entgegnete sie knapp.

Als sie hörte, dass er weggefahren war, setzte sie sich an den Küchentisch und weinte. Bis gestern hatte sie sich hier noch wohlgefühlt, hatte sich mit ihrem Leben arrangiert. Sie hatte sich beim Kochen verwirklicht, sich mit dem Kauf von Magazinen getröstet und von fernen Ländern geträumt. Anfangs hatte sie sich im Bett immer vorgestellt, dass nicht Sven, sondern Jasper neben ihr lag. Das machte es ihr möglich, ihn auf sich zu ertragen, ohne dabei in Tränen auszubrechen. Mit der Zeit wurde alles zu einer Art Routine. Ihre Kreativität steckte sie in die Einrichtung des Hauses und in das Nähen und Stricken von Kleidungsstücken.

All das hatte funktioniert, bis sie gestern Jasper wiederbegegnet war.

Das Telefonklingeln riss sie aus ihren Gedanken.

Sie sah auf die Uhr. Meist rief ihre Mutter um diese Zeit an. Seit sie Sven geheiratet hatte, versuchte ihre Mutter alles, um ihre Dankbarkeit auszudrücken. Doch Inga ging ihren Eltern aus dem Weg, beschränkte die Besuche auf einmal im Monat. Sie ertrug das Haus, in dem sie aufgewachsen war und das sie über alles liebte, nicht mehr. Ihre Mutter drängte sie auch nicht, häufiger vorbeizukommen. Es war der Preis, den ihre Mutter bezahlen musste. Sie wusste, dass ihre Tochter nicht glücklich war, und würde sich für den Rest ihres Lebens schuldig fühlen.

Äußerlich versuchte Inga, sich nichts anmerken zu lassen, wenn sie ihre Familie traf, doch in Wahrheit konnte sie ihr nicht vergeben, dass sie ihretwegen Sven hatte heiraten müssen.

Nach dem vierten Klingeln nahm sie genervt ab. Doch es war nicht ihre Mutter.

»Hallo, Inga«, hörte sie eine ihr wohlbekannte Stimme am anderen Ende der Leitung.

»Jasper?«, fragte sie, obwohl ihr klar war, dass er es war.

»Ich wollte wissen, wie es dir geht.«

Bevor sie antworten konnte, liefen ihr wieder die Tränen übers Gesicht.

»Inga, alles klar?«, fragte er.

»Können wir uns kurz sehen?«

»Ja.«

»An der alten Parkbank, neben dem Wäldchen«, schlug sie vor.

Inga sah nicht in den Spiegel, nachdem sie aufgelegt hatte. Sie achtete auch nicht darauf, was sie anhatte, sondern hastete direkt aus der Tür. Sie wollte unbedingt sofort zu ihm.

Sitzen konnte sie nicht. Sie war zu nervös und lief unruhig auf und ab. Immer wieder blickte sie auf die Uhr, hatte Angst, er werde nicht kommen. Doch schließlich sah sie ihn auf sich zuradeln.

Sie ging ihm entgegen und lächelte.

Jasper erwiderte ihr Lächeln und stieg vom Fahrrad ab. »Fast wie früher«, meinte er.

Inga biss sich auf die Lippe.

»Aber es ist nicht wie früher, du bist ja verheiratet«, sagte er dann.

Er stellte das Fahrrad ab und stellte sich vor sie, die Hände in den Taschen seiner Hose vergraben. Der dicke weiße Wollpullover stand ihm gut.

Sie wollte sich so gern an ihn schmiegen wie früher, doch jetzt war alles anders. »Komm, lass uns spazieren gehen«, schlug sie vor und deutete auf den Fußweg, der in den Wald führte.

Er folgte ihr. »Warum wolltest du mich sehen?«, fragte er.

»Ich möchte dir erklären, warum ich nie nach Hamburg nachgekommen bin.«

Er zuckte mit den Schultern. »Das hast du mir schon gesagt.«

Inga blieb stehen. »Ich möchte dir erklären, wie es mir damals ging. Meine Mutter hätte sich umgebracht, wenn sie in diese eklige kleine Wohnung hätte umziehen müssen. Und

Sven wollte ihnen die Hypothek auf das Haus ablösen, wenn ich ihn heiratete.«

Jasper sah sie verständnislos an. »Aber wir hätten doch bestimmt auch einen Weg gefunden, ihnen zu helfen! Wir hätten sie unterstützen können.«

»Das waren doch nur unrealistische Träume, jedenfalls damals; und ich wollte nicht für den Selbstmord meiner Mutter und auch nicht für den Zerfall der restlichen Familie verantwortlich sein. Damit hätte ich nicht leben können. Die Heirat mit Sven erschien mir als der einzige Ausweg.«

Jasper atmete tief ein und langsam wieder aus. »Liebst du ihn?«

Inga sah ihm tief in die Augen. Sie schüttelte den Kopf. »Nein. Ich stelle mir immer vor, du wärst mein Mann und nicht Sven.«

»Wie lange möchtest du so weiterleben?«

Sie zuckte mit den Schultern. »Ich habe die Gefühle für dich tief in mir vergraben und mich mit meiner Situation arrangiert.« Sie seufzte. »Bis gestern, als ich dich nach so langer Zeit wiedersah.« Erneut liefen ihr die Tränen über die Wangen. »Da war mir plötzlich klar, dass ich so nicht mehr leben kann.«

»Was willst du machen?«, fragte er.

»Ihn verlassen.«

»Und dann?«

Sie zuckte mit den Schultern. »Mal sehen.«

»Du könntest immer noch zu mir kommen, nach Hamburg.«

Sie lächelte. »Bist du mir nicht böse?«

»Nicht mehr«, sagte er. Dann beugte er sich vor und küsste sie.

Inga schloss die Augen, und es war sofort wieder wie früher. Nichts an ihren Gefühlen hatte sich verändert. Sie nahm ihn an der Hand und zog ihn hinter eine große Eiche. Die Bäume standen hier dicht an dicht. Dazwischen wuchsen wilde Büsche und Moos, sodass die Stelle gut vor Blicken geschützt war.

»Wir haben immer auf den perfekten Moment gewartet«, flüsterte sie.

»Wenn du wüsstest, wie oft ich es mir vorgestellt habe. Es war mir eigentlich egal, wo.«

»Aber warum hast du dann damals ...« Sie traute sich nicht, den Satz zu beenden.

»Ich wusste, dir war es wichtig.«

Ihr wurde warm ums Herz. »Oh.«

Jasper zog sie an sich, und sie versank in seiner Umarmung. Dann sah sie ihn an. »Ich bin bereit«, flüsterte sie und küsste ihn.

Sie hatte immer davon geträumt, dass ihr erstes Mal mit Jasper ganz besonders würde, und hier waren sie, an diesem kalten Frühlingstag im Wald.

Diesmal war keiner der beiden schüchtern. Sie wussten, worauf sie sich einließen, waren erwachsen. Er küsste ihren Hals und ließ seine kalte Hand über ihre Schulter zum Dekolleté gleiten. Auf ihrem ganzen Körper breitete sich Gänsehaut aus. Sie genoss seine Berührung und wünschte sich immer mehr davon. Ihre Hände schlüpften unter seinen Pullover und wanderten den Rücken hoch. Ausgiebig kosteten sie gegenseitig ihre Nähe aus, küssten sich, konnten nicht genug voneinander bekommen. Sie waren nicht mehr ungeschickt und zurückhaltend. Hungrig nach mehr, zog er schließlich ihr kurzes Wollkleid hoch, während sie seine Hose aufknöpfte. Ungeduldig bohrte sie ihre Finger in seinen Rücken. Inga lehnte sich an den Baum und Jasper hob sie hoch, sodass sie seine Hüften mit den Beinen umschlingen konnte. Sie waren so eng aneinandergepresst, dass es fast schmerzte. Doch sie wollte ihn nicht loslassen, wollte nicht, dass dieser Augenblick zu schnell vorbei war, wollte diesen Traum so lang wie möglich ausdehnen. Dieser Moment war zu schön und die Angst, alles zu verlieren, zu groß.

Es war das erste Mal, dass sie erfahren durfte, was es bedeutete, sich vollkommen zu verlieren und einen Höhepunkt zu spüren. Sie wollte dieses Gefühl unbedingt noch einmal erleben, zog ihn auf den Boden. Es störte sie nicht, dass es kalt war. Im Gegenteil, sie spürte eine unglaubliche Hitze in sich aufsteigen, und das kalte Moos fühlte sich an wie die flauschigste Decke.

»Jetzt weiß ich endlich, wovon sie in den Groschenromanen immer schreiben«, flüsterte sie ihm danach ins Ohr.

Jasper lachte. »Darauf haben wir ganz schön lange gewartet.«

Sie lächelte und hielt ihn immer noch fest.

Irgendwo in der Nähe brach ein Vogelschwarm aus einer Baumkrone hervor. Das Laub raschelte, und der Lärm riss Inga aus dem Moment, in dem die Welt nur aus ihnen beiden zu bestehen schien. Doch es gab auch noch eine Wirklichkeit um sie herum.

Hand in Hand liefen sie durch das Wäldchen.

»Ich werde mit Sven sprechen und ihn verlassen. Ich kann keinen einzigen weiteren Tag mit ihm zusammenleben.«

»Ich reise morgen wieder zurück nach Hamburg. Komm doch mit«, sagte er fast beiläufig.

»Meinst du das ernst?«

Jasper blieb stehen und schaute ihr tief in die Augen. »Ja, das meine ich ernst.«

Inga nickte. »Ich packe meinen Koffer und komme mit dir«, versprach sie.

Er küsste sie.

Sie vereinbarten, dass er sie am nächsten Abend abholen werde. Sein Vater hatte ihm sein altes Auto geschenkt, und er würde am Deich auf sie warten.

Obwohl sie noch im Glück schwelgte, bekam sie Magenkrämpfe, als sie sich ihrem Haus näherte. Was würde aus ihren Eltern werden? Was würde Sven machen? Sie wusste es nicht. Das Einzige, was sie wusste, war, dass sie so nicht mehr weiterleben konnte. Und dass sie endlich ihre wahre Liebe gefunden hatte.

24.

Helene

»Einige Wochen später merkte ich, dass ich schwanger war. Da war mein Mann bereits tot.«

»Also ist Jasper Lasses Vater?«, fragte Helene.

Inga nickte.

»Was ist mit deinem Mann passiert?«

»Er liebte das Meer … und sein Segelboot. Das war seine Ablenkung in unserer Ehe, die nicht wirklich gut lief … kein Wunder. Ich liebte ja immer noch Jasper. Und der erwünschte Stammhalter war auch nicht in Sicht. Sven ist in dieser Zeit immer häufiger allein rausgefahren, auch bei rauer See. Eines Abends kam er nicht zurück …«

Unsicher sah Helene Inga an. »Und warum sagt Lasse, dass sein Vater gestorben sei?«

»Er denkt, Sven sei sein Vater gewesen.«

Helene sah sie mit weit aufgerissenen Augen an. »Du erzählst es mir, und Lasse weiß nichts davon?«

»Ich musste es endlich jemandem erzählen.«

»Das weiß sonst niemand?«

Inga schüttelte traurig den Kopf.

»Weißt du, ob Jasper noch lebt?«

»Nein. Ich habe ihn auch nie wieder in Süderwiek gesehen. Die erste Zeit hat er sich wohl ferngehalten, und dann sind seine Eltern aus dem Ort weggezogen, und er hatte keinen Grund mehr, hierherzukommen.«

»Warum bist du Jasper damals nicht gefolgt, als du bemerkt hast, dass du von ihm schwanger warst? Nachdem dein Mann gestorben war, bestand ja keine Gefahr mehr, dass deine Familie ihr Haus verliert.«

»Der Tod meines Mannes hat alles geändert. Es hätte sich wie ein Verrat an Sven angefühlt.«

»Ich dachte, du hast ihn ohnehin nie wirklich geliebt?«

»Das ist schwer zu erklären ...« Inga ließ den Kopf hängen und es wirkte, als fiele sie in sich zusammen.

Helene verstand Ingas Verhalten nicht. »Aber was hat dich daran gehindert, Kontakt zu Jasper aufzunehmen?«

»Ich stand mir wohl selbst im Weg«, meinte Inga.

»Aber wieso denn?«

»Manchmal ist es so, Helene. Nach dem Tod meines Mannes bin ich in eine Depression gefallen. Da half auch die Schwangerschaft nicht, um mich wieder am Leben freuen zu können. Ich hätte mir vorher auch nie vorstellen können, dass mir so etwas jemals passiert.«

Hatte Inga vorher noch sie getröstet, war es nun Helene, die ihren Arm um ihre Freundin legte.

Und Inga erzählte weiter. »Nachdem niemand im Ort Zweifel daran hatte, dass das Kind von Sven war, habe ich beschlossen, Lasse erst mal nichts von seinem Vater zu erzählen. Früher hat man in solchen Dingen noch anders gedacht, da hat man auch Adoptivkindern nicht erzählt, dass sie adoptiert waren, und für mich war es in dem Moment auch einfacher. Heutzutage weiß man, dass das falsch ist, weil die Kinder schon vor der Geburt Stress wahrnehmen können, der sie in der

Entwicklung prägt. Und solchen Stress hat eine Mutter natürlich in einer derartigen Situation. Selbst wenn man denkt, man könne ein Kind beschützen, indem man ihm nichts von seinen wahren Familienverhältnissen erzählt, dann bewirkt man damit nur das Gegenteil. Ich bin vor ein paar Jahren zufällig in einer Zeitschrift auf ein Interview mit einer Familientherapeutin gestoßen. Als sie von Adoptivkindern berichtet hat, musste ich sofort an die Mutter-Kind-Beziehung von Lasse und mir denken. Es war falsch von mir; ich hätte offen damit umgehen müssen. Aber damals dachte ich, es würde nichts bringen. Jasper war nicht da, also wozu? Später, als Lasse älter wurde, habe ich dann doch überlegt, es ihm zu sagen, habe immer auf den perfekten Zeitpunkt gewartet. Der natürlich nie kam. Als er erwachsen war, habe ich dann gänzlich den Mut verloren, ihm die Wahrheit zu sagen. Denn dann hätte ich ihm und mir gegenüber eingestehen müssen, dass ich ihn die ganzen Jahre angelogen hatte. Ich habe mich einfach nicht mehr getraut.«

»Noch ist es nicht zu spät, es ihm zu erzählen«, meinte Helene.

Inga seufzte und schloss die Augen. Helene spürte, dass dieses Thema Inga sehr aufwühlte. War sie zu weit gegangen mit ihrem Ratschlag? Sie konnte sich nur schwer vorstellen, wie Inga sich fühlte. Aber sie konnte spüren, dass dieses Geheimnis und die Entscheidung, Lasse nichts von seinem Vater zu erzählen, die sie vor so langer Zeit getroffen hatte, noch immer schwer auf Inga lasteten.

»Es ist okay, Inga. Wir entscheiden uns nicht immer richtig im Leben«, sagte sie beruhigend. »Du konntest in deiner Situation die Folgen doch nicht absehen.«

»Es stimmt, ich konnte damals nicht absehen, wie sehr mich das alles belasten würde. Svens Vater hat mir gegenüber immer wieder Andeutungen gemacht, als wäre ich für den Tod seines Sohnes verantwortlich. Als Lasse geboren wurde, war ich für eine kurze Zeit so glücklich wie noch nie in meinem Leben. Doch nach und nach kamen die dunklen Gedanken zurück. In den folgenden Monaten war ich ein richtiges Wrack. Ich war innerlich wie tot und wurde immer depressiver. Damals bin ich auf Reisen gegangen, wie ich dir schon erzählt habe. Irgendwann habe ich erfahren, dass Svens Vater den Ort verlassen hat. Er hatte eine Partnerin gefunden und sich ein neues Leben in einer Stadtvilla in Hamburg aufgebaut. Als ich wusste, dass ich ihm nicht mehr regelmäßig über den Weg laufen würde, spürte ich die Kraft, nach Süderwiek zurückzukehren. Und als ich zurückkam, habe ich die Pension eröffnet. Da war Lasse dann wieder bei mir, und am Anfang dachte ich, alles würde gut werden. Die Arbeit und der Kontakt mit den vielen verschiedenen Menschen haben mich auch eine Zeit lang ausgefüllt. Doch ehrlich gesagt war das Verhältnis zwischen mir und Lasse nie so innig, wie ich es mir gewünscht hätte.« Sie hielt einen Moment inne und sah Helene direkt an. »Denkst du, Kinder können es spüren, wenn man ein Geheimnis vor ihnen hat?«, fragte sie.

»Ich weiß es nicht.« Helene erinnerte sich, dass sie einmal in einem Erziehungsratgeber etwas über frühkindliche Traumaerfahrungen gelesen hatte. Das emotionale Gedächtnis eines Kindes speicherte unbewusst schlechte Erfahrungen aus frühester Kindheit, ja sogar dann, wenn die Mutter während der Schwangerschaft größerem Stress ausgesetzt war. Sie hatte die Lektüre sehr interessant gefunden. Und irgendwie hatte sie das Gefühl, dass an Ingas Angst etwas Wahres dran sein konnte.

»Ich weiß es nicht«, wiederholte sie. »Aber ich denke, du solltest ihm die ganze Wahrheit erzählen. Nur so kann eure Beziehung besser werden.«

Inga nickte stumm. Tränen rollten über ihre Wangen.

Helene hatte das Gefühl, dass das noch nicht alles war, was Inga bedrückte. Dass sie ihr noch nicht das ganze Geheimnis verraten hatte. Aber sie spürte auch, wie viel Kraft es Inga gekostet hatte, überhaupt darüber zu sprechen. Und sie merkte, dass es jetzt nichts brachte, sie weiter zu drängen.

Helene fühlte sich hilflos. Obwohl sie versuchte, rational zu bleiben, tat ihr Inga leid. Auch wenn sie keine Geschäftspartnerinnen werden würden, so würde Inga doch ihre Freundin bleiben. Selbst wenn dieser ganze Urlaub in wenigen Monaten nur noch eine blasse Erinnerung sein würde. Doch wie sollte sie ihr bloß helfen?

Sie saßen noch ein paar Minuten zusammen, dann verabschiedete sich Inga, und auch Helene ging auf ihr Zimmer. Ihre Kinder schliefen tief und fest, und Helene wurde ganz warm ums Herz, als sie sie dort im Bett liegen sah. Sie wirkten so zerbrechlich. Sie küsste beide noch einmal und legte sich leise zu ihnen. Vielleicht hatte es auch etwas Gutes, dass es mit Lasse und der Pension nicht klappte. Vielleicht hatte Lasse recht, und sie hätte sich damit völlig übernommen. Schließlich waren ihre Kinder das Wichtigste für sie, und die brauchten ihre gewohnte Umgebung. Von daher war es bestimmt gut, dass sie zurückfuhren.

Dennoch merkte sie, dass ihr beim Gedanken, diesen Ort zu verlassen, schwer ums Herz wurde. Nirgendwo hatte sie sich jemals so zu Hause gefühlt wie hier. Ihr würde das Meer fehlen, dieses wunderschöne Haus, Ingas Kochkünste und vor allem Inga und Lasse. Helene seufzte.

Genau in diesem Moment piepste ihr Telefon. Eine Nachricht von ihrem Ex-Mann.

Hallo ihr drei! Wie geht es euch? Ich vermisse euch sehr und bin gespannt, was ihr von eurem Urlaub erzählt.

Gleich darauf schickte er die nächste Nachricht:

Spontane Idee: Soll ich die Kinder für ein paar Tage abholen und mit an die Ostsee nehmen? Meine Eltern sind dort wie jedes Jahr in der Feriensiedlung. Vielleicht freuen sie sich über ein paar Tage mit ihren Großeltern.

Helene stand noch einmal auf, ging in den Flur vor ihr Zimmer und rief Micha an.

»Hallo, Lenchen!«, begrüßte er sie.

»Hallo, Micha. Äh, sag mal … ich dachte, du bist mit deiner, äh …« Ihr fiel der Name nicht mehr ein.

»Tina?«

»Äh, genau … mit deiner Tina im Urlaub?«

»Ach, ja, nee … Drei Wochen gemeinsamer Urlaub waren wohl doch etwas zu hoch angesetzt«, erklärte er knapp.

Damit wollte er wohl sagen, dass es mit seiner jungen Flamme doch nicht so gut lief, wie er sich das erhofft hatte.

»Wie dem auch sei. Ich habe ja jetzt noch ein paar Tage Urlaub übrig und würde die Kinder gern sehen.«

»Sie würden dich sicher auch gern sehen«, entgegnete Helene.

»Das ist schön zu hören. Du weißt ja, dass meine Eltern jedes Jahr an die Ostsee fahren, in dieses große Ferienhaus. Ich habe überlegt, dass ich zu euch rüberfahre und die Kinder dorthin mitnehme. So für drei Tage. Ich habe nachgesehen; das sind nur drei Stunden Fahrt von euch aus.«

»Hmm …« Helene überlegte. Vielleicht war das keine schlechte Idee. Dann konnte sie Inga noch drei Tage lang helfen, alles in der Pension für die endgültige Schließung zu sortieren.

Am nächsten Tag schliefen alle etwas länger. Als die Kinder wach waren, erzählte sie ihnen, dass sie doch nicht für immer hierbleiben würden.

»Aber warum denn?«, fragte Johanna.

»Wir können wegen des Wasserschadens nicht in der Pension wohnen, sogar Inga wird wegziehen müssen. Und eine neue Wohnung zu finden, braucht Zeit. Deshalb müssen wir das noch einmal gut überlegen und dann in Ruhe etwas für uns Passendes finden.«

»Was passiert mit den Tieren, wenn Inga hier wegmuss?«, wollte Johanna wissen.

»Die nimmt Inga bestimmt mit.«

»Können wir nicht in ihr neues Zuhause mit einziehen?«

Helene lächelte und schüttelte den Kopf. »Nein, mein Schatz, für uns alle ist dort kein Platz.«

»Und was passiert mit der Pension?«

Helene zuckte mit den Schultern. »Sie wird bestimmt lange renoviert.«

»Dann können wir vielleicht danach wieder hier einziehen.«

»Das könnte mehrere Jahre dauern.«

»Was? So lange?«

Helene nickte. Ihr fiel keine bessere Antwort ein.

Johanna schien nachzudenken, schließlich meinte sie: »Irgendwie bin ich froh und traurig.«

Helene strich ihrer Tochter zärtlich eine Strähne aus dem Gesicht. »Ich auch.«

Simon schien das Ganze egal zu sein. Er äußerte sich nicht dazu.

»Papa hat euch jedenfalls vermisst und freut sich darauf, euch zu sehen.«

»Oh ja, ich vermisse Papa auch!«, rief Simon.

»Bald werdet ihr ihn sehen. Was haltet ihr davon, wenn er euch hier abholt und mit euch für drei Tage zu Oma und Opa an die Ostsee fährt?«

»Oh ja!«, rief Simon begeistert.

»Ich werde Inga aber trotzdem vermissen und die Tiere und das Haus. Können wir sie in den nächsten Ferien wieder besuchen?«, bettelte Johanna.

»Das werden wir sehen, mein Schatz. Zumindest heute sind wir noch alle da und werden einen schönen Tag mit Inga verbringen.«

Das Wetter an diesem Tag spiegelte Helenes Inneres wider. Es war trüb und dunkel. Der kalte Wind kam ihr vor wie ein Zeichen, wieder nach Hause in den Süden zu fahren, wo es gerade über dreißig Grad warm war.

In der Küche roch es nach Schokoladenkuchen. Inga hatte gebacken und kochte schon das Mittagessen vor. Ihre Augen waren verweint. Sie versuchte, Witze zu machen, doch es war unschwer zu erkennen, dass sie sehr traurig war.

Johanna und Simon erkannten das auch und umarmten sie.

»Inga, wir werden dich sehr vermissen«, sagte Simon.

Johanna begann sogar zu weinen. »Ich werde die Katzen und Hühner vermissen.«

Inga lachte, doch es schien sie große Überwindung zu kosten, nicht erneut in Tränen auszubrechen.

»Wir werden uns regelmäßig anrufen und vielleicht auch nächsten Sommer besuchen«, schlug sie vor.

»Nächsten Sommer erst?«, schrie Johanna auf. »Das ist viel zu lang. Vielleicht kannst du zu Lasse ziehen, dann bist du nicht so einsam.«

»Mach dir nicht so viele Gedanken um mich, meine Kleine. Mir wird es schon gut gehen.«

Die Kinder verbrachten den ganzen Tag mit den Tieren. Immer wieder verabschiedeten sie sich von ihnen. Helene packte die Koffer für die Kinder, und auch sie empfand eine bedrückende Traurigkeit. Sie hatte ihr Herz geöffnet für einen Neuanfang in der Liebe, und jetzt war es erneut gebrochen.

Lasse war nicht bereit für eine Beziehung, wahrscheinlich würde er es nie sein. Sie würde Zeit brauchen, um das zu verdauen.

Inga hatte eine leckere Gulaschsuppe für alle gekocht. Ein letztes Mal saßen sie am Tisch versammelt und aßen still und traurig die würzige Suppe.

Nach dem Essen tauchte Micha mit seinem neuen Audi vor der Pension auf.

»Du warst ja schnell hier!«, rief Helene überrascht, als sie ihm die Tür öffnete.

»Ja, ich bin um vier Uhr morgens losgefahren.«

»Was ist mit deinem Hipsterbart passiert?«, fragte sie lächelnd.

Er kratzte sich am jetzt kurz geschorenen Dreitagebart und meinte: »Ach, es blieben ständig Essensreste darin hängen.«

Beide lachten. Das hatte sie einmal an ihrem Mann geliebt, seinen Sinn für Humor. Leider hatte es nicht für eine krisenfeste Beziehung ausgereicht.

Micha versuchte seit dem Ende ihrer Beziehung offenkundig, sich neu zu erfinden. Er war schon immer sehr modebewusst gewesen. Nun stand er in trendigen Sneakers vor ihr. Zur schwarzen Hose trug er ein weißes, teilweise löchriges T-Shirt mit buntem Aufdruck. Er schien in letzter Zeit trainiert zu haben, jedenfalls hatte er ein paar Muskeln mehr als früher.

»Möchtest du erst mal reinkommen und etwas essen? Du willst ja sicher nicht gleich weiterfahren mit den Kindern?«

»Ich dachte, ich bleibe noch einen Tag hier im Ort.«

»Du willst hierbleiben?«

»Ja, habe ich das nicht gesagt? Meine Eltern kommen auch erst morgen in ihrem Feriendorf an. Ist das ein Problem? Ich dachte, ich miete mir irgendwas …«

»Nein, das ist kein Problem. Du wirst nur Schwierigkeiten haben, so kurzfristig ein Zimmer hier im Ort zu finden.«

»Oh, Mist. Na ja, im Notfall kann ich auch im Auto pennen ...«

Helene dachte einen Moment nach. Das hinterste Gästezimmer im Obergeschoss war von dem Wasserschaden nicht betroffen gewesen.

»Ein Zimmer hat Inga noch frei. Du kannst sicher hier übernachten«, schlug sie vor.

»Echt? Ich will keine Umstände machen.«

»Nein, das ist schon okay. Ist ja nur für eine Nacht.«

Er nickte.

»Du siehst irgendwie anders aus«, bemerkte sie.

Micha hob die Augenbrauen. »Ich mache mehr Sport. Vielleicht ist es das.«

Sie zuckte mit den Schultern. »Kann sein. Jetzt hast du ja mehr Zeit dafür.«

»Hey, nicht gemein sein.«

Als sie die Küche betraten, wo die Kinder mit Inga an einem provisorischen Campingtisch mit Ausklappstühlen saßen, sprangen sie auf und fielen ihm um den Hals.

Nach dem Essen zeigten sie ihrem Vater das Haus und die Tiere und gingen danach mit ihm an den Strand. Helene blieb zurück in der Pension.

Auch Inga verließ das Haus. Sie teilte Helene mit, dass sie etwas zu erledigen habe.

Bevor sie noch allein in der Pension herumsaß, beschloss Helene, einen Spaziergang zu unternehmen.

Sie war über zwei Stunden unterwegs. Zunächst ging sie ins Ortszentrum, dann an dem kleinen Anleger vorbei und am Deich entlang bis zum alten Leuchtturm. Sie wollte so viele Eindrücke von Süderwiek wie möglich in sich aufnehmen und in ihrem Herzen speichern.

Als sie zur Pension zurückkam, hörte sie schon an der Eingangstür laute Musik. Es war Kindermusik; im Hintergrund hörte sie ihre Kinder und Micha gemeinsam singen. Sie entdeckte sie tanzend in der Küche, wo sie gerade den Tisch deckten. Als Johanna sie sah, rief sie: »Schhht ... Mama ist da!«

»Hey, da sind ja meine Tanzmäuse!«, rief Helene zur Begrüßung.

Die Kinder rannten zu ihrer Mutter und umarmten jeweils ein Bein.

»Papa und wir wollten dir eine Überraschung machen!«

Currygeruch drang ihr in die Nase. Sie sah, dass auf dem Herd mehrere dampfende Töpfe standen. »Die ist euch gelungen.«

»Du darfst dich setzen. Das Essen ist gleich fertig«, erklärte Johanna.

»Wir haben sogar Spaghetti gekocht und Tomatensoße gemacht«, verkündete Simon.

»Und was hat Papa gemacht?«, fragte sie augenzwinkernd.

»Hey, ich hab alles andere gemacht«, protestierte er. »Ein thailändisches Curry für dich.«

Ja, ihr Ex konnte gut mit Kindern, wenn er gerade in Stimmung war. Sie lachte. »Mein Lieblingsessen?«

Jetzt zuckte er mit den Schultern.

»Wie sieht es mit deinem Job aus?«, fragte sie, als sie beim Essen saßen.

»Gut, gut. Ich hab ziemlich viele Aufträge.«

»Und dein YouTube-Kanal?«

»Mal sehen ...«

»Und Tina? Die Neue?«

»Ach, zu anstrengend ...«, erwiderte er und sah sie lächelnd an.

Helene sagte nichts dazu. Die Kinder sprachen über den Urlaub, die Tiere, das Meer. Nach dem Essen saßen alle vier auf der Couch, und Johanna kuschelte sich an ihren Vater und Simon an Helene. Es war fast wie früher.

Micha brachte die Kinder sogar noch ins Bett.

Helene räumte derweil die Küche auf. Langsam machte sie sich Sorgen um Inga, die immer noch unterwegs war. Doch in diesem Moment hörte sie die Haustür aufgehen.

Als Inga die Küche betrat, merkte Helene sofort, dass etwas nicht stimmte. »Was ist denn los?«, fragte sie. »Du bist ganz blass.«

»Ich war bei Lasse und habe ihm von seinem Vater erzählt.«

»Und? Wie hat er es aufgenommen?«

»Wir hatten eine längere Diskussion. Irgendwann wollte er nicht mehr reden. Er hat mich einfach sitzen lassen und ist weggegangen.«

»Er hat dich in seiner Wohnung sitzen lassen?«

»Ja. Ich wusste nicht, was ich tun sollte. Ich habe noch zwei Stunden dort gewartet, ihn mehrmals angerufen. Doch er geht auch nicht an sein Handy. Ich weiß nicht, wo er ist.«

»Hmmm … Das klingt nicht gut. Jetzt setz dich erst mal. Möchtest du etwas essen? Es ist noch ein Rest Curry da.«

»Ich habe keinen Hunger«, antwortete Inga, nahm aber auf einem der Stühle Platz.

Helene schenkte ihr ein Glas Wasser ein. »Ich denke, er muss einfach seine Gedanken sortieren«, versuchte sie, Inga zu beruhigen. »Vielleicht macht er bloß einen Spaziergang. So würde ich das zumindest machen. Ruf ihn morgen noch einmal an. Du wirst sehen. Das wird schon.«

»Meinst du?«

»Natürlich.«

Später, als Inga sich auf ihr Zimmer zurückgezogen hatte, ging Helene vors Haus, um in Ruhe telefonieren zu können. Sie wählte Lasses Nummer.

Der Teilnehmer ist momentan nicht verfügbar, verkündete eine Stimme vom Band.

Kurz entschlossen stieg sie ins Auto und fuhr zu seiner Wohnung. Schon von Weitem sah sie, dass in seinem Stockwerk nirgendwo Licht brannte. Sie stieg aus und klingelte, doch niemand öffnete.

Nun machte auch sie sich Sorgen.

25.

Reggaemusik dröhnte durch den Flur, als Helene am nächsten Morgen die Treppe ins Erdgeschoss hinunterging. In der Küche war Micha schon wieder am Werkeln und hatte einen kleinen Bluetooth-Lautsprecher aufgestellt. Sie konnte kaum glauben, dass er schon das Frühstück vorbereitet hatte. Er hatte seine Haare mit viel Pomade frisiert und trug ein Holzfällerhemd zu lässigen Jeans und den Sneakers.

Sie verschränkte die Arme und sah ihm schmunzelnd zu. Er brauchte die ganze Küche für sein Vorhaben und war offensichtlich bestens gelaunt. Das und die Musik sorgten dafür, dass auch Helenes Laune sich besserte.

Als er sie sah, bot er ihr als Erstes einen frisch gepressten Orangensaft an.

»Was ist denn mit dir los? Seit wann bist du ein Frühaufsteher?«, fragte sie.

»Ach, ich wollte einfach ein schönes Frühstück für dich und die Kinder zaubern. Ist das etwa verboten?« Er lächelte sie breit an.

»Natürlich nicht.«

Gemeinsam mit Inga frühstückten sie auf der Terrasse in der Sonne. Helene merkte, dass sie etwas wehmütig wurde bei dem Gedanken, ihre Kinder für ein paar Tage nicht bei sich zu haben. Auch wenn sie wusste, dass sie gut aufgehoben waren und es ihnen guttun würde, ihre Großeltern zu sehen und Zeit mit ihrem Vater zu verbringen.

Auch Johanna und Simon forderten beim Abschied auf dem Parkplatz extra Kuscheleinheiten von ihr ein.

»Mama, ich will bei dir bleiben«, murmelte Simon, als sie ihn in den Arm nahm.

»Aber Schatz, es ist doch nicht lang, und du bist bei Papa. Und Oma und Opa.«

Auch Johanna fragte: »Was mache ich, wenn ich dich vermisse, Mama?«

»Dann rufst du mich mit Video an und Papa liest dir deine Lieblingsgeschichte vor«, antwortete Helene.

Sie beugte sich zu beiden Kindern vor und flüsterte: »Und bestimmt lässt euch Opa mal wieder extra viel Fernsehen gucken.« Sie zwinkerte und lächelte.

Nachdem sie beide Kinder noch einmal kräftig gedrückt hatte, stiegen sie zu ihrem Vater ins Auto und fuhren los.

Als sie weg waren, sagte Inga: »Lasse ist immer noch nicht erreichbar.«

»Er wird sich sicher bald melden«, meinte Helene.

»Sein Handy ist die ganze Zeit über aus.«

»Ich denke, er braucht eine kleine Auszeit. Das klappt nur, wenn er das Telefon ausschaltet. Sonst würde er die ganze Zeit geschäftliche Anrufe erhalten. Wahrscheinlich braucht er einfach mal Ruhe, um über alles nachzudenken.«

»Vielleicht hast du recht. Aber wo ist er? Kannst du mal an seiner Wohnung vorbeifahren und klingeln?«

»Das kann ich machen«, sagte Helene.

Helene fuhr mit dem Rad bei Lasse vorbei, doch niemand öffnete. Sie musste zugeben, dass auch sie sich Sorgen machte, auch wenn sie immer wieder aufs Neue versuchte, Inga zu beruhigen. Zumal sie sich fragte, ob sein Verschwinden ihre Schuld war. Schließlich hatte sie Inga empfohlen, ihm von seinem wahren Vater zu erzählen.

Erneut versuchte sie, ihn per Telefon zu erreichen. Doch sein Handy war nach wie vor ausgeschaltet. Sie schrieb Inga eine Nachricht, dass sie ihn nicht angetroffen hatte.

Auch an den nächsten beiden Tagen gab es kein Lebenszeichen von Lasse. Eigentlich hatte Helene gehofft, dass sie in der Zeit ohne die Kinder noch einmal etwas durchatmen und die letzten Tage in Süderwiek mit Inga genießen könnte. Doch jetzt war ihre Freundin in Gedanken versunken und kaum ansprechbar. Helene schaffte es nicht mehr, zu ihr durchzudringen. Immer wieder sah Helene sie regungslos am Strand stehen und auf das Meer starren. Was wohl in ihrem Kopf vorging?

Am dritten Tag – Helene kochte gerade, um auf andere Gedanken zu kommen – vibrierte ihr Smartphone. Eine Textnachricht von Lasse.

Helene, können wir uns treffen?

Geht es dir gut? Deine Mutter macht sich Sorgen,

schrieb sie zurück.

Sag ihr, dass ich eine Pause brauchte,

antwortete Lasse. Und dann:

Das Gespräch mit ihr hat mich so durcheinandergebracht, dass ich ins Auto gestiegen und einfach losgefahren bin. Ich brauchte Zeit für mich.

Wo bist du?

Kennst du Friedrichstadt? Es ist gar nicht weit weg. Ich habe bei einem Freund übernachtet, der gerade in Urlaub ist.

Helene hatte schon von dem Städtchen gehört, das wohl auch ein beliebter Touristenort in Nordfriesland war.

Ich weiß, dass ich mich wie ein Idiot benommen habe,

schrieb er weiter.

Aber würdest du dich mit mir treffen und mir Gelegenheit geben, es dir zu erklären?

Sie warf einen Blick auf Google Maps, um zu sehen, wie weit die Fahrt nach Friedrichstadt war.

Gib mir eine halbe Stunde und schick mir deinen genauen Aufenthaltsort.

Helene zog sich schnell um. Bevor sie losfuhr, lief sie zu Inga an den Strand. Sie stellte sich neben ihre Freundin, doch diese sah sie nicht an.

»Lasse hat sich gemeldet«, sagte Helene.

Inga reagierte immer noch nicht.

»Es geht ihm gut. Er brauchte nur eine Auszeit. Er will mit mir sprechen, ist das okay für dich?«

Inga erwiderte nichts.

Helene legte eine Hand auf Ingas Schulter. »Ich erzähle dir dann, was er gesagt hat. Ja? Es wird alles gut, versprochen.«

Bevor sie ging, bat Helene noch: »Pass auf dich auf, Inga.«

* * *

Sie parkte auf einem Parkplatz am Rand des Städtchens und lief los. Lasse hatte ihr geschrieben, dass er hier ganz in der Nähe auf einer Brücke auf sie warten werde. Warum wollte er ausgerechnet jetzt mit ihr sprechen, fragte sie sich. Eigentlich war zwischen ihnen doch alles gesagt. Doch der Wunsch, ihn zu sehen, war tatsächlich größer als ihre Bedenken. Innerlich freute sie sich auf die Begegnung mit ihm.

Es war ein wunderschöner Vormittag im Spätsommer. Es war weder zu kalt noch zu warm. Die Sonne war noch zurückhaltend mit ihren Strahlen, doch es würde schön werden, das versprach der blaue Himmel. Sie lief die wenigen Meter zur Fußgängerbrücke, die über einen kleinen Kanal führte. Es gab mehrere Brücken, und sie fragte sich, ob sie hier richtig war.

Dann entdeckte sie ihn von Weitem. Ihr Herz machte einen Sprung, als sie ihn sah. *Beruhige dich, er ist nicht der richtige Mann für dich, er lebt noch in der Vergangenheit,* versuchte sie, sich auf den Boden der Tatsachen zurückzubringen.

Lasse hatte sie noch nicht gesehen. Er starrte auf das ruhige Wasser, und sie blickte kurz prüfend an sich hinunter. Sie wusste, dass ihr das einfache, dünne Jeanskleid gut stand. Sie hatte es mit einem braunen Gürtel zusammengebunden, und es betonte ihre Figur nur diskret. Ihre langen Beine waren von den Stunden am Strand braun gebrannt. Sie war zufrieden mit sich. Sicheren Schrittes ging sie weiter.

Schließlich entdeckte er sie. Lächelnd lief er auf sie zu, um dann stehen zu bleiben. Er wusste offensichtlich nicht, wie er sie begrüßen sollte. Etwas verloren standen sie vor der malerischen Kulisse. Um sie herum reihte sich ein historisches Klinkerhäuschen an das nächste.

»Hallo«, sagte sie.

»Danke, dass du gekommen bist.« Lasse wirkte müde und erschöpft. Er hatte dunkle Augenringe, und sein graublondes Haar wirkte nicht mehr ordentlich frisiert, sondern etwas zerzaust. Dennoch sah er gut aus; dieses nicht perfekte Äußere ließ ihn aber zerbrechlich wirken. Er trug ein einfaches blaues T-Shirt und eine blaue Chinohose und erinnerte sie an einen älteren Chris Hemsworth. Sie spürte, wie sich Aufregung in ihr breitmachte.

»Es ist schön hier«, sagte sie, um die Stille zwischen ihnen zu durchbrechen.

Er versuchte zu lächeln. »Warst du noch nie hier? Die Touris lieben es. Friedrichstadt wurde von holländischen Kaufleuten erbaut, denen hier Religionsfreiheit zugesichert wurde. Sie haben sich ein wunderschönes Städtchen nach dem Vorbild ihrer Heimat errichtet, mit Grachten und im holländischen Baustil mit diesen typischen Dachgiebeln«, erklärte er. Doch dann schien ihm die Kraft für Small Talk auszugehen.

»Sollen wir vielleicht irgendwo einen Kaffee trinken?«, schlug sie vor.

»Ich habe in den letzten Tagen sehr viel Kaffee getrunken. Vielleicht können wir einfach spazieren gehen.«

»Gern«, stimmte sie seinem Vorschlag zu.

Schweigend gingen sie nebeneinanderher. Sie merkte, dass er nach Worten rang. Deshalb blieb sie still.

»Ich habe mich dir gegenüber wie ein Vollidiot benommen, dafür möchte ich mich erst mal entschuldigen.«

Sie hatte sich vorgenommen, sachlich und ruhig zu bleiben. Sich keineswegs von Gefühlen leiten zu lassen. »Du hast dich tatsächlich wie ein Idiot benommen und mich verletzt«, sagte sie und merkte, wie schwer es ihr fiel, in dieser Situation sachlich zu bleiben.

»Ich habe versucht, ehrlich zu sein.«

»Das stimmt, und ich habe es respektiert – was nicht heißt, dass ich nicht verletzt war. Denn ich bin eine Frau aus Fleisch und Blut, ich lebe.« Lasse wollte etwas sagen, doch Helene sprach weiter: »Du klammerst dich an die Vergangenheit, und gegen eine nicht mehr lebende Frau kann ich nicht gewinnen. Ehrlich gesagt, macht mich das ziemlich wütend.«

Er seufzte. »Ich bin wohl ein Fall für den Psychiater.«

Sie zuckte mit den Schultern, als wollte sie antworten: *Das hast jetzt du gesagt.*

»Du hast recht. Ich habe in meinem kleinen geschützten Mikrokosmos gelebt, bis ich dich traf«, fuhr er fort.

»Und jetzt?« Sie schaute ihn an.

In seine immer noch traurigen Augen kam Leben. »Als meine Mutter mir erzählte, dass mein verstorbener Vater gar nicht mein Vater war, hatte ich erneut das Gefühl, dass mir jemand den Boden unter den Füßen wegzieht. Ich wollte einfach nur weg. Und dann, als ich hier allein in der Wohnung meines Kumpels saß, wusste ich plötzlich, dass ich eigentlich zu dir wollte.«

»Warum wolltest du zu mir?«

»Weil ich mich mit dir lebendig fühle und …« Er beendete den Satz nicht.

Sie schlenderten still über das Kopfsteinpflaster einer Altstadtgasse, an bunten Häuschen mit üppig bepflanzten Blumenkästen vorbei.

»Und?«, hakte sie nach.

»Und weil ich mich in dich verliebt habe.«

Helene blieb stehen. »Warum hast du mir dann einen Korb gegeben?«

»Weil ich furchtbare Angst hatte.«

»Wovor hattest du Angst?«, wollte sie wissen.

»Das so etwas Ähnliches wieder passiert, ich wieder alles verliere.«

Sie seufzte. »Und was ist jetzt anders?«

»Ich bin zu der Erkenntnis gekommen, dass ich mich von dieser Vergangenheit befreien muss, um zu leben, und zwar mit dir!«, rief er laut und fast verzweifelt.

Helene merkte, dass sie wütend wurde. »Warum konnten wir dieses Gespräch nicht früher führen? Du hast mich verletzt, Lasse! Ich habe mich geöffnet, und du hast mich zurückgestoßen. Dann, aus dem Nichts, jetzt, wo ich bereits auf dem Sprung zurück in mein altes Leben bin, tauchst du auf und offenbarst mir deine Liebe.«

»Du hast recht. Es tut mir leid, ich bin ein Idiot. Normalerweise lasse ich mich nicht von Gefühlen leiten. Und ich verlange nichts von dir. Ich hatte einfach das große Bedürfnis, dich zu sehen.« Lasse sah sie an. »Außerdem siehst du zauberhaft aus ...«

Nachdem er das Kompliment ausgesprochen hatte, wurde er ein wenig rot.

Helene konnte ein Lächeln nicht unterdrücken. Hatte sie jemals jemand zauberhaft genannt?

Er sah sie traurig und unsicher an, sodass sie weich wurde und zuließ, dass er sich zu ihr lehnte und seine Lippen auf ihre drückte. Ihre Leidenschaft übernahm die Kontrolle, und sie ließ sich für einen Moment hinreißen, dem süßen Gefühl der Lust nachzugeben. Doch als sie ihre Augen öffnete, wurde sie in die komplizierte Realität zurückgeholt.

»Okay, okay, hör schon auf, sonst werde ich noch schwach.«

Ein kleines Lächeln umspielte seine Lippen.

Sie dachte nach. »Wie kann ich mir sicher sein, dass dies nicht nur ein kurzer Gefühlsausbruch aufgrund deines Gespräches mit Inga ist, der in ein paar Tagen wieder vorübergeht?«

»Weil ich mich schon die ganze Zeit zu dir hingezogen fühle und mir nun endlich klar geworden ist, dass es richtig ist, die Vergangenheit ruhen zu lassen.«

»Ich weiß gerade nicht, was ich denken soll. Bei unserem letzten Gespräch hatte ich das Gefühl, du möchtest weiter in deinem Panzer leben«, erinnerte sie ihn.

»Ja, aber seitdem hat sich viel verändert, ich habe mich verändert.«

Sie gingen weiter.

»Bist du deiner Mutter sehr böse?«, fragte Helene nach einer Weile, um das Thema zu wechseln.

»Im ersten Moment war ich es, ja. Aber weißt du, irgendwie habe ich die ganze Zeit vermutet, dass da irgendetwas nicht stimmte. Ehrlich gesagt bin ich auch ein wenig erleichtert. In den letzten Stunden habe ich alles noch einmal durchdacht, und mir ist einiges klar geworden. Der alte Glaube, dass Sven mein Vater ist, gehört jetzt der Vergangenheit an, und genauso möchte ich auch versuchen, ein neues Leben nach Katrin anzufangen. Aber es ist ein Prozess und wird sicherlich noch etwas Zeit benötigen.«

Sie kamen an eine kleine Brücke, die über eine Gracht führte. Die Geländer waren mit Blumen geschmückt. Dieser Ort war wirklich malerisch. Aber ihr war nicht nach Romantik zumute.

»Im ersten Moment hatte ich den Impuls, den Kontakt zu meiner Mutter für immer abzubrechen«, sagte Lasse. »Doch dann erkannte ich, was dieses neue Wissen bedeutet: Ich habe einen Vater, der vielleicht noch lebt. Vielleicht kann ich ihn sogar kennenlernen!«

»Sei nachsichtig mit Inga; als Mutter will man immer nur das Beste für seine Kinder – selbst wenn man manchmal doch genau das Falsche tut. Aber sie wird ihre Gründe gehabt haben, warum sie so gehandelt und dir nie von deinem echten Vater erzählt hat. So ganz verstanden habe ich es auch nicht, warum sie ihn jahrelang verdrängt hat. Ich habe das Gefühl, da ist etwas in ihrer Vergangenheit, vor dem sie fliehen möchte. Dabei bist du natürlich auf der Strecke geblieben. Doch ich denke nicht, dass sie das absichtlich gemacht hat. Sie war wahrscheinlich so mit ihren eigenen Problemen beschäftigt, dass sie nicht sehen konnte, was das für dich bedeutete.«

»Sie hat mir gesagt, dass sie es dir vor mir erzählt hat.«

In diesem Moment klingelte Helenes Telefon. Micha meldete sich per Videoanruf.

»Entschuldige, mein Mann, äh, Ex-Mann.« Sie ging zwei Schritte zur Seite und nahm den Anruf an. »Hi, Micha.«

»Hey, Honey, wie geht es dir, genießt du die Zeit ohne die Kids?«, dröhnte es durch den Lautsprecher.

»Kann man so sagen.« Sie drehte sich etwas von Lasse weg.

Hatte Micha sie gerade »Honey« genannt?

»Hi, Schätzchen!«, rief sie, als Johanna neben ihrem Vater im Bild erschien. »Ich bin gerade in der Stadt. Ich rufe euch später an.« Sie verabschiedete sich schnell von Micha und den Kindern.

»Wie geht es Johanna und Simon?«, fragte Lasse interessiert.

»Gut, gut, sie sind mit meinem Ex-Mann und dessen Eltern für drei Tage an der Ostsee.«

Es war eine eigenartige Situation, und sie wusste nicht recht, wie sie damit umgehen sollte. »Lasse, ich habe so viel, was ich schultern muss. Ich muss mich um meine Kinder kümmern, sie brauchen jetzt auch etwas Verlässliches. Und sie brauchen Zeit mit ihrem Vater, und der lebt nun mal im Süden. Ich muss wissen, dass du es wirklich ernst mit mir meinst.«

»Ich meine es ernst, Helene. Aber wie soll ich es dir beweisen?«

Sie zuckte die Schultern. »Ich weiß es nicht.«

Innerlich fühlte sie sich hin- und hergerissen. Einerseits musste sie sich zurückhalten, um ihm nicht um den Hals zu fallen, wenn er sie ansah. Andererseits durfte sie sich nicht wieder nur von ihren Gefühlen leiten lassen. Sie musste jetzt stark bleiben. »Weißt du, was verrückt ist? Ich fühle mich jetzt so wie du das letzte Mal. Ich habe Angst, wieder verletzt zu werden.«

Er schwieg einen Moment. Unvermittelt gab er ihr einen Kuss auf ihre schon glühenden Wangen. »Danke, dass du dich trotzdem mit mir getroffen hast.« Er sagte das so voller Gefühl, dass ihr fast die Tränen kamen.

Helene wollte noch etwas erwidern, doch ihr fiel nichts Sinnvolles ein.

Sie waren mittlerweile auf einem belebten Marktplatz angekommen, wo sich ein hübsches Café an das andere reihte.

»Ich denke, ich gehe jetzt«, meinte sie, obwohl sie es eigentlich gar nicht wollte.

Lasse nahm ihre Hände. »Egal, wie die Umstände sind. Es war schön, dich zu sehen.«

Ihr Herz pochte. Jetzt musste sie erst mal in Ruhe nachdenken.

Sie hob die Hand und winkte ihm zu. Dann drehte sie sich um und ging, ohne ein klares Ziel zu haben.

Ihr wurde bewusst, wie es ihm ergangen sein musste an dem Abend, als sie nach ihrem Gespräch von ihm fortgegangen war. Sie lief noch ein paar Minuten ziellos durch die Altstadt, bevor sie sich auf den Rückweg zu ihrem Auto machte.

Als sie am Parkplatz ankam, klingelte das Telefon erneut. Es war wieder Michas Nummer.

Johanna war am Apparat. »Hallo, Mami. Wie geht es dir?«

Im Hintergrund waren Micha und Simon zu sehen. Sie spielten Fußball.

»Hier bei Omi und Opi ist es so schön. Bist du einsam ohne uns?«

Machte sie sich etwa Sorgen um ihre Mutter? »Mir geht es gut, mein Schatz. Ich mache gerade einen Spaziergang.«

»Vermisst du uns?«

»Natürlich«, erwiderte sie.

»Komm doch hierher.«

»Ach was, das ist euer Wochenende mit Papa und euren Großeltern.«

Im Hintergrund hörte sie Micha sagen: »Gönnt eurer Mutter doch die Pause.« Er nahm Johanna das Telefon aus der Hand. »Genieße deine Einsamkeit, hier ist alles super. Bis morgen.« Und damit beendete er das Gespräch.

Als sie in die Pension zurückkam, war Inga nicht zu sehen. Sie wollte ihr unbedingt sofort von dem Treffen erzählen, sie beruhigen, dass es Lasse gut ging. Doch auch am Strand fand sie sie nicht. Sie wählte Ingas Handynummer, vergeblich. Helene lief den Deich vor dem Haus auf und ab. Wo konnte Inga nur sein?

Plötzlich entdeckte sie ihre Freundin im hohen Gras sitzend am Rand einer Sanddüne. Sie wirkte irgendwie abwesend.

»Da bist du ja! Was ist mit dir?«

Inga öffnete den Mund, um etwas zu sagen. Aber sie stotterte nur etwas Unverständliches. Helene hatte den Eindruck, dass ihr rechter Mundwinkel etwas nach unten hing. Überhaupt wirkte sie verwirrt. Sie musste an die Fernsehsendung über Schlaganfälle denken, die sie einmal gesehen hatte. Wie war das noch mal … es gab einen Selbsttest, den man durchführen sollte. Ja, jetzt erinnerte sie sich.

»Inga, kannst du bitte mal lächeln und beide Arme heben? Und dann etwas sagen?«

Ihre Freundin blickte sie an. Offensichtlich verstand sie, was sie sagte, das war gut. Sie schaffte es, die Arme zu heben. Aber statt eines Lächelns verzog sich ihr Mund nur einseitig.

Helene griff sofort zum Handy und rief den Notruf.

Der Krankenwagen war innerhalb weniger Minuten da. Ingas Zustand hatte sich weder verbessert noch verschlechtert. Ihr schien schwindelig zu sein, doch sie konnte abgestützt zum Krankenwagen laufen.

»Darf ich mitfahren?«, frage Helene den Rettungssanitäter.

»Sind Sie die Tochter?«

»Nur eine Freundin.«

Er schüttelte den Kopf. »Tut mir leid, nur Angehörige.«

Er nannte ihr noch das Krankenhaus, in das sie Inga bringen würden.

26.

Als sie am Krankenhaus geparkt hatte und zum Eingang lief, wählte Helene Lasses Nummer. Diesmal nahm er sofort ab.

»Deine Mutter ist im Krankenhaus«, sagte sie.

»Was?«

»Deiner Mutter geht es nicht gut. Ich fürchte, sie hatte einen Schlaganfall. Hat dich das Krankenhaus nicht informiert?«

»Nein. Noch nicht.«

»Ich bin gleich dort und schaue, wie es ihr geht. Ich denke, du solltest dringend zu ihr fahren. Egal, was zwischen euch passiert ist, sie ist deine Mutter. Vergiss deinen Stolz, du wirst es sonst vielleicht später bereuen.«

Lasse schwieg.

»Bist du noch dran?«

Er räusperte sich. »Ja, ich bin da.«

»Sie braucht dich, Lasse.«

»Ich werde da sein. Ich bin gerade unterwegs, es wird ein bisschen dauern. Aber ich komme, so schnell ich kann.«

Helene musste über eine Stunde warten, bis man ihr sagte, dass sie nun zu Inga gehen konnte.

Kurz darauf betrat Helene das Doppelzimmer, in dem Inga lag. Sie machte bereits wieder einen besseren Eindruck.

»Mensch, Inga! Wie geht es dir?«, fragte Helene.

»Besser. Es war wohl nur ein kleiner Schlaganfall«, flüsterte sie.

»Das ist ja schrecklich …«, sagte Helene.

»Der Doktor meint, ich hatte Glück. Sie behalten mich noch ein paar Tage hier, aber wenn alles gut läuft, bleiben keine Schäden zurück.«

»Ich fühle mich irgendwie schuldig«, murmelte Helene.

»Wieso denn das?«

»Wenn ich dir nicht geraten hätte, mit Lasse zu sprechen, wäre das alles nie passiert.«

»Ach was«, sagte Inga. »Mach dir keinen Kopf. Du trägst überhaupt keine Schuld.«

»Wieso bist du dir da so sicher? Du warst so aufgewühlt, nachdem Lasse verschwunden war. Noch heute Morgen habe ich dich am Meer stehen sehen. Du wirktest völlig abwesend.«

»Ach, das Meer und seine endlosen Geheimnisse …« Inga seufzte. »Eins kann ich dir sagen, Helene: Meine Auseinandersetzung mit Lasse ist nicht der Grund, weswegen ich aufs Meer starre.«

Helene erzählte ihr kurz von ihrem Treffen mit Lasse. »Er brauchte eine Auszeit«, erklärte sie. »Das hatte ich mir schon gedacht.«

»Glaubst du, er will mich noch sehen?«, fragte Inga.

»Das hoffe ich doch sehr.«

Zurück in der Pension, wusste sie nicht so recht, was sie mit sich anfangen sollte. Und auch nicht, wie sie sich ablenken sollte. Sie war noch nie so lang ganz allein in diesem Haus gewesen. Nun rasten ihre Gedanken wild umher.

Sie kochte sich einen Tee, fütterte die Tiere. Doch dann gingen ihr die Beschäftigungen aus. Schließlich unternahm sie einen Spaziergang am Strand. Der Wind wehte, aber die Abendsonne wärmte noch ein wenig. Sie zog die Schuhe aus und lief barfuß durch den Spülsaum des Meeres. Helene konnte die Faszination gut nachvollziehen, die das Meer auf Inga ausübte.

* * *

Am nächsten Vormittag kam Micha mit den Kindern zurück. Stürmisch umarmten Johanna und Simon sie. Beide erzählten gleichzeitig von ihren Erlebnissen bei den Großeltern.

Micha stellte die Taschen in den Flur und beobachtete die drei. »Na, hast du deine Zeit allein genossen?«

»Ja, schon …«, erklärte sie knapp und hoffte, dass ihm ihre innere Aufgewühltheit nicht auffiel. Micha bemerkte tatsächlich nichts. Als die Kinder draußen bei den Tieren waren, schenkte sie sich und Micha eine Tasse Kaffee ein.

Hier war er also, der Mann, mit dem sie einmal hatte alt werden wollen, der Mann, den sie so gut kannte und mit dem sie zwei Kinder hatte. Auch Micha sah gut aus, war jedoch ein ganz anderer Typ als Lasse.

Gemeinsam setzten sie sich an den Campingtisch in der Küche. Micha hatte noch ein paar süße Teilchen dabei, die er auf der Rückfahrt bei einem Bäcker gekauft hatte.

»Es ist wie früher«, bemerkte er.

»Nicht ganz. Wir sind kein Paar mehr«, entgegnete sie ruhig und trank einen Schluck Kaffee.

Er beobachtete sie. »Das stimmt, aber unsere Chancen wären jetzt sogar besser. Wir sind mittlerweile reifer.«

Helene zuckte zusammen. Worauf wollte er hinaus? Er hatte sich in den letzten Tagen doch wohl nicht so viel Mühe

291

gegeben, sich um die Kinder zu kümmern und ihr Lieblingsessen zu kochen, weil er sie zurückhaben wollte, oder?

»Du bist doch derjenige, der ausgezogen ist«, sagte sie.

»Ja, weil zwischen uns nichts mehr lief. Du warst nur noch Mutter und keine Ehefrau mehr.«

»Weil du mir nicht geholfen hast.«

»Ich musste arbeiten!«, protestierte er.

»Ich auch.« Sie merkte, wie sie unbewusst ihre Stimme erhob.

»Hey …«, versuchte Micha, sie zu beruhigen. »Wir können doch ganz normal miteinander reden. Wir sind jetzt viel klüger als noch vor ein paar Jahren.«

Helene seufzte. »Ja, aber zusammenkommen werden wir deshalb trotzdem nicht mehr. Es tut mir leid, dass es mit deiner jungen Flamme nicht geklappt hat, aber ich habe gerade ganz andere Baustellen.«

»Ich meine ja nur …«, sagte er und machte eine beschwichtigende Handbewegung.

Helene wechselte das Thema und erzählte von Ingas Krankenhausaufenthalt. »Kannst du noch ein bisschen auf die Kinder aufpassen, solange du hier bist? Dann kann ich sie noch mal besuchen gehen.«

Er nickte. »Aber übermorgen fahre ich wieder zurück.«

Sie hatte das Gefühl, dass er erleichtert war, wieder mehr Zeit für sich ohne Kinderbespaßung zu haben.

* * *

Als Helene an diesem Tag ins Krankenhaus kam, sah Inga weniger fit aus als am Vortag. Sie wirkte fast verwahrlost. Die Haare waren ungewaschen, und sie trug eine Jogginghose und eine Fleeceweste. Etwas, was sie selten an ihr gesehen hatte.

Helene setzte sich zu ihr ans Bett. »Kann ich dir etwas zu trinken holen?«, bot sie an.

Inga schüttelte den Kopf. »Nein, nur Wasser, aber das kann ich mir selbst holen.« Sie deutete auf die Flasche auf ihrem Nachttisch. Inga wollte sich im Bett aufrichten, doch Helene kam ihr zuvor und schenkte ihr ein Glas ein.

»Wie geht es dir heute?«, fragte sie.

Inga zuckte mit den Schultern. »Ich weiß nicht. Ich glaube, ich habe erst heute richtig verstanden, was mir passiert ist. Ich habe gelernt, dass es jederzeit aus sein kann, von jetzt auf gleich«, antwortete sie leise.

»Hat Lasse dich besucht?«

»Ja. Er war kurz da. Allerdings ist kein richtiges Gespräch zustande gekommen.«

»Aber er hat nach dir geschaut. Das ist doch schon mal gut.«

»Ja, ich denke schon«, meinte Inga. »Danke, dass du mit ihm gesprochen hast.«

»Und wie geht es jetzt weiter?«, erkundigte sich Helene.

»Ich ziehe in eine kleine Seniorenwohnung und warte auf das Ende. Das richtige Ende.«

»Ach, Inga, wer weiß schon, wann das richtige Ende kommt.«

»Irgendwann muss es ja kommen.«

»Aber jetzt noch nicht.«

»Ich bin alt und bereit zu gehen.« Dann fügte sie hinzu: »Eine Sache bereue ich nun: dass ich Jasper nie wiedergesehen habe.«

»Dann wäre es doch höchste Zeit, zu schauen, ob er noch lebt. Vielleicht können wir ihn ausfindig machen.«

»Ach, ich bin zu alt. Und es ist zu viel vorgefallen.«

»Du hast mir nie verraten, wie er mit Nachnamen heißt.«

»Wie fast jeder Dritte im Norden: Petersen.«

Helene nahm ihr Handy aus der Tasche und tippte etwas ein.

»Was machst du da?«

»Tja, wer braucht noch einen Detektiv, wenn es doch das Internet gibt.« Sie klickte und klickte und lächelte wie ein Meisterdetektiv, der des Rätsels Lösung gefunden hat. »Ich habe Jasper Petersen und Hamburg eingeben. Sag mal, kann es sein, dass dein Jasper ein Gitarrengeschäft besitzt?«

Inga zuckte mit den Schultern. »Er war ein wirklich talentierter Gitarrist.«

»Guck mal, da ist ein Foto von ihm vor dem Laden.«

»Darf ich mal sehen?«

Helene zeigte ihr die Fotografie, die einen älteren Mann mit weißem, im Bereich der Stirn etwas lichterem Haar zeigte. Neben ihm stand ein junger Mann. Die Bildunterschrift lautete: »Junior- und Seniorchef vor dem Ladengeschäft in Altona«.

»Das könnte er tatsächlich sein«, meinte Inga. »Ob das sein Sohn ist?«

»Ich weiß nicht«, entgegnete Helene. »Wahrscheinlich.«

Der jüngere Mann war um die vierzig und trug langes Haar wie sein Vater. Er hatte dunklere Haut als Jasper und braunes, lockiges Haar.

»Was für ein gut aussehender Sohn. Er sieht ihm gar nicht ähnlich, wahrscheinlich kommt er nach der Mutter«, vermutete Inga. Es war nicht zu überhören, dass sie sehr aufgeregt war.

»Ich verstehe immer noch nicht, warum du niemals auf die Idee gekommen bist, nach ihm zu suchen«, meinte Helene. »Du warst doch frei nach dem Tod deines Mannes. Und schließlich war da Lasse, von dem er nichts wusste.«

»Wenn das bloß so einfach gewesen wäre, Lene …«

Helene spürte, wie schwer Inga das Gespräch fiel. Wie sehr es sie aufwühlte. »Entschuldige«, sagte sie. »Ich wollte dich nicht aufregen.«

»Es ist gut, Lene. Es hat nichts mit dir zu tun. Dich trifft keine Schuld. Es liegt alles vielmehr daran, dass ich mich so schrecklich schuldig fühle.« Inga setzte sich im Bett auf und atmete tief durch. »Willst du wissen, warum ich oft stundenlang am Strand stehe und dem Meeresrauschen zuhöre? Dann erzähle ich dir jetzt noch ein Geheimnis, das ich all die Jahre tief in meinem Innern vergraben habe.«

27.

Inga

1973

In dieser Nacht konnte sie nicht schlafen. Aufregung hatte ihren ganzen Körper erfasst. Der Koffer war gepackt. Doch für das klärende Gespräch, bevor sie mit Jasper aufbrechen würde, hatte es bislang keine Gelegenheit gegeben, denn ihr Mann war noch nicht nach Hause gekommen. Wahrscheinlich betrank er sich nach der Arbeit mit seinen Freunden im Dorfkrug, so wie es in letzter Zeit immer häufiger passierte.

Tausend Gedanken gingen ihr durch den Kopf. Nach der ersten Euphorie kamen ihr auch Zweifel. Was würde aus ihrer Familie werden? Vor allem ihre Brüder machten ihr Sorgen. Aber noch mehr ihre Mutter. Ja, selbst wegen ihres Vaters war sie beunruhigt, dabei war er doch derjenige, der für all das verantwortlich war. Seit sie mit Jasper zusammen gewesen war, ertrug sie den Gedanken, mit Sven auch nur eine weitere Nacht im gemeinsamen Bett zu verbringen, nicht mehr. Doch was, wenn es mit Jasper nicht gut lief? Wenn er es nicht ernst meinte und nur auf ein Abenteuer aus war? Aber nur, weil er Musiker war, musste er doch kein Schürzenjäger sein, wie ihre Mutter immer befürchtet hatte. Sie merkte, dass ihr dieser Gedanke keine Angst machte; sie wollte nur noch frei sein. Wollte raus aus diesem emotionalen Gefängnis. Nach der Erfahrung mit Jasper wollte sie nie wieder ihre Gefühle ausschalten müssen, wenn sie mit jemandem schlief. Jahrelang hatte es mit Sven so funktioniert. Sie kümmerte sich ums Haus und gab sich ihrem Mann lustlos hin.

Kurze Zeit später hörte sie Sven nach Hause kommen. Sofort drehte sie sich zur Seite und stellte sich schlafend.

Er kam zu ihr ins Bett, und der Alkoholgeruch, den er verströmte, war erdrückend. Daran konnte sie sich einfach nicht gewöhnen, obwohl er schon seit Längerem nicht ohne einen Schnaps ins Bett ging. Sie ekelte sich vor ihm. Er zog nur seine Hose und seinen Pullover aus, legte sich neben sie und begann sofort zu schnarchen. Und während sie neben ihm wach lag, wurde ihr klar, dass sie fünf Jahre ihres Lebens verschwendet hatte.

Schon im Morgengrauen stand sie auf und ging hinunter in die Küche. Das alte Reetdachhaus liebte sie nach wie vor.

Sie machte Frühstück. Doch Hunger hatte sie nicht.

Sven schlief bis nach dem Mittagessen. Wie jeden Tag kochte sie auch heute etwas. Der Tag war grau und trist, und von der See wehte ein starker Wind. Dunkle Wolken hingen bedrohlich am Horizont über dem Meer. Sie näherten sich dem Festland.

Ingas Magen drehte sich um bei dem Gedanken, gleich mit Sven über ihren Weggang sprechen zu müssen. War sie dem gewachsen? Schließlich war Sven durch den vielen Alkoholkonsum in letzter Zeit zunehmend aggressiv geworden. Dennoch wollte sie sich nicht wie ein Feigling wegschleichen, als hätte sie etwas verbrochen.

Als sie Sven auf der Treppe hörte, atmete sie tief ein.

Verschlafen betrat er die Küche. »Moin«, murmelte er.

»Moin«, antwortete Inga.

Er holte sich erst einmal ein Bier aus dem Kühlschrank.

»Möchtest du nicht lieber einen Tee?«, fragte sie schüchtern.

»Nö, mach mir Rollmops, ich hab 'nen Kater«, befahl er.

Wortlos reichte sie ihm sein Kateressen. »Habt ihr bei der Arbeit alles geschafft?«, fragte sie teilnahmslos.

Er zuckte mit den Schultern. »Geht so.«

»Ich habe Fischsuppe gekocht.«

»Schon wieder?«

»Was heißt schon wieder? Die habe ich seit einer Woche nicht gemacht.«

Er sagte nichts dazu, sondern aß den Rollmops direkt aus dem Glas. Inga schnitt ihm noch zwei Scheiben Brot dazu ab.

Als er fertig war und aufstehen wollte, sagte sie: »Warte bitte, ich muss mit dir reden.«

Er sah hoch zu ihr. »Was ist?« Mit müden, geröteten Augen blickte er sie an. »Was willst du mir sagen?«

Angst ergriff sie, doch sie wusste, es gab kein Zurück mehr. Sie musste jetzt mit ihm sprechen. »Sven, wir können nicht so weiterleben.«

Er sah sie entgeistert an und verstand offensichtlich nicht, was sie ihm zu erklären versuchte.

»Schau uns an, wir sind beide todunglücklich in unserer Ehe. Du trinkst nur noch und …«

Sven kratzte sich am Kopf. Inga seufzte.

»Ich … ich halte das nicht mehr aus.« Jetzt liefen ihr Tränen die Wangen hinunter.

»Und was für einen Vorschlag hast du?«

»Wir haben es nicht geschafft, einander glücklich zu machen. Unsere Ehe ist total kaputt.«

Er lachte ironisch. »Hast du einen anderen?«

»Darum geht es nicht.«

Doch Sven sah sie durchdringend an. »Um was geht es dann?«

»Du hast gefragt, was für einen Vorschlag ich habe. Ich denke, es geht nicht mehr weiter mit uns, wir sollten ehrlich zueinander sein und ...« – ihre Stimme zitterte, sie konnte den Satz kaum aussprechen – »... und uns trennen.«

Er sagte nichts, sondern stand auf, trat auf sie zu und starrte sie fast regungslos an. Dann holte er aus und schlug ihr ins Gesicht. Sie taumelte von der Wucht des Hiebes. »Du Schlampe! Nach allem, was ich für dich getan habe, willst du mich verlassen?«

»Du hast es doch für dich getan! Du wolltest mich haben um jeden Preis!«

»Weil ich dich liebe du, du ...« Er sucht nach dem passenden Schimpfwort.

»Ich habe es doch versucht, ich habe versucht, dich zu lieben ... aber das kann man nicht steuern.« Sie sah ihn verzweifelt an und weinte leise.

»Willst du mich zerstören? Ist es das?«, fragte er.

»Natürlich möchte ich dich nicht zerstören, aber wir sind doch beide unglücklich.« Vorsichtig näherte sie sich ihm wieder.

Sven strich sich verzweifelt durch das dunkelblonde, akkurat geschnittene Haar. »Ich habe dich damals geliebt und liebe dich immer noch, aber du erwiderst meine Liebe nicht, nur deshalb bin ich unglücklich«, sagte er. In seinen Augen sammelten sich Tränen.

»Ich habe es doch versucht«, wiederholte sie leise und resigniert.

Er ging zum Küchenschrank und goss sich einen Schnaps ein. »Alles habe ich für dich getan, dir das Haus überlassen, deinen Eltern geholfen, und wie dankst du es mir?« Er blickte sie voller Wut an. »Du willst mich verlassen?«

»Es tut mir leid …«, sagte sie leise.

»Es tut dir leid? Tja, das sollte es auch!« Nachdem er noch einen Schnaps hinuntergekippt hatte, schrie er: »Ich muss raus hier!«

Inga sah ihm hinterher. Ohne Jacke verließ er das Haus.

Sie seufzte. Das war also ihr klärendes Gespräch gewesen. Sie hätte ihm doch besser einen Brief schreiben sollen.

Als sie aus dem Fenster blickte, sah sie, dass Sven Richtung Meer lief. Was hatte er bloß vor? Die dunklen Wolken kamen immer näher. Sie zog ihre Jacke und ihre Gummistiefel an und rannte ihm hinterher. Er war bereits auf dem Steg, an dem sein Segelboot festgemacht war. Die Flut war gerade so hoch gestiegen, dass das Boot genug Wasser unter dem Kiel hatte, um zu schwimmen.

»Du willst doch nicht etwa rausfahren? Es gibt gleich ein Unwetter!«, rief sie ihm zu.

Er drehte sich nicht einmal um. »Kann dir doch egal sein, was mit mir passiert!«, schrie er zurück.

»Du wirst umkommen. Sei doch nicht dumm, Sven!«

Nun blieb er stehen und wandte sich zu ihr um. »Und wenn ich umkomme, dann weißt du, dass es allein deine Schuld ist!« Er sah sie eiskalt an. »Nur deine, Inga, ganz allein deine Schuld.«

»Jetzt warte doch!«, rief sie.

Er reagierte nicht mehr. Ohne sich noch einmal umzudrehen, lief er weiter. Inga folgte ihm, packte ihn am Ärmel. Er schob sie einfach zur Seite und beugte sich zu dem Tau, mit dem das Boot angebunden war.

Inga lief um ihn herum, um sich ihm in den Weg zu stellen. Sie sah ihm nun direkt ins Gesicht. Er war wütend, das konnte sie an den Falten auf seiner Stirn sehen. Seine Augen blickten sie ausdruckslos an. Als sie wieder versuchte, ihn am Arm festzuhalten, packte er sie mit der anderen Hand und schubste sie so kräftig von sich, dass sie einen Meter zurücktaumelte und schließlich auf den Steg fiel.

Im nächsten Moment sprang er auf sein Boot und setzte das Segel. Sie schrie ihm verzweifelt hinterher, als er das Tau zu sich an Bord zog und sich das Boot in Bewegung setzte. »Sven, komm bitte zurück! Komm zurück!«

Sie wusste nicht, ob das, was sie als Letztes hörte, der Donner war oder Svens Lachen.

28.

Helene

»Ich habe mich verantwortlich gefühlt für Svens Tod. Und ich hatte das Gefühl, dass ich kein Glück im Leben verdient habe. Besonders, als ich einige Monate nach Lasses Geburt in diese Depression verfallen bin. Später habe ich mich anderweitig abgelenkt, um die Gedanken nicht mehr an mich heranzulassen. Aber in letzter Zeit … seit die Pension nicht mehr läuft und ich älter werde, kommen all die Gedanken zurück.«

»Du bist doch ein fröhlicher, weltoffener Mensch.«

»Nach außen hin … natürlich. Solange es mir gut geht. Vor ein paar Jahren hat mich alles wieder eingeholt. Ich weiß noch, es war Februar. Ich hatte seit mehreren Wochen keine Gäste mehr in der Pension gehabt, das Wetter war durchgehend trüb. Als ich eines Abends auf die stürmische See hinter meinem Haus sah, war die Erinnerung an den Abend, als Sven aufs Meer hinausgefahren ist, plötzlich so real. Es war, als würde ich alles noch mal genauso erleben. Seit damals ertappe ich mich oft dabei, wie ich aufs Meer starre und in düsteren Erinnerungen versinke. Seither hatte ich nur eine Handvoll Gäste. Alles Rentner, die wegen der guten Seeluft ein paar Tage ans Meer gefahren sind.

Für einen kurzen Moment konnten mich diese Besuche ablenken – aber nicht langfristig. Als ich deine Buchung gesehen habe, eine junge Mutter mit Kindern, ist mir sofort das Herz aufgegangen. Erst recht, als ich euch kennengelernt habe. Und dennoch ... die dunklen Erinnerungen sind nicht mehr völlig verschwunden.«

Helene schluckte. Für einen Moment schwiegen beide.

»Aber du bist doch nicht schuld«, sagte Helene.

»Du hast bestimmt recht. Aber es ist so schwer, klar zu sehen, wenn sich die Gedanken in deinem Kopf erst einmal drehen«, erwiderte Inga.

»Wenn du damals zu Jasper gegangen wärst ... dann hättest du noch mal eine Chance gehabt, ein neues Leben zu beginnen.«

»Leider ist es nicht immer so einfach. Zuerst konnte ich Jasper ohnehin nicht hinterherreisen, da die Polizei Vernehmungen durchgeführt hat«, sagte Inga. »Es hätte fürchterliche Gerüchte im Dorf gegeben, wenn ich plötzlich verschwunden wäre. Erst einmal musste sich die ganze Situation beruhigen.«

»Und dann?«, fragte Helene.

Inga atmete tief durch und schloss die Augen. Helene hatte das Gefühl, dass sie in Gedanken noch einmal die alten Erinnerungen vor sich aufziehen ließ.

29.

Inga

1974

Ein Taxi fuhr vor dem Reetdachhaus vor, und Inga stieg mit ihrem kleinen Säugling aus. Der Fahrer half ihr mit dem Koffer. Sie bezahlte und bedankte sich. Vor der schweren Holztür hielt sie inne und blickte zu dem kleinen Menschen, den sie fest in eine Decke eingewickelt hatte, obwohl es ein milder, sonniger Wintertag war.

Inga trug immer noch ihr selbst genähtes Umstandskleid und den dazu passenden hellblauen Mantel. Sie sah den kleinen Menschen an und sagte leise: »Willkommen zu Hause, mein Sohn.«

Sie ging hinein und war froh, endlich daheim zu sein. Eine Woche hatte sie nach der Geburt im Krankenhaus verbracht. Nur noch dunkel und verschwommen hatte sie die schmerzhaften Stunden während der Wehen und der eigentlichen Geburt vor Augen. Doch ihr Körper erinnerte sie daran, dass sie sich eigentlich noch im Wochenbett befand.

Im Flur stand ein Stubenwagen bereit, und sie legte das Baby vorsichtig hinein. Dann ging sie in die Küche, um sich einen Kaffee zuzubereiten. Natürlich mit dem Stubenwagen, den sie vor sich herschob.

»Das ist unser Reich, Lasse«, erklärte sie, als sie den Wagen neben dem Esstisch abstellte.

Kaum war der Kaffee fertig, wurde ihr Sohn wach und begann zu weinen. Sie hob ihn heraus, und als er noch lauter schrie, öffnete sie die Knöpfe ihres Mantels und des Kleides und versuchte, ihn an die Brust zu legen. Ihre Brustwarzen schmerzten, und wenn er zog, biss sie sich auf die Lippen. Als sie es geschafft hatte und er endlich saugte, atmete sie erleichtert aus.

»Das müssen wir noch besser einüben, mein Liebling. Wenn du fertig bist, zeige ich dir unser schönes Haus.« Sie blickte ihn an, dieses kleine Wesen mit den hellen, feinen Haaren und der rosafarbenen Haut, das ihr ganz ausgeliefert war.

Das erste Mal, seit er auf der Welt war, empfand sie Mutterglück und ein überwältigendes Gefühl der Liebe. Bis zu diesem Moment war sie nicht so recht mit ihm warm geworden. Sie war so erschöpft gewesen von der schweren Geburt, und Lasse war ihr alle paar Stunden zum Stillen gebracht worden, was am Anfang furchtbar beschwerlich gewesen war. Dazu kam die Hektik des Krankenhauses, sodass sie einfach nur um jede Stunde froh gewesen war, in der sie allein in ihrem Bett schlafen konnte.

Hier zu Hause merkte sie, wie die Anspannung der letzten Tage endlich von ihr abfiel. Sie nahm die Kaffeetasse, blickte hinaus auf das Wasser und fühlte sich zufrieden.

Der Kleine war an der Brust eingeschlafen, und sie küsste sein feines Haar. Er roch nach Milch, und sie empfand den Geruch als wunderbar.

»Wir zwei gehören zusammen.« Sie drückte ihn noch etwas stärker an sich. Ein bis jetzt noch nicht da gewesenes

Glücksgefühl erfüllte sie, und alle Zweifel, die sie während der Schwangerschaft gehabt hatte, verschwanden.

In den nächsten Tagen fühlte sich Inga unbesiegbar. Lasse war ein zufriedenes Baby, das die meiste Zeit schlief. Jedes Mal, wenn sie ihn ansah, wuchs die Liebe zu ihrem Kind. Je häufiger sie ihn betrachtete, desto mehr Gemeinsamkeiten mit Jasper entdeckte sie.

»Mein Schatz, du siehst deinem Papa so ähnlich. Er wäre stolz auf dich.« Der Gedanke an Jasper versetzte ihr einen Stich. Sie hatte ihm in jener schicksalsschweren Nacht versprochen, nachzukommen. Doch Svens Tod hatte alles verändert. Erst hinderte sie die anfängliche Angst, jemand könnte sie beschuldigen, für seinen Tod verantwortlich zu sein. Dann folgte die Erkenntnis, dass sie schwanger war. Natürlich dachten alle im Ort, das Kind sei von Sven. Sein Vermächtnis. Die Schande für ihre Familie wäre noch größer geworden, wenn irgendjemand erfahren hätte, dass dem nicht so war.

Doch nun, als sie den Kleinen vor sich sah, wurde ihr klar, dass sie ihn seinem Vater vorstellen musste. Sie musste Jasper aufsuchen. Vielleicht war es doch noch nicht zu spät für sie. Gab es in der Großstadt, wo niemand sie kannte, vielleicht die Chance für einen Neuanfang?

Je mehr sie darüber nachdachte, desto mehr geriet sie ins Träumen, während sie Lasse auf ihrem Arm schaukelte. In Gedanken sah sie sich bereits in einer perfekten kleinen Familie mit Jasper und dem Kinderwagen an der Alster entlangspazieren. Vielleicht könnte sie anfangs noch hierbleiben. Jasper würde sie immer zwischen den Konzerten besuchen, und irgendwann zögen sie einfach nach Hamburg oder sogar nach Amerika.

Inga war so glücklich in diesen ersten Wochen und Monaten nach Lasses Geburt. Es war die schönste Zeit ihres Lebens.

Und ihre Träumereien gaben ihr neuen Lebensmut. An einem Samstag, Lasse war gerade drei Monate alt, fühlte sie sich bereit für die Reise nach Hamburg.

Draußen herrschte wunderschönes Frühlingswetter. Der Himmel war wolkenlos, und die Sonne schien, als wäre Sommer. Inga stellte das Radio ans Küchenfenster und setzte sich auf die Holzbank direkt davor. Lasse schlief friedlich an ihrer Brust. Sie liebte es, wenn sein kleiner Körper auf ihr ruhte. Sie konnte seinen Herzschlag spüren. Im Radio lief gerade ein alter Beatles-Schlager. »Penny Lane«. Sofort musste sie an Jasper denken. Wie oft hatten sie zusammen dieses Lied gesungen und von einer gemeinsamen Zukunft geträumt. Sie blickte auf die See, dann zu Lasse, und während der letzte Refrain des Liedes erklang, stand sie auf, sah auf ihren kleinen Sohn, der im Schlaf lächelte, und sagte: »Es wird Zeit, dass du deinen Papa kennenlernst.«

Sie sang immer noch das Lied, während sie sich anzog und die kleine Tasche mit Reiseproviant vorbereitete. Zur Sicherheit packte sie auch noch Wechselkleidung für sich und den Kleinen ein. Das Lied war wie ein Mutmacher – solange sie die Melodie summte, war alles gut und bestärkte sie darin, zu fahren.

Als sie schließlich im Zug saß und Lasse quengelig wurde, überkamen sie Zweifel. Was tat sie da? Was, wenn Jasper sauer auf sie war? Wieder summte sie das Lied und schaffte es damit sogar, Lasse zu beruhigen.

»Alles wird gut, alles wird gut«, wiederholte sie und schaukelte ihren Sohn.

Je mehr sich die Bahn Hamburg näherte, desto aufgeregter wurde sie. Ihre Beine zitterten fast. Sie sah noch einmal auf den Zettel mit seiner Adresse, die er ihr vor einem Jahr aufgeschrieben hatte. Mit dem Zeigefinger strich sie sanft über seine Schrift. Sie konnte nur hoffen, dass er immer noch dort wohnte.

Monatelang hatte sie versucht, die Gedanken an Jasper auszublenden, doch mit Lasses Geburt war dies unmöglich geworden. Auch das Gefühl der Verpflichtung, das sie anfangs ihrem toten Ehemann gegenüber gehabt hatte, verblasste immer mehr. Unbewusst zuckte sie mit den Schultern. Ja, sie liebte Jasper. Zwei Mal hatte sie ihn enttäuscht. Doch nun fuhr sie zu ihm, wenn auch spät.

Sie blickte ihren Sohn an. Sie war sich sicher, dass sie und Jasper zusammengehörten, vor allem jetzt, wo Lasse da war.

Nachdem sie aus der Bahnhofshalle getreten war, fragte sie einen Passanten nach der Straße. Jasper hatte damals erwähnt, in St. Georg nahe dem Hauptbahnhof zu wohnen. Der ältere Herr erklärte ihr den Weg; es war tatsächlich in Fußnähe. Inga nahm die Menschen auf den belebten Straßen kaum wahr. Je näher sie Jaspers Adresse kam, desto schlimmer wurde ihre Aufregung. An der Ecke der Straße gab es eine Bäckerei und direkt gegenüber dem Wohnhaus – einem alten, nicht sehr ansehnlichen vierstöckigen Gebäude – befand sich ein Kiosk mit zwei Stehtischen und mehreren Zeitungsständen. Von hier aus hatte sie einen guten Blick auf das Haus.

Jetzt fiel ihr ein, dass sie gar nicht darüber nachgedacht hatte, dass er vielleicht gar nicht da war. Was, wenn er ein Konzert außerhalb Hamburgs gab? Wieder überfiel sie Angst, dass sie einen Fehler beging. Doch sie wollte sich davon nicht unterkriegen lassen. So nahm sie ihren ganzen Mut zusammen und fuhr mit dem Kinderwagen zur Eingangstür.

Als sie seinen Nachnamen neben dem obersten Klingelknopf sah, spürte sie, wie ihr Herzschlag sich beschleunigte. Sie klingelte. Einen Moment lang passierte nichts. Dann ertönte das Summen des Türöffners. Doch als sie die Tür aufdrücken wollte, überkam sie mit einem Mal Angst. Ohne weiter nachzudenken, rannte sie, so schnell es ihr mit dem Kinderwagen möglich war, wie bei einem Klingelstreich zurück zum Kiosk. Dort versteckte sie sich zwischen zwei Männern, die einen Stehtisch besetzt hatten und jeweils ein Bier tranken.

Sie versuchte, sich zu beruhigen und nachzudenken. Sollte sie noch einmal klingeln? Würde sie wieder der Mut verlassen? In diesem Moment öffnete sich die Haustür und Jasper lugte heraus. Inga spürte, wie ihre Knie weich wurden, und hatte das Gefühl, gleich in Ohnmacht zu fallen. Sie nahm den Kinderwagen und wollte gerade zu ihm fahren, als plötzlich eine junge Frau hinter ihm auftauchte. Sie hatte eine schicke Kurzhaarfrisur und trug einen kurzen Rock mit langen schwarzen Stiefeln. Sie sagte etwas zu Jasper und lachte dabei. In der Hand hielt sie eine Gitarrentasche. Jaspers Gitarrentasche, Inga erkannte das braune Leder sofort. Jasper antwortete ihr und vergaß anscheinend, dass er schauen wollte, wer geklingelt hatte. Die junge Frau legte ihren Arm um ihn, und er nahm die Gitarrentasche. Beide lachten über etwas und liefen dann fort.

Das war also der Moment, auf den sie so lange gewartet hatte. Er verpuffte in wenigen Sekunden. Sie rief ihm nicht hinterher, lief ihm nicht nach. Stattdessen stand sie immer noch stumm neben den vielen Zeitschriften.

Statt ihrer anfänglichen freudigen Aufregung empfand sie nur noch Enttäuschung und Niedergeschlagenheit. Sie war zu spät gekommen, er hatte eine andere. Sie war vergessen. Er brauchte sie nicht mehr. Von der Fröhlichkeit, die sich in ihrem Leben für kurze Zeit breitgemacht hatte, war nichts mehr zu spüren. Sie nahm noch nicht einmal Lasses Weinen wahr.

30.

Helene

»Jasper hatte bereits ohne mich neu angefangen«, sagte Inga. »Ich konnte es ihm nicht wirklich verdenken, nachdem ich ihn zwei Mal versetzt hatte. Ich dachte, dass es dann auch besser wäre, ihm sein neues Leben zu lassen. Er schien glücklich, als ich ihn gesehen habe. Natürlich hat mir das wehgetan. Aber ich habe mich auch für ihn gefreut. Also bin ich mit Lasse zurück nach Süderwiek gefahren und habe mich mit der Situation arrangiert. Ich habe mein Leben gelebt, mich beschäftigt gehalten. Reisen unternommen, mir neue Ziele gesetzt. Viele Jahre habe ich die schreckliche Nacht, in der alles in die Brüche ging, wirklich gut verdrängt. Doch dann kam die alte Geschichte wieder hoch. In den letzten Wochen wurde es so schlimm, dass es mich gar nicht mehr losgelassen hat. Ich weiß nicht, was ich ohne dich und die Kinder getan hätte.«

»Du darfst dir nicht die Schuld dafür geben«, antwortete Helene. »Dein Mann hat sich selbst dafür entschieden, betrunken aufs Meer zu fahren. Du wolltest ihn doch sogar aufhalten.«

»Ich weiß. In Gedanken spiele ich den Abend auch immer wieder aus unterschiedlichen Perspektiven durch. Aber ich werde die Schuldgefühle dennoch nicht los.«

»Du musst dir selbst vergeben.«

»Das ist nicht leicht, Lene. Leider ist das sogar sehr schwer.«

»Vielleicht hilft es dir, wenn du Jasper um Verzeihung bittest?«, meinte Helene. »Was mit Sven passiert ist, kannst du nicht ändern. Aber mit Jasper kannst du noch sprechen.«

Inga entgegnete eine ganze Weile nichts. Dann sagte sie unvermittelt: »Ich habe jetzt Lust auf ein Krabbenbrötchen.«

»Von Holger?«

»Du nicht auch?«

»Doch.« Sie musste zugeben, dass sie ebenfalls hungrig war.

»Wenn du willst, fahre ich zu ihm und hole uns welche«, schlug Helene vor.

Inga nickte. Zum ersten Mal an diesem Tag sah Helene sie lächeln.

Holger freute sich, Helene zu sehen.

»Die Frau, die meinen Freund wieder zum Leben erweckt hat«, meinte er, nachdem sie sich begrüßt hatten.

Sie wehrte mit der Hand ab. »Diese Fähigkeit hat nur Gott.«

»Die sein Herz höherschlagen lässt«, setzte er nach.

»Hat er das gesagt?«

»Er muss mir nichts sagen, ich weiß, dass es so ist.«

»Er hat mir aber einen Korb gegeben. Zumindest zwischenzeitlich. Und leider hat er mir damit auch die Augen für die Tatsache geöffnet, dass wir beide noch sehr viele Päckchen zu schleppen haben.«

»Er hat dir einen Korb gegeben, weil er ein Idiot ist. Er mag dich, das weiß ich; und er ist ein wirklich netter Kerl.«

»Bist du sein Anwalt?«, scherzte Helene.

Holger lachte und gab ihr die frisch zubereiteten Krabbenbrötchen.

Gerade als sie die Brötchen eingepackt hatte, tauchte Lasse am Kiosk auf. Helene sah Holger an und hob die Augenbrauen.

Doch der lächelte nur und meinte: »Ich habe nichts damit zu tun.«

Sie hingegen war sich sicher, dass Holger hier seine Finger im Spiel hatte, denn das konnte kein Zufall sein.

Lasse schien gerade von einem Termin mit einem Kunden zu kommen. Ihr Herz schlug schneller, als sie ihn sah, in diesem schicken dunkelblauen Anzug und den auf Hochglanz polierten Lederschuhen. Sein Dreitagebart war weg, die Haare hatte er zu einem unauffälligen Seitenscheitel frisiert.

Selbstbewusst kam er auf sie zu und begrüßte sie mit einem Kuss auf die Wange. »Schön, dich zusehen«, flüsterte er ihr zu.

»Was für eine Überraschung, Lasse!«, rief Holger mit gespieltem Erstaunen in der Stimme, was für Helene die Bestätigung dafür war, dass er Lasse den Tipp gegeben hatte.

»Warst du bei meiner Mutter?«

Helene nickte. »Sie sieht nicht gut aus. Ich muss sie wohl ein bisschen aufpäppeln. Und die Krabbenbrötchen könnten dabei helfen«, sagte sie mit einem Augenzwinkern.

»Wie lange kannst du noch bleiben?«

»Drei Tage, dann muss ich zurück. Deine Mutter kommt morgen aus dem Krankenhaus.«

Er nickte. »Dann schaue ich morgen in der Pension vorbei, wenn es für dich okay ist.«

»Klar, wieso nicht.«

Sie brachte Inga das versprochene Brötchen, das diese mit großer Begeisterung verspeiste.

* * *

Am nächsten Tag ging Helene zu Emma in die Bäckerei und kaufte eine Auswahl der schönsten Törtchen und Tartelettes. Emma hatte gerade eine Teelieferung aus Hamburg bekommen, und Helene nahm spontan zwei Sorten Tee mit, die Emma ihr empfohlen hatte.

Clara unternahm an diesem Tag mit ihren Kindern einen Ausflug ins Wattforum nach Tönning und bot Helene an, Simon und Johanna mitzunehmen.

»Das wäre großartig«, sagte Helene. »Aber ich weiß gar nicht, wie ich das wiedergutmachen soll.«

»Ach, das ist kein Problem. Den Kindern macht es gemeinsam doch viel mehr Spaß. Am Ende ist es weniger Arbeit für mich, wenn meine Kinder Spielkameraden dabeihaben.«

»Irgendwann werde ich mich dafür revanchieren«, versprach Helene.

»Musst du nicht«, antwortete Clara.

Nach der Mittagsvisite holte Helene Inga vom Krankenhaus ab und brachte sie nach Hause.

»So, als Erstes gehst du mal unter die Dusche, dann fühlst du dich bestimmt gleich besser«, meinte Helene, als sie angekommen waren.

»Das stimmt. Ich muss diesen Krankenhausduft abwaschen.«

Während Inga im Bad war, richtete Helene auf der Terrasse den Esstisch. Sie schnitt ein paar Rosen ab und stellte sie in eine Vase. Dann arrangierte sie die Törtchen auf einer mehrgeschossigen Servierplatte aus Keramik und kochte eine Kanne Tee.

Sie hörte, dass Inga sich mittlerweile die Haare föhnte.

Kurz darauf trat sie in die Küche.

Helene empfing sie mit dem Tablett in der Hand. »Lass uns auf die Terrasse gehen«, sagte sie.

»Ist das meinetwegen?«, fragte Inga überrascht.

»Um dich etwas aufzuheitern. Die Törtchen sind von Emma. Den Tee habe ich auch dort gekauft. Grüner Tee mit japanischen Kirschblüten. Das beruhigt die Seele.«

Helene lächelte sie an. Ingas Gesichtszüge lockerten sich ebenfalls.

Gemeinsam setzten sie sich an den Tisch auf die Terrasse.

»Diese Törtchen sind wirklich wundervoll!«, rief Inga, nachdem sie eine Tartelette mit frischen Stachelbeeren probiert hatte.

In diesem Moment tauchte Lasse auf. »Störe ich?«, fragte er.

»Nein, nein, setz dich doch zu uns«, bat seine Mutter.

Lasse setzte sich seiner Mutter gegenüber. Er wirkte beeindruckt von dem schön gedeckten Tisch.

»Hm«, machte er und sog interessiert den Teeduft ein. »Hast du das bei Emma gekauft?«, fragte er Helene.

Sie nickte. »Alles ist so lecker dort.«

»Mein Kind, bitte vergib mir«, unterbrach Inga das Gespräch und nahm Lasses Hand.

Lasse saß wie versteinert da.

»Als du geboren wurdest, war das der glücklichste Moment meines Lebens«, sagte Inga. »Ich dachte damals, dass nun endlich alles wieder gut wird. Und ich hatte mir fest vorgenommen, alles besser zu machen als meine Eltern, die ja auch so viele eigene Sorgen und Probleme hatten.« Sie machte eine Pause. Tränen liefen ihre Wangen hinab und fielen auf das Törtchen, das vor ihr auf dem schönen Tonteller platziert war. »Aber ich bin gescheitert, hab so viele Fehler gemacht.« Inga schüttelte den Kopf. »Dabei wollte ich doch nur das Beste für dich.« Ihre Unterlippe zitterte. »Und hab trotzdem so viel falsch gemacht und dich sogar belogen.«

»Mama, beruhige dich bitte«, sagte Lasse etwas unbeholfen.

»Kannst du mir vergeben?« Sie sah ihn fast verzweifelt an.

Lasse wandte den Blick von ihr ab. Erst sagte er nichts, und es entstand eine schwere Stille.

Helene wäre am liebsten weggegangen, doch sie traute sich nicht, sich zu bewegen.

»Ich vergebe dir«, sagte er dann.

»Obwohl ich dich so furchtbar belogen habe?«, fragte sie verzweifelt.

Er nickte. »Es war falsch, was du gemacht hast. Aber ich weiß, dass du es bereust und es nicht böse gemeint hast.«

Ein unsicheres Lächeln erschien auf ihren Lippen. »Ohne deine Vergebung könnte ich nicht weiterleben, mein Liebling.«

»Ich möchte, dass du weiterlebst, unbedingt«, erwiderte er. Jetzt drückte er ihre Hand.

Inga sprang vom Stuhl auf, ging zu Lasse und umarmte ihn. »Ich möchte dir eine bessere Mutter sein«, sagte sie und küsste sein Haar.

Bei Helene liefen nun auch die Tränen.

Lasse ließ seine Mutter nicht los. Er wirkte fast wie ein Kind. So wie Simon, wenn er sich an sie schmiegte, dachte Helene.

Sie saßen noch eine Weile so da. Irgendwann entschuldigte sich Inga, um ins Bad zu gehen.

Die beiden blieben für einen Moment allein zurück.

»Danke, dass du dich um meine Mutter kümmerst«, sagte Lasse.

»Ich tue das wirklich sehr gern.« Helene sah ihn an.

»Meinst du, sie hat uns absichtlich allein gelassen?«, fragte Lasse. »Eigentlich wollte ich nur nach ihr sehen.«

»Mag sein«, entgegnete Helene. »So wie Holger, der hat dich doch gestern auch angerufen. Anscheinend wollen uns alle verkuppeln«, vermutete sie.

»Anscheinend. Aber die Entscheidung liegt ganz allein bei dir.«

»Danke«, sagte sie. »Ich habe dir meine Meinung ja schon gesagt.«

Er nickte stumm. Dann wechselte er das Thema und erkundigte sich nach dem gesundheitlichen Zustand seiner Mutter.

Als Inga wiederkam, verabschiedete sich Helene und ließ die beiden allein.

Am nächsten Morgen wachte Helene schon um sechs Uhr auf. Da sie sich munter fühlte, stand sie dennoch auf. Sie ging schnell unter die Dusche und zog sich an. Die Kinder schliefen noch. Auf Zehenspitzen schlich sie sich aus dem Zimmer und ging hinunter in die Küche. Der Kaffee stand auf dem Herd und der Frühstückstisch war gedeckt. Sie lächelte dankbar. Dann sah sie einen Zettel auf dem Tisch liegen.

> *Liebe Helene,*
> *ich habe auf dich gehört, all meinen Mut zusammengenommen und bin zu Jasper gefahren.*
> *Ich glaube, das ist etwas, was ich allein machen muss. Und nach allem, was passiert ist, glaube ich, dass ich nun die Kraft dazu habe. Mach dir keine Sorgen, ich melde mich.*
> *Inga*

31.

Zur Feier des baldigen Abschieds gingen Helene und die Kinder
mittags zu Holgers Fischbude essen. Danach brachte sie Johanna
und Simon zu Clara. Die Kinder hatten sich gewünscht, am
letzten Tag noch einmal miteinander spielen zu können. Als
Helene zurück in der Pension war, kochte sie sich einen Tee und
streifte durch das Haus. Mit der Tasse in den Händen sah sie
zum Küchenfenster hinaus. Vor ihr erstreckten sich die Dünen,
im Hintergrund war das Meer zu sehen. Es war heute grau und
aufgewühlt. Im Gegensatz dazu empfand sie eine erstaunliche
Ruhe. Hier hatte sie sich sofort zu Hause gefühlt. Woran das
wohl lag? An der wunderschönen Umgebung? Oder an dem
alten Haus?

Sie setzte sich auf die Fensterbank. Morgen würde sie
endgültig nach Süddeutschland zurückfahren. Der Gedanke
machte sie einfach nur traurig.

»Ich brauche ein Zeichen, irgendetwas!«, rief sie laut in die
Stille des Hauses hinein.

Da sie die Untätigkeit satthatte, beschloss sie, etwas zu tun,
um ihre trüben Gedanken zu vertreiben. Sie ging in die Scheune,
um ein paar Umzugskartons zu holen, in die sie Ingas Ordner
einräumen konnte. Inga hatte ihr die Erlaubnis gegeben, alle

Unterlagen zur Pension einzupacken. Dabei fiel ihr Blick noch einmal auf das gerahmte Foto mit Svens Segelboot, das zwischen den Kisten eingeklemmt war. Vorsichtig zog sie es heraus.

Jetzt verstand Helene, warum Inga so heftig darauf reagiert hatte. Sie hatte über all die Jahre, ja sogar Jahrzehnte, wirklich eine schwere Last mit sich herumgetragen. Und jetzt? Jetzt war ihre Freundin tatsächlich nach Hamburg gefahren und hatte all die alten Lasten hinter sich gelassen.

Helene war stolz auf Inga. Trotz ihres Alters hatte sie den Mut für einen Neuanfang aufgebracht. Und was war mit ihr? Sie konnte sich einfach nicht überwinden, hier mit Lasse einen Neubeginn zu wagen.

Sie stellte das Bild zurück, dann verließ sie nachdenklich die Scheune. Sie beschloss, ein letztes Mal zum Strand zu gehen. Doch schon bald merkte sie, dass sie das Wetter unterschätzt hatte. Der Wind war kalt, und sie fror in ihrem dünnen Kleid. Nur der Sand strahlte noch eine gewisse Wärme ab. Dennoch ging sie nicht zurück, sondern lief weiter, ziellos und in der Hoffnung, auf diese Weise einen klareren Kopf zu bekommen.

Zu allem Übel begann es nun auch noch zu regnen. Sie entschied sich dafür, vor dem Deich wieder zurückzulaufen. Als sie den Deich überquert hatte, stand sie plötzlich vor einem modernen Neubau, den sie bereits kannte. Hier wohnte Lasse!

Einer plötzlichen Eingebung folgend, drückte sie auf den Klingelknopf seiner Wohnung. Doch nichts passierte. Enttäuscht lief sie zum Strand zurück, als sie plötzlich Lasses Stimme hinter sich hörte.

»Helene?« Er stand barfuß und vom Regen ebenso durchnässt wie sie vor ihr. »Was machst du hier?«

»Einen Spaziergang«, antwortete sie. »Und dann stand ich plötzlich vor deiner Tür.«

»Ich habe die Klingel gehört, war aber in einer Telefonkonferenz. Ich habe dich vom Balkon aus gesehen. Du bist ja ganz nass!«, rief er.

»Du jetzt auch.« Beide lachten, und Helene war plötzlich glücklich, auch wenn sie vor Kälte zitterte und es mittlerweile wie aus Kübeln goss.

»Ich möchte auch mutig sein, wie deine Mutter!«, sagte sie aus einem plötzlichen Impuls heraus. »Inga hat sich überwunden und ist nach Hamburg gefahren, um nach Jasper zu suchen.«

Er sah sie irritiert an. »Das ist schön«, sagte er dann und musste lächeln. »Inwiefern möchtest du denn Mut zeigen?«

»Wir könnten mit einem Kuss anfangen«, erwiderte sie lächelnd.

Lasse strahlte und hob sie hoch, als wäre sie leicht wie eine Feder. Dann drückte er seine Lippen auf ihre, verteilte überall auf ihrem Gesicht zahllose kleine Küsse. Helene umarmte ihn und hielt ihn fest, als wollte sie ihn nie mehr loslassen.

»Mein Herz möchte hier bei dir sein«, sagte sie.

Wenig später hörte der Regen auf, und die Sonne gewann den Kampf gegen die grauen Wolken.

32.

Inga

Eine graue Nebeldecke hing über Hamburg. Inga sah hinunter auf ihre lackierten Nägel und musste lächeln. Am liebsten hätte sie daran gekaut vor lauter Aufregung. Sie saß auf einer Bank gegenüber von Jaspers Gitarrenladen. In der Auslage standen akustische und E-Gitarren. Sie dachte daran, wie Jasper ihr damals die ersten Akkorde beigebracht hatte. Wie sie gemeinsam stundenlang Radio gehört hatten. Es war noch früh; der Laden hatte noch geschlossen.

Dann sah sie ihn. Er kam mit dem Fahrrad zur Arbeit, und sie staunte, wie gut er für sein Alter noch aussah. Mit einer fließenden Bewegung stieg er vom Rad ab. Jasper war schon immer sehr sportlich gewesen, aber dass er sich diese Sportlichkeit bis ins Alter bewahrt hatte, bewunderte sie. Er schloss das Rad ab und öffnete die Tür zum Laden. In diesem Moment bereute sie es zutiefst, all die Jahre untätig gewartet zu haben – bis jetzt, wo sie beide schon alt waren. Und dennoch hatte sie in ihrem Innern das Gefühl, wieder zwanzig zu sein. Dasselbe Gefühl von Leichtigkeit und Optimismus wie damals breitete sich in ihr aus, als sie beide gedacht hatten, die Welt mit einem

Fingerschnippen erobern zu können. Mit diesem Gefühl der Stärke in sich schritt sie zum Laden und betrat ihn entschlossen.

Jasper stand mit dem Rücken zu ihr am Tresen und sortierte etwas im Regal. Als die Türglocke ertönte, sagte er freundlich »Guten Morgen«, fuhr aber mit seiner Tätigkeit fort, ohne sich umzudrehen.

»Moin!«, sagte sie leise.

»Ich bin gleich bei Ihnen. Wie kann ich Ihnen helfen?«

Inga blickte auf die akustische Gitarre, die in einem Halter neben dem Tresen stand. »Vor langer Zeit lernte ich ein paar Akkorde auf einer Rickenbacker-Gitarre.«

Sie merkte, wie Jasper zusammenzuckte. Langsam drehte er sich um. Fast erschrocken sah er sie an.

Inga lächelte unsicher. Sie hatte das Gefühl, ihr Herz würde aus ihr herausspringen. Aber sie war fest entschlossen, mutig zu sein.

»Darf ich?«, fragte sie und deutete auf die Gitarre.

Er nickte stumm.

Sie nahm sie und versuchte, sich zu erinnern, was er ihr damals beigebracht hatte.

»Sie haben schon lange nicht mehr gespielt.«

»Schon sehr, sehr lange nicht mehr«, gab sie zu und musste lachen. Dabei sah sie ihm in die Augen.

Er sah genauso aus wie auf diesem Foto im Internet. Sein damals so dichtes lockiges Haar war vorn bereits licht geworden; am Hinterkopf hatte er es zu einem schulterlangen Pferdeschwanz gebunden. Und doch hatte er sich in ihren Augen kaum verändert. Wieder überkam sie ein Gefühl wie damals, als sie jung und verliebt gewesen waren.

»Inga?«, fragte er fast ängstlich.

Sie nickte unsicher und wusste nicht, ob er sie aus dem Laden jagen oder begeistert umarmen würde.

»Was machst du denn hier?«, fragte er zögerlich.

»Ich dachte, es ist an der Zeit, richtig Gitarre spielen zu lernen.« Sie kicherte. *Oje, ich benehme mich wie eine Idiotin.*

»Dafür ist es niemals zu spät. Wie geht es dir?«, fragte er und schaute sie prüfend an.

»Gut. Und dir?«

Er zuckte mit den Schultern. »Wie es einem mit Mitte siebzig so geht. Wehwehchen hier und da, aber im Großen und Ganzen bin ich zufrieden. Zum Glück habe ich einen Partner für diesen Laden.«

»Ich habe ein Foto von euch beiden gesehen ... ist das dein Sohn?«

»Ja, mein Stiefsohn. Das Aussehen hat er von seiner Mutter, das Interesse an Gitarren von mir«, erwiderte Jasper und lächelte.

»Es freut mich, dass es dir gut geht«, sagte Inga.

»Lebst du hier in Hamburg?«, fragte er.

»Nein, nein, ich bin in unserem kleinen Kaff geblieben.«

»Dabei wolltest du damals noch mehr weg als ich.«

»Tja, das Leben spielt einem eben manchmal Streiche.«

Jasper lachte. »Das stimmt.«

Er fragte sie ein wenig nach alten Freunden, dann gab es eine lange Pause.

»Und, hast du Familie?«, erkundigte er sich nach einer Weile.

»Einen Sohn, doch nach Sven habe ich nie wieder geheiratet. Du weißt, dass er früh gestorben ist?«

»Das haben mir meine Eltern damals erzählt, ja.«

Sie räusperte sich. »Ich hatte ein paar Beziehungen, aber nichts wirklich Ernstes. Und du?«

»Ich habe geheiratet, obwohl ich erst dachte, mich niemals zu binden.«

»Bist du glücklich?«

»Ich war glücklich; sie ist vor fünf Jahren gestorben.«

»Das tut mir leid.«

Er zuckte mit den Schultern. »Wir sind in einem Alter, wo der Tod an jeder Ecke lauert.«

Inga nickte.

»Ich habe dich im ersten Moment nicht erkannt und jetzt … je länger ich dich anschaue, desto mehr finde ich, du hast dich kaum verändert.«

Sie lachte laut. »Kaum verändert? Ach, Jasper, ich bin alt geworden!«

»Oh, Mann, hab ich dich damals geliebt. Als du mich dann noch ein zweites Mal versetzt hast … Es hat mich fast umgebracht.« Das sagte er immer noch mit einem Lächeln auf den Lippen.

Inga hingegen hatte Tränen in den Augen. »Es tut mir so leid. Deshalb bin ich hier. Ich möchte dich um Verzeihung bitten.«

Er wehrte mit der Hand ab. »Inga, das ist ein halbes Jahrhundert her. Ich denke auch nur noch selten daran.«

»Ich denke immer wieder an dich, an uns und die vertane Chance.«

»Ach, Inga, wir waren doch fast noch Kinder.«

»Aber nicht beim letzten Mal, als wir uns sahen. Da waren wir keine Kinder mehr.«

Er dachte nach und nickte. »Du bist nach all den Jahren extra hierhergekommen, um dich für damals zu entschuldigen?«

Sie nickte.

»Inga, du warst schon immer anders als die anderen. Umso mehr wundert es mich, dass du in diesem Kaff geblieben bist.«

Sie zuckte mit den Schultern. »So besonders war ich wohl doch nicht.«

»Ich war gar nicht so wütend auf dich. Eher auf deine Eltern. Ich wusste doch, dass sie dich in diese Lage gebracht hatten.« Er sah sie an und sagte nichts mehr.

»Und?«, fragte sie nach ein paar Momenten des Schweigens. »Kannst du mir vergeben?«

Er kratzte sich am Hinterkopf. »Das habe ich bereits, Inga, ich habe dir schon lang vergeben.«

Inga weinte. »Entschuldige, das war nicht so geplant, aber ich kann nicht anders. Diese Situation ist für mich überwältigend.«

»Für mich auch. Ich fühle mich wie damals, als wir in dieser verrauchten Gaststätte zu den Beatles getanzt haben.«

Sie sah ihn mit roten verweinten Augen an. Er wischte ihr die Tränen von den Wangen.

Sie nahm seine Hand und hielt sie fest. »Danke, Jasper. Es gibt da aber noch etwas, was ich dir erzählen muss.«

EPILOG

Zwei Jahre später

Johanna und Simon hüpften durch die vielen bunten Luftballons, die überall im Flur der frisch renovierten Pension befestigt waren.

Helene hatte sich nach den Vorbereitungen umgezogen und kam in ihrem neuen roten Kleid die Treppe herunter. »Inga?«, rief sie.

»In der Küche«, erwiderte diese.

»Sind die Kuchen fertig?«, fragte Helene.

»Ja, Chefin!«, antworte te Inga lächelnd. »Alles ist gut, wir haben genug Kuchen.«

Jasper kam in die Küche. »Ich habe die Getränke besorgt, und der Barista hat draußen seine kleine Kaffeebar aufgebaut.«

»Super!«, rief Helene.

»Wo ist Lasse?«, erkundigte sich Inga.

»Wechselt Finja die Windeln.«

Inga lachte. »Er ist ein richtiger Hausmann geworden.«

Helene zuckte mit den Schultern. »Das war die Bedingung!«

Schließlich kam Lasse dazu. Er trug seine fünf Monate alte Tochter auf dem Arm und sah etwas übernächtigt aus. »Ich glaube, sie bekommt Durchfall von dem neuen Brei.«

Jasper klopfte ihm auf die Schulter. »Ich brauche keine Details, hab gerade gefrühstückt.«

Helene lachte und gab Lasse einen Kuss. »Mein wunderbarer Mann, du machst das so toll!«

Er küsste sie zurück. »Ist hier alles bereit?«

Alle nickten.

»Der Catering-Service kommt gegen eins.«

»Mama, du hast ganz rote Ohren!«, rief Johanna, die sich jetzt auch zu ihrer Mutter gesellte.

»Ach, wirklich? Ich bin so furchtbar aufgeregt; schließlich ist das unsere offizielle Wiedereröffnung. Und um drei kommen schon die ersten Gäste. Wir sind bis Ende der Woche ausgebucht!«

Nachdem Helene in der Pension eingestiegen war, hatten sie zunächst die Wasserinstallation im Haus erneuert. Da das Geschäft danach gut angelaufen war und Inga nun endgültig die Leitung an Helene übergeben wollte, hatten sie sich im Frühjahr entschlossen, das gesamte Haus zu renovieren. Auch die Scheune hatten sie umgebaut. Der Dachstuhl war zum Schlafzimmer ausgebaut worden, im Erdgeschoss wurden Wände eingezogen, Fenster eingesetzt und ein Bad eingebaut. So war aus der alten Scheune eine schicke Vier-Zimmer-Maisonette-Wohnung geworden, in der sie zusammen als Familie wohnten.

»Schätzchen, wenn du so weitermachst, fangen deine Ohren tatsächlich Feuer!«, meinte Inga und legte ihren Arm liebevoll um Helene.

Lasse übergab das Baby an seine Mutter und nahm Helene fest in die Arme. »Alles wird gut, Schatz. Du machst das fantastisch, ich bin so stolz auf dich.«

Er gab ihr einen Kuss, und Helene merkte, wie sie sofort ruhiger wurde. Lasse hatte diese Wirkung auf sie.

»Kommt, lasst uns gemeinsam einen Tee trinken, bevor die Meute kommt«, schlug Jasper vor.

»Eigentlich habe ich keine Zeit«, protestierte Helene halbherzig.

Doch Lasse nahm sie an der Hand. »Eine kurze Pause hat noch keinem geschadet«, sagte er.

So liefen alle in die Küche.

»Danke, Lasse, danke Inga, dass ihr mir geholfen habt, meinen Traum zu verwirklichen und die Pension wiederzueröffnen.«

Inga lächelte. »Das haben wir doch gern gemacht.«

Schließlich war es so weit. Alle Freunde waren zur Eröffnung der frisch renovierten Pension Meerblick eingeladen. Holger, Clara, Emma und viele andere warteten draußen im Hof an Stehtischen, während sie nach und nach von Inga, Jasper und Helene begrüßt wurden. Auch Micha war unter den Gästen und unterhielt sich angeregt. Er hatte gestern Simon und Johanna zurück nach Süderwiek gebracht und übernachtete nun für drei Tage in der Pension. Er war sozusagen ihr erster offizieller Gast nach der Neueröffnung. Davor hatte er die Kinder für zwei Wochen zu seinen Eltern an die Ostsee mitgenommen – das wurde nun langsam zu einer schönen Familientradition.

Lasse war mit den Kindern im Garten, wo inzwischen ein Spielplatz mit Rutsche, großer Schaukel, Baumhaus, Sandkasten und Wippe entstanden war. Helene betrachtete ihren Ehemann, und ihr wurde warm ums Herz. Er kümmerte sich so wunderbar um die Kinder. Offenbar genoss er seine Zeit als Vollzeitvater.

Dann ging sie zur Eingangstür und stellte sich auf die Stufe.

»Moin, liebe Freunde! Ich freue mich, dass ihr alle gekommen seid, um mit uns diesen großen Tag zu feiern. Ich bin so glücklich, dass wir« – sie deutete auf sich und Lasse – »diese wunderbare Pension in zweiter Generation neu eröffnen können. Und ich hoffe, dieser Ort wird für viele Menschen genauso bereichernd sein, wie er es war, als Inga ihn leitete.«

»Und was ist mit Inga?«, fragte Holger.

»Ich kümmere mich um meine bessere Hälfte und um die Enkel«, rief sie und gab Jasper einen Kuss.

»Und du, Jasper?«, wollte ein anderer Nachbar wissen.

»Ich habe eine neue Familie gefunden, was gibt es Besseres im Leben?«, erwiderte er lächelnd.

Holger, der bei Clara und ihrem Mann stand, sagte: »Und mein Freund Lasse ist jetzt in Elternzeit, das hätte ich mir vor einem Jahr nicht träumen lassen …«

Schließlich rief Helene: »Bevor unsere ersten Gäste kommen, haben wir ein kleines Büfett für euch vorbereitet. Hiermit erkläre ich es für eröffnet!«

Während ihre Freunde sich am Büfett bedienten, schenkte sich Helene ein Glas Prosecco ein und betrachtete die renovierte Pension. Von außen sah sie genauso aus wie früher; sie hatten lediglich die Fenster ausgetauscht. Doch innen war alles neu gemacht worden. Sie ging hinein, und ihr schossen Freudentränen in die Augen. Die neuen Dielen quietschten nicht mehr, das Holz der Treppen war jetzt viel heller und die Wände strahlten in frischem Weiß. Die Küche war immer noch im Landhausstil gehalten, das war Ingas Wunsch gewesen. Doch die neue Küchenfront war weiß. Die hellen Knöpfe der alten Küche hatte Helene wiederverwendet, aber alles andere war neu. Die Spüle und der Herd waren auf professionellen Küchenbetrieb ausgelegt und viel größer als früher. Der Esstisch war noch der alte. Jedes der fünf Gästezimmer hatte eine eigene Note erhalten. Doch überall fanden sich die Farben des Meeres und des Strandes wieder. Zartes Blau, Taubengrau und Sandfarben dominierten in den Zimmern.

»Gefällt dir dein Haus?«, hörte sie Lasse hinter sich.

Helene nickte und strahlte. »Es ist so viel schöner geworden, als ich es mir vorgestellt hatte.«

Beide liefen die Treppenstufen hoch, vorbei an alten Bildern von der früheren Pension. Diese hatte Inga sorgfältig ausgesucht und einrahmen lassen.

Helene öffnete die Tür zu dem Zimmer, in dem sie das erste Mal mit den Kindern übernachtet hatte. Die Wände glitzerten – fast so, als wäre echter Sand verarbeitet worden. Hierfür hatte sie Rattanmöbel ausgesucht; nur das Bett war weiß.

»Ich hoffe, es gefällt den Gästen«, meinte sie.

»Bestimmt.«

Sie umarmte ihn. »Danke.«

»Für dich immer«, antwortete er und schmiegte sich an sie.

Sie hielten sich fest und dachten über das Haus nach, welches so viel zu erzählen hatte.

Unsere Geschichte fängt jetzt erst an, dachte Helene und küsste ihren Mann.

NACHBEMERKUNG

Hat euch die Reise nach Süderwiek gefallen? Der kleine Ort an der Nordseeküste ist – wie auch Helene, Inga, Clara und all die anderen Figuren in diesem Roman – nur meiner Fantasie entsprungen. Dafür gibt es in der Region um Husum, Friedrichstadt und Sankt-Peter-Ording ganz viele echte zauberhafte Ortschaften, die mir als Vorbild für diesen Ort gedient haben. Ebenso wie die Menschen, die ich bei meinen Besuchen dort kennengelernt habe und die mich inspiriert haben, eine neue Romanreihe über die Nordsee zu schreiben.

Schon bald wird es einen weiteren Band geben, in dem ihr mehr über die Geheimnisse von Süderwiek erfahren könnt.

Damit ihr immer als Erste über Neuerscheinungen informiert seid, könnt ihr gern meinen Newsletter abonnieren: https://bit.ly/2T0Q0fw

Übrigens: Alle Neuabonnenten meines Newsletters erhalten ein eBook mit Rezepten aus meinen Romanen per E-Mail zugesendet.

* * *

Mein Dank gilt meinen Erstleserinnen und Erstlesern Sandra, Simona und Carsten, die das Manuskript mit ihrem Fachwissen bereichert haben, meinen Agenten Julie und Tim, Jenny vom Verlag sowie meinen Lektorinnen Marketa und Monika. Besonders danken möchte ich auch euch – den Leserinnen und Lesern. Für euch ist dieser Roman entstanden.

Eure Ella

Zeitfracht Medien GmbH
Ferdinand-Jühlke-Straße 7
99095 Erfurt, Deutschland
produktsicherheit@kolibri360.de

Druck:
CPI Druckdienstleistungen GmbH
im Auftrag der
Zeitfracht Medien GmbH
Ein Unternehmen der Zeitfracht - Gruppe
Ferdinand-Jühlke-Str. 7
99095 Erfurt